HEYNE BÜCHER

HAFFMANS KRIMINALROMANE
BEI HEYNE

ERNST HINTERBERGER

Kleine Blumen

EIN KRIMINALROMAN

WILHELM HEYNE VERLAG
MÜNCHEN

HAFFMANS KRIMINALROMANE BEI HEYNE
Herausgegeben von Gerd Haffmans und Bernhard Matt
Nr. 05/133

*Handlung und handelnde Personen sind frei erfunden.
Jede Entsprechung mit der Wirklichkeit ist rein zufällig.*

Einzig berechtigte Taschenbuchausgabe
Wilhelm Heyne Verlag GmbH & Co. KG, München
Printed in Germany 1995
Konzeption und Gestaltung: Urs Jakob
Umschlagillustration: Fred Dott, Hamburg
Umschlaggestaltung: Atelier Ingrid Schütz, München
Gesamtherstellung: Ebner Ulm

ISBN 3-453-09722-X

1

Der 7. Jänner 1993 würde laut Wetterbericht von Radio Wien ein unfreundlicher Tag werden. Es war ziemlich kalt, der Himmel wolkenbedeckt, und es gab, wie der Rundfunksprecher launig anmerkte, *gute Aussichten auf weitere Schneefälle.* Die Straßen und vor allem die Gassen Wiens waren wie meist schlecht gestreut, und auf den eisglatten Stellen kam es zu zahlreichen Auffahrunfällen.

Kurz vor 07.00 Uhr fuhr die Bezirksinspektorin Monika Suttner bereits das dritte Mal mit ihrem Kleinwagen am häßlichen Block des Sicherheitsbüros vorüber. Sie gab die Hoffnung auf, hier einen Parkplatz zu finden, bog in die Türkenstraße ein und reversierte in eine fast zu kleine Parklücke neben der Roßauer Kaserne, die noch um einiges häßlicher und um vieles größer als das Sicherheitsbüro war.

Monika Suttner war achtundzwanzig Jahre alt, zart und eher klein für eine Polizistin. Sie hatte nach der mit *sehr gut* absolvierten Polizeischule einige Jahre als Uniformierte in der Inneren Stadt gearbeitet, war dann in den Kriminaldienst übergewechselt und dem Polizeikommissariat Meidling zugeteilt worden. Und heute war ihr erster Tag im Sicherheitsbüro, an dem sie bei der Mordgruppe 2 mitarbeiten sollte.

Die Suttner ging hastig und auf dem fast nicht gestreuten Gehsteig immer wieder ausrutschend die paar hundert Meter zum Sicherheitsbüro. Über Donaukanal und Roßauer Lände fegte ein eisiger Wind. Der lückenlos bedeckte Himmel war grauschwarz, und es schaute wirklich nach Schnee aus. Ein Tag zum Abgewöhnen.

Die Stimmung Monika Suttners entsprach der des Tages. Denn mit ihrem neuen Arbeitsbereich verknüpfte sie keine große Hoffnung. Monika wußte, daß es solche und solche Kollegen unter den Polizisten gab. Einige waren recht nett zu ihren Kolleginnen, andere kehrten ganz gern den Macho hervor. Es gab aber auch welche, die unverhüllt zeigten, daß ihnen Frauen bei der Polizei nicht paßten. Und die ließen sich auch nicht davon beeindrucken, daß die Suttner Trägerin des ersten Schwarzgurtes und eine ausgezeichnete Pistolenschützin war.

Monika Suttner fragte sich, wie ihre neuen Kollegen bei der Mordgruppe 2 sein würden. Bisher kannte sie ja nur den Hofrat Tamandl, den Chef aller Gruppen, und den Oberstleutnant Stern, der die MG 2 führte. Tamandl schien, obgleich er recht freundlich gewesen war, nicht viel von Kriminalbeamtinnen zu halten. Und Stern, der um gute eineinhalb Köpfe größer als sie war, schien ein bißchen unnahbar zu sein. Und er hatte ihr einen Händedruck zukommen lassen, der ihr fast das Wasser in die Augen getrieben hatte.

Als Monika Suttner ins schäbige und total verrauchte Dienstzimmer der MG 2 kam, war es einige Minuten nach sieben. Der Gruppenführer schaute auffällig unauffällig auf seine Uhr, sagte aber nichts wegen der Verspätung. Er gab ihr wieder zu fest die Hand und stellte sie dann den anderen vor.

Der magere, wie ein Kaffeehausbruder wirkende Karl Wasenegger schaute ihr dabei nicht in die Augen, sondern irgendwohin in den Raum, versuchte aber ein schiefes Lächeln. Dafür grinste der sehr jugendlich aussehende Franz Berger IV. übers ganze Gesicht und blinzelte ihr kurz und mit lustigen Augen zu. Monika Suttner merkte sofort, daß er eine riesige Waffe, eine Ruger Commander, trug.

Der alte, mehr breite als hohe Otto Hotwagner machte einen ungepflegten Eindruck, trug aber unwahrscheinlich blank geputzte Schuhe, die überhaupt nicht zu seiner schlampigen verknitterten Kleidung paßten. Er gab Monika fest, aber nicht zu fest die Hand und sagte mit rauher, verschleimter Stimme: »Servus, Kinderl. Willkommen bei uns.« Und: »Ich bin der Otto. Der älteste Hund im ganzen Sicherheitsbüro. Der Waldi ...« Er verbesserte sich: »Der Oberstleutnant und ich haben ausgemacht, daß du am Anfang mit mir zusammengespannt wirst. Zumindest bei den heikleren oder unguten Sachen.« Er grinste Wasenegger und Berger IV. an. »Weil mit die Buben können wir dich nicht gehen lassen. Die brauchen ja noch selber einen, der auf sie aufpaßt.« Und unvermittelt: »Magst einen Kaffee? Schaust ja ganz durchfroren aus.«

Hotwagner wartete auf keine Antwort, sondern sagte zu Berger: »Geh, Burschi, mach uns einen Kaffee und spring in die Kantine um ein paar Semmeln runter.« Er fischte eine zerdrückte Packung Marlboro aus dem Sakko und hielt sie der Suttner hin. »Rauchst du?« Als sie verneinte, brummt er: »Eh gescheiter. 's Rauchen bringt nichts. Aber die meisten tun's halt doch. Auch, wenn s' vielleicht ein bißl früher den Krebs kriegen. Aber so ist's halt. Jeder macht, was er nicht machen soll. Darum ...«

Er sprach nicht weiter. Zündete sich eine Boro an, mußte anhaltend husten, rauchte aber doch zügig weiter. Dann zeigte er auf die fast neue elektronische Bildschirmschreibmaschine, die sie seit einigen Monaten neben ihren alten mechanischen hatten und fragte: »Kannst mit so einem Monstrum umgehen, Kinderl? Ich nämlich nicht.«

Berger IV. hantierte an der Kaffeemaschine und sagte: »Unser Otto kann mit nichts Neuem umgehen. Drum schleppt er als einziger vom ganzen Kriminalkorps noch seine uralte 7.65er Walther im Hosenbund herum. Wenn er sie nicht zuhaus vergessen hat.«

Und übergangslos: »So. Und jetzt geh' ich um die Semmeln!« Dann verließ er den Raum.

Hotwagner ging zur Kaffeemaschine und stellte die schlecht abgewaschenen großen Kaffeeschalen, Zucker, Kandisin und Kaffeeobers bereit. »Ich vergess' meine Puffen nie. Weil keiner weiß, wann er s' braucht. Und meine Walther ist schon gut. Die hat schon ...« Er sprach nicht weiter und hustete wieder krachend.

Kurz drauf kam Berger IV. mit einem Berg Semmeln zurück, und es wurde Kaffee getrunken. Dann nahm der Alltag der MG 2 seinen Verlauf.

Oberstleutnant Stern ging zum Rapport zu Hofrat Tamandl, und die anderen erledigten Routinearbeiten. Wasenegger und Berger IV. machten Niederschriften, und Hotwagner hinderte zuerst die Suttner, das Kaffeegeschirr sofort abzuwaschen und erklärte ihr den letzten, noch schwebenden Fall der Gruppe, der wahrscheinlich *Auf Frist* gelegt werden mußte. Weil in der Geschichte einfach kein Weiterkommen war.

Es handelte sich um einen spektakulären Mord, wie er in Wien eigentlich unüblich war. Das lag aber wahrscheinlich daran, daß hier auch unübliche Täter am Werk gewesen waren. Schauplatz war das berüchtigte Spielercafé *Zur Jetti-Tant*, das bis vor einem halben Jahr dem alten Unterweltler Kniebeis gehört hatte. Dann war Kniebeis gestorben und das Lokal von einem Exil-Ukrainer namens Morosow übernommen worden. Geändert hatte sich durch die Neuübernahme nichts. Wie immer wurden im Café die legalen Kartenpartien gespielt. Und im Hinterzimmer rannte der Stoß, natürlich um hohe Summen. Bei Tag hockten ältere Schachspieler, meist Pensionisten, im Café. Mit den Karten wurde erst am Abend begonnen. Und die Stoßpartie kam erst gegen 22.00 Uhr und blieb bis weit über die Sperrstunde. Das war Jahre gegangen. Erst unter Kniebeis, dann unter dem Exil-Ukrainer. Die Polizei hatte wegen des Stoßspiels im Hinterzimmer beide Augen zugedrückt und dafür ab und zu einen wertvollen *Zund* bekommen. Alles war, wie Hotwagner sagte, happy gewesen.

Aber vor sechs Wochen war diese Idylle zu Ende. Gegen 02.00 Uhr waren zwei vermummte Männer mit abgesägten Pumpguns ins Lokal gekommen und hatten den mit dem Rücken zur Tür stehenden Besitzer Morosow erschossen. Der hinter der Theke stehende Kellner hatte sich zu Boden fallen lassen. Sonst war niemand mehr im vorderen Teil des Cafés gewesen. Die Spieler im Hinterzimmer hatten die Schüsse zwar gehört, sich aber, weil sie nicht lebensmüde gewesen waren, ruhig verhalten.

»Weißt eh, Kinderl,« brummte Hotwagner. »In so einem Fall ist kein Weiterkommen. Weil ein paar wissen zwar, um was es gegangen ist, halten aber die Pappen. Und die anderen wissen echt nichts. Die Kiberei steht jedenfalls mit der Zunge im Mund da und bleibt teppert.« Er zündete sich wieder eine Boro an. »Kann sein, daß der Russ' von unseren Leuten umgeschossen worden ist, weil die nicht wollen, daß sich Ausländer am Stoß breitmachen. Kann sein, er ist von den eigenen Leuten abserviert worden, weil er kein Schutzgeld gezahlt hat. Die Russen sind bei solchen Sachen noch heiklicher wie die unseren. Besonders die Tschetschenen kennen nichts. Die sind bekannt dafür. Wir stehen jedenfalls an. Voll. Wohin wir gehen, ist eine Sackgasse. Grüß Gott, wär' schön gewesen. Aber beim Arsch ist's finster.«

Er zeigte auf drei prall gefüllte Ordner mit der Aufschrift *Ungel. F.* und brummte: Und dann landen die G'schichterln dort drinnen.

Hotwagner zog eine Schreibtischlade auf und nahm einen Packen handbeschriebener DIN-A4-Blätter heraus. »So. Da hast die Darstellung des Falles Morosow, Anatolij. Das kannst mir jetzt, wennst ein Herzerl bist, in die Bildschirmmaschine da schreiben. Wennst was nicht lesen kannst, frag ruhig. Ich hab' eine ein bißl ungute Schrift. Sagt der Chef.«

Er setzte sich schwerfällig, paffte und spürte, wie oft in letzter Zeit, das unruhige Hämmern seines Herzens. Akute Rhythmusstörungen, hatte der Arzt vorgestern gemeint. Infarktgefahr. Und, daß Weiterrauchen Selbstmord wäre. Und und und. Aber was wußte der Doktor von ihm. Der war vielleicht dreißig oder noch jünger. Hatte noch nicht die drohend näherkommende Pensionierung vor sich. Und das Alleinsein bis zum Tod. Was wußte der in seinem Alter von der Welt. Hatte noch Illusionen. Was wußte der junge Bub von einem alten Kiberer, dem vor lauter Dienstmachen längst die Frau davongelaufen war. Der Ödeme und kaputte Venen von hinten bis vorn hatte und eigentlich nur lebte, wenn er im Dienst und bei den Kollegen war. Was wußte der.

Monika Suttner versuchte das Gekritzel Hotwagners in die Maschine zu übertragen, mußte aber dauernd fragen, weil diese Schrift wirklich kaum zu lesen war. Schließlich stellte sich Hotwagner neben sie und diktierte.

Berger IV. grinste ihr immer wieder jungenhaft zu und verband Büroklammern zu einer langen Kette.

Der Gruppenführer kam herein und sagte was zu Wasenegger. Kurz danach gingen die beiden. »Wir sind gegen Mittag oder so zurück«, sagte Stern flüchtig und bevor er die Tür hinter sich ins Schloß fallen ließ.

Monika Suttner schrieb und schrieb. Ermüdend oft lauteten die Aussagen der Einvernommenen *Weiß ich nicht ... Kann ich nicht sagen ... Ist mir nicht bekannt ...*

Berger IV. verließ ebenfalls den Raum.

Hotwagner ging zum Waschbecken, schluckte zwei Tabletten und spülte sie mit Wasser hinunter. Dann setzte er die Kaffeemaschine wieder in Gang. Und rauchte. Als er den Schalter der Kaffeemaschine umgelegt hatte, befiel ihn solcher Schwindel, daß er sich an der Maschine festhalten mußte. Er schloß zwar die Augen, aber trotzdem drehte sich das Dienstzimmer wie rasend. Hotwagner stand fast eine Minute lang bei der Kaffeemaschine, tappte dann zu Monika Suttner zurück.

Das Mädchen gefiel ihm. Hatte ihm schon gefallen, als es heute früh zur Tür hereingekommen war. Er verstand nur nicht, was hübsche junge Frauen wie sie veranlaßte, zur Polizei zu gehen und sich mit dem letzten Dreck des Lebens abzugeben.

Bei der Polizei sah und lernte man nichts Schönes. Wurde man selber hart und mehr oder minder gleichgültig anderen gegenüber. Hatte mit Abschaum zu tun und wurde, zumindest was das Denken anlangte, selber Abschaum. Mußte so werden, sonst hatte man keine Chance, seine Arbeit gut zu machen. Das war nicht gut für eine junge Frau. Überhaupt nicht.

Hotwagner blieb hinter Monika Suttner stehen und schaute, wie ihre Finger über das Keyboard huschten. Sie hatte sich in seine Schrift bereits ziemlich gut eingelesen und schrieb schnell und sicher. Brauchte nicht wie er dauernd auf den Bildschirm zu glotzen und zu korrigieren. Er hob seine fleischige Hand, ließ sie aber wieder sinken und sagte ungewohnt weich: »Schöne Haar' hast, Kinderl. Sehr schöne. Meine Frau hat auch ...« Er brach ab und brummt wieder mit seiner Raucherstimme. »Na, 's geht eh ganz gut.«

Die Suttner konnte eine Redewendung nicht entziffern. Sie drehte sich um, schaute hoch und fragte: »Heißt das *Die Vereinbarung des Inverganten?«*

Hotwagner schaute kurz auf das Papier. »'s heißt: *Die Verantwortung des Obengenannten* ... Na, und so weiter.« Er grinste schwach. »Ich werd' mich in Zukunft ein bißl zusammennehmen, Kinderl.« Er beugte sich über die Suttner und überlas seinen Schriftsatz. Dann schaute er wieder auf ihr hübsches dunkelblondes Haar und bekam ein ungewohnt weiches Gesicht.

In dem Augenblick kam Berger IV. wieder ins Dienstzimmer und wunderte sich. So ein gelöstes, fast verträumtes Gesicht hatte er beim alten Otto noch nie gesehen. Er wollte schon eine Bemerkung deswegen machen, sagte aber nichts, sondern räusperte sich bloß.

Um 13.00 Uhr war die Gruppe wieder vollzählig.

Kurz danach ging sie geschlossen zum Mittagessen, in die Kantine.

Einige Tische entfernt saß Hofrat August Tamandl und schaufelte Reisfleisch und grünen Salat in sich hinein. Tamandl wirkte rundum glücklich und ungeheuer konzentriert. Aber einmal schaute er doch kurz auf und lächelte zur MG 2 hinüber.

»Heut gibt's im SB lauter nachträgliche Weihnachtswunder«, sagte Berger IV. »Der Hofrat lacht uns an, und ein Kollege hat sich frisch verliebt.«

»So«, sagte der Oberstleutnant Stern mäßig interessiert. »Und wer hat sich verliebt?«

»Ein uralter Mann in eine ...«

Dann traf Berger IV. ein kurzer Blick Hotwagners. Er verschluckte sich und redete danach nicht mehr weiter. Denn Hotwagners Blick war geradezu mörderisch gewesen. Wie die vorgehaltene Mündung einer Ruger Commander.

Die anderen fragten nicht wegen der neuen Liebschaft. Berger IV. begann plötzlich davon zu erzählen, welche Freude seine kleine Tochter über den riesenhaften Plüschelefanten gehabt hatte, den ihr das Christkind gebracht hatte. Der war wunderhübsch und zugleich so stabil, daß eine Dreijährige ohne weiteres drauf reiten konnte. Und die Kleine hatte ihm auch sofort einen Super-Namen gegeben, nämlich Onkel Konwalina.

Das löste Lachen aus. Nur Monika Suttner blieb ernst, weil sie den Witz nicht verstand.

»Konwalina«, erklärte ihr Stern, hat der Kollege geheißen, den du jetzt abgelöst hast. Und er schaut wirklich ein bißchen wie ein Plüschelefant aus. Jetzt macht er übrigens in Simmering Dienst. Wird dort bald eine eigene Gruppe übernehmen.«

Monika Suttner fühlte, daß die Kollegen diesen Konwalina bestimmt sehr gern gehabt hatten. Sie sagte leise: Tut mir leid, wenn ich euren Plüschelefanten vertrieben hab'.«

Und Hotwagner schaute scheinbar konzentriert auf sein Reisfleisch, als er brummte: »Aber du hast ihn eh nicht vertrieben. Der Robert hat nur seinen eigenen Weg gehen wollen. Er ist ein guter Kiberer.« Und mit einem Lächeln: »Aber du wirst schon auch gut werden, mit der Zeit.«

2

Am Nachmittag des gleichen Tages wurde es ein bißchen wärmer. Gleichzeitig begann es ziemlich stark zu schneien. Um 19.00 Uhr bedeckte bereits eine dicke Schneeschicht die Gehsteige. Aber auf den stark frequentierten Fahrbahnen wurde die weiße Schicht bald zu einem schmutzigbraunen Matsch.

Die wenigen Menschen, die um diese Zeit auf der Kaiser-Ebersdorfer Straße zu Fuß unterwegs waren, hielten sich soweit wie möglich vom Fahrbahnrand ab, weil die meist viel zu schnell fahrenden Autos Matschfontänen bis weit auf den Gehsteig spritzten.

Die Kaiser-Ebersdorfer Straße liegt im 11. Wiener Bezirk, fast am Stadtrand und zieht sich halbwegs zwischen der Simmeringer Hauptstraße und dem Donaukanal in Richtung Albern. Sie wurde erst in den letzten Jahrzehnten verbaut. Auf der stadtnäheren Seite ragen jetzt vielstöckige Gemeinde- oder Eigentumswohnkomplexe auf, auf der anderen, dem Donaukanal zugewandten, gibt es zumeist nur niedrige, selten mehr als einstöckige Häuser. Dahinter dehnen sich Gärtnereien, Autoplätze oder einfach Wiesen oder *Gstätten,* unverbautes Land, teilweise grasbewachsen, von allerhand Gerümpel bedeckt. Und es gibt dort die Entsorgungsbetriebe Simmering, eine Hauptkläranlage und zwei riesige Supermärkte. In dieser Gegend, die nicht zu den besten Wiens zählt, wohnen viele tausend Menschen und es gibt dort auch zwei Polizeiwachzimmer.

Kurz nach 19.00 Uhr war es im Wachzimmer Kaiser-Ebersdorfer Straße ruhig.

Die paar anwesenden Polizisten verdauten ihr Nachtmahl, lasen oder spielten Karten. Es gab keine *Vorfallenheiten* und würde wegen des starken Schneefalls auch keine geben. Und die Verkehrsunfälle machten sowieso die Kollegen des Unfallkommandos, interessierten die Wachzimmerbesatzung nicht. Und im Fernsehen lief die Wiederholung eines blutrünstigen Straßenfegers. Der würde die Leute von den üblichen Dummheiten abhalten. An solchen Tagen passierte nichts.

Der junge Revierinspektor Alois Binderhofer saß allein im Dienstraum des Wachzimmers und studierte aufmerksam die letzte Nummer einer Autozeitschrift, in der es haufenweise richtige *Heiße Eisen* zu sehen gab. Die wären was für ihn gewesen. Aber die angegebenen Preise stimmten nicht mit seinem mageren Gehalt überein. Leider. Aber das hielt Binderhofer nicht davon ab, sich zumindest hinter das Lenkrad eines solchen *Eisens* zu träumen. Darum war er ziemlich ungehalten, als plötzlich die Wachzimmertür aufging, ein kleiner Mann mittleren Alters herein kam, eine Menge Schneematsch auf den reinen Wachzimmerboden brachte und irgendwie hektisch und mit flackernden Augen grüßte.

Irgend etwas an dem Mann sagte Binderhofer, daß es jetzt mit der Ruhe vorbei sein würde. Er erwiderte deshalb den Gruß des Mannes nicht, sondern fragte nur mürrisch: »Was gibt's?«

Der kleine Mann trat näher zur Schranke. »Meine Tochter ist weg!«

»Wie – weg?« fragte Binderhofer und ließ seine Autozeitschrift sinken.

»Weg! Nicht da! Verschwunden!« sagte der Mann diesmal fast schreiend, wobei sein Burgenländer Akzent stark zu hören war.

Binderhofer war sicher, daß der Mann kein Wiener war, obgleich er zuerst richtig Wienerisch gesprochen hatte. Aber je mehr er sich aufregte, kam sein ursprünglicher Akzent durch. Das war bei allen Leuten so. In einer heftigen Gemütsbewegung verlor die Redeweise jedes Menschen alles Angenommene und fiel ins Ursprüngliche zurück.

»Bleiben S' ruhig«, sagte Binderhofer und stand langsam auf. »Niemand verschwindet einfach so. Sie wird halt irgendwo sein. Wie alt ist denn Ihre Tochter?«

Der Mann schlotterte vor Aufregung. »Sie ist nirgends! Ich hab' ja schon gesucht! Sie hat um fünf entweder zuhaus oder im Gasthaus sein sollen! Das weiß sie genau! Und sie ist ein braves Kind und kommt ja auch immer! Aber heute ...«

Binderhofer hob die Hand und sagte möglichst beruhigend: »Beruhigen S' Ihnen. Reden S' langsamer! Schreien S' doch nicht so!« Und dann: »Wer sind Sie? Wie heißen Sie? Und wie alt ist denn Ihre Tochter?«

Der Mann beugte sich über die Schranke und wurde noch lauter. Er ließ einen wegen des immer stärker werdenden Burgenländer Akzents fast unverständlichen Wortschwall los und Binderhofer hatte Mühe, ihn zu verstehen.

Der Mann hieß Werner Stoisits, war sechsunddreißig Jahre alt, verheiratet und Vater einer kleinen Tochter namens Ilona. Er wohnte in der nahen Thürnlhof-Siedlung, einem Gemeindewohnkomplex mit vielen Stiegen. Er betrieb seit Jahren auf der Simmeringer Hauptstraße ein kleines Gasthaus, das sich *Pußta-Stüberl* nannte. Die angeblich verschwundene Tochter war sechseinhalb Jahre und sollte im heurigen Herbst eingeschult werden.

»Meine Ilona«, stammelte der Mann, »ist das bravste Kind! Und folgsam! Daß sie was nicht macht, gibt's nicht! Und sie ist so lieb und ... Alle haben sie gern! Alle! Aber jetzt ist sie verschwunden und was passiert! Drum mach' ich die Abgängigkeitsanzeige!«

Binderhofer sagte: »Aha.« Und dann: »Eine Abgängigkeitsanzeige können S' jetzt noch nicht machen. Das geht erst nach vierundzwanzig Stunden. Warten S' noch ein bißl, dann kommt s' vielleicht eh.«

Aber dann wurde er unsicher. Denn es gab zwar die Dienstanweisung, Abgängigkeitsanzeigen bei Kindern und Jugendlichen erst nach 24, bei Erwachsenen nach 48 Stunden entgegenzunehmen. Da fuhr die Eisenbahn drüber. Andrerseits war das mit Kindern so eine Sache, die ungut werden konnte. Natürlich konnte sich ein Kind irgendwie verlaufen. Und später aufgegriffen werden. Aber im Winter? Würde das Kind nicht irgendwo aus Übermüdung einschlafen und am nächsten Tag gefunden werden. Es würde erfrieren. Weil es ziemlich unter null Grad hatte. Außerdem waren vor Jahren in der Gegend zwei Kinder ermordet worden. Eins in der Hansson-Siedlung in Favoriten. Eins in der Bitterlichstraße im Bezirk. Und beide Morde waren bis heute noch nicht aufgeklärt worden. Würden das wahrscheinlich nie mehr werden.

Binderhofer setzte sich daher hinter die Schreibmaschine und sagte zu dem Mann: »Warten S' einen Moment.« Dann nahm er sich zwei DIN-A4-Blätter und ein zerknittertes Kohlepapier, spannte sie in die Maschine und schrieb die Einleitungsfloskel *Am 7. Jänner 1993, um 19.10 Uhr, erscheint der Werner Stoisits* ... und schaute den Mann an.

Stoisits redete und redete. Und Binderhofer schrieb.

Durch das Klappern der Schreibmaschine animiert, kam der junge Inspektor Taus aus dem Aufenthaltsraum. Dabei stellte sich heraus, daß er sowohl Stoisits wie dessen Frau und die kleine Ilona kannte. Taus kannte auch das *Pußta-Stüberl*. Nach vielen Zwischenfragen brachten er und Binderhofer die Abgängigkeitsanzeige zu Papier.

Die kleine Ilona Stoisits sei an diesem Tag, wie oft, nach dem Mittagessen im elterlichen Gasthaus, zu ihrer, ebenfalls in der Thürnlhof-Siedlung wohnhaften, Freundin Regina Hammerle gegangen, um mit ihr zu spielen. Um 16.00 Uhr hätten die beiden Mädchen zur Tanz-Gymnastik gehen wollen, die sie wöchentlich einmal besuchten. Diese fand in einem Raum des Wohnkomplexes Kaiser-Ebersdorfer Straße 164-166 statt.

Gewöhnlich wurden die beiden Mädchen dabei von der Mutter der Regina Hammerle zur Gymnastik begleitet und auch wieder abgeholt. Aber heute sei Ilona Stoisits nicht bei ihrer Freundin Hammerle erschienen. Deswegen habe Frau Hammerle um etwa 15.30 Uhr im *Pußta-Stüberl* anzurufen versucht, aber vom Amt erfahren, daß diese Nummer wegen durchzuführender Umschaltarbeiten zur

Zeit nicht erreichbar war. Und bei der Privatnummer der Stoisits habe niemand abgehoben. Draufhin sei Frau Hammerle mit ihrer Tochter zur Gymnastik gegangen, habe dort aber Ilona Stoisits nicht angetroffen und die Sache auf sich beruhen lassen.

Als Ilona um 18.00 Uhr noch immer nicht ins *Pußta-Stüberl* zurückgekehrt sei, hätten die Stoisits' die ihnen bekannte Frau Hammerle kontaktiert und erfahren, daß Ilona überhaupt nicht bei ihr und auch nicht in der Gymnastikstunde gewesen sei.

Draufhin sei Werner Stoisits mit seinem Pkw planlos im Bezirk umhergefahren, weil er hoffte, seine Tochter möglicherweise irgendwo auf der Straße anzutreffen, was aber nicht der Fall gewesen wäre. Er habe auch einige Jugendliche in der Thürnlhof-Siedlung wegen des Verschwindens seiner Tochter informiert. Draufhin seien diese mit Ihren Fahrrädern bzw. Mopeds gleichfalls auf Suche gefahren. Stoisits habe auch den in seiner Stiege wohnhaften Ing. Spalek, der eben von der Arbeit nachhause gekommen sei, von der Abgängigkeit Ilonas in Kenntnis gesetzt. Draufhin habe sich Spalek mit seinem Mountainbike ebenfalls auf die Suche gemacht.

Weil keiner der Obengenannten bei der Suche Erfolg gehabt habe, sei der Vater der Ilona Stoisits im hierortigen Wachzimmer erschienen, um die Abgängigkeitsanzeige zu erstatten.

Binderhofer wechselte das Papier und schrieb weiter.

Hiebei hatte der Anzeiger den Verdacht geäußert, es könne sich beim Verschwinden des mehrfach genannten Kindes möglicherweise um eine Entführung handeln. Denn er sei in den letzten Wochen mehrmals von zwei Ungarn aufgefordert worden, Schutzgeld an die Unterweltorganisation *Alvilag* zu zahlen, falls er sein Gasthaus störungsfrei weiterführen wolle. Die beiden Ungarn seien unbestimmbaren Alters und kräftig gewesen. Beide hätten Schnurrbärte und auffallende goldene Armbanduhren sowie mehrere Ringe getragen. Sie hätten auch Mantel und

Sakko geöffnet und dabei ihre im Hosenbund steckenden großkalibrigen Pistolen sehen lassen. Als Grund für die Schutzgelderpressung hätten die beiden angegeben, daß Stoisits zwar kein Ungar, aber mit einer Ungarin verheiratet wäre, mithin als Ungar anzusehen sei. Einer der beiden Männer, der vielleicht eine leichte Narbe auf der linken Wange gehabt habe, hätte Stoisits gesagt, daß er sich nicht länger weigern solle, Zahlungen zu leisten, weil er doch ein so liebes und nettes Kind habe. Was der Mann damit gemeint habe, sei Stoisits bewußt worden, als das Kind verschwunden sei.

Ilona Stoisits ist am 18. 7. 1987 geboren, etwa 100 cm groß, hat blaue Augen, blondes, zu einem Pferdeschweif gebundenes Haar und ein rundes Gesicht. Bekleidet ist sie mit schwarzem Rollkragenpulli, dunkelblauer Schnürlsamthose und roten Moonboots mit silberfarbenen Stulpen und der roten Aufschrift *Davos* und einer türkisblauen wattierten Jacke (Blouson) mit Zipp aus glänzendem Kunststoff; die Jacke weist auf dem Rücken mehrfarbige gestrickte Blumen und eine halbkreisförmige silberne Schrift *Petites Fleurs* auf. Außerdem trägt sie einen langen schwarz-weißen Wollschal mit Fransen. Sie führt auch einen Kunststoff-Kinderrucksack mit sogenannten Turnsocken aus Leder, rosafarbenem, hautengem Turntrikot, dunkelrotem Handtuch sowie einem Stück Seife und einem Metallkamm und einer roten Wollmütze mit eingestrickter Aufschrift *Austria* mit sich. Mit ziemlicher Sicherheit trägt sie schwarz-rot gefütterte Handschuhe aus Kunstleder.

Anschließend versuchten Binderhofer und Taus den vollkommen verstörten Vater der kleinen Ilona zu beruhigen, hatten aber keinen Erfolg.

Dann gab Binderhofer die Abgängigkeitsanzeige an das Kommissariat Simmering durch.

Kaum fünf Minuten später rief der wegen seiner Sarkasmen gefürchtete Major Rudorfer an und erkundigte sich, ob der Revierinspektor Binderhofer schon etwas von der Erfindung der Fotografie gehört habe. Er wartete aber keine Antwort ab, sondern erklärte mit leiser Stimme: »Diese Technik ist älterer Art und dient zur bildlichen Wiedergabe eines bestimmten Objekts.« Und lauter: »Sie werden im Chargenkurs sicher gehört haben, daß man so etwas dringend braucht, wenn es darum geht, eine Person zu suchen. Uns interessiert nämlich nicht nur die exakt aufgelistete Kleidung, sondern vor allem das Gesicht der Person, die wir suchen und womöglich finden sollen, Herr Binderhofer!« Dann, wieder leise: »Übrigens, solche Jakken mit der Aufschrift *Petites Fleurs* gibt es auch im Einkaufszentrum Simmering. Zu Hunderten. In unserem Bezirk laufen sicher eine Menge Mädchen damit umher.«

Binderhofer stotterte etwas von sofortiger Beschaffung eines Fotos. Aber der Major sagte bloß: »Nicht mehr nötig. Ein Kriminalbeamter ist deswegen bereits unterwegs.« Dann beißend: »Es gibt drei Arten von Wachebeamten, Binderhofer. Geborene, erzogene und angezogene. Sie scheinen mir zur dritten Art zu gehören.« Dann legte er auf.

Dem Major Rudorfer war aber nicht nach Scherzen auf Kosten seiner Beamten zumute. Er nahm die Abgängigkeitsanzeige sehr ernst. Denn auch er erinnerte sich an die noch immer ungeklärten Kindermorde im Großraum Favoriten-Simmering, und er hatte selbst zwei Töchter, acht und zwölf Jahre alt.

3

Um 20.30 Uhr hatten alle Wiener Polizeidienststellen Foto und Personsbeschreibung der kleinen Ilona Stoisits.

Rayonsposten, Streifenwagenbesatzungen und Kriminalbeamtenstreifen hielten die Augen offen. Der Bezirk hatte sogar zwei zusätzliche Einsatzstreifenwagen bekommen. Auch die Beamten der angrenzenden Bezirke Landstraße und Favoriten beteiligten sich intensiv an der Suche nach Ilona. Aber das brachte auch nicht viel, denn es war jetzt bereits ganz dunkel und der Schneefall dichter geworden. Dazu gab es wegen der vereisten Fahrbahnen und schlechten Sicht immer wieder Verkehrsunfälle, welche die Aufmerksamkeit der Polizisten beanspruchten.

Im Kommissariat Enkplatz saßen der Abteilungskommandant der Sicherheitswache, Major Rudorfer, und der erst seit kurzem im Bezirk eingesetzte Kriminalgruppeninspektor Konwalina in der Funkleitstelle beisammen, um die hereinkommenden Meldungen zu koordinieren. Aber bisher waren keine Meldungen eingelangt, die sich auf Ilona Stoisits bezogen. Es gab immer wieder nur Verkehrsunfälle, Trunkenheitsexzesse und die üblichen Gattenmißhandlungen.

»Mir paßt etwas an der Geschichte nicht«, sagte Konwalina. Er zündete sich eine Zigarette an und präzisierte: »Daß die Kleine abgängig ist, na, okay.« Er verbesserte sich: »Natürlich ist es nicht okay, sondern ein Jammer! Und total ungut. Weil wir ja irgendwie damit rechnen müssen, daß der unbekannte Mörder von der Hansson-Siedlung und der Bitterlichstraße wieder zugeschlagen hat. Aber auf der anderen Seite ...«

Rudorfer schraubte eine seiner vielen Pfeifen auseinander und begann sie zu reinigen. »Was meinen Sie mit *auf der anderen Seite*?«

»Auf der anderen Seite kann ich dem Vater nicht folgen, wenn der glaubt, sein Kind ist von Schutzgelderpressern entführt worden. Und die Geschichte mit den zwei

Männern von der *Alvilag* kommt mir überhaupt nicht koscher vor.«

»Mir auch nicht«, sagte Rudorfer und schraubte seine Pfeife wieder sorgfältig zusammen. »Weil es die *Alvilag* zwar gibt, aber die bisher noch nie ein Kind entführt haben, um ihrer Forderung Nachdruck zu verleihen. Außerdem ist ein so kleiner Fisch wie das *Pußta-Stüberl* so einen Einsatz nicht wert. Und überhaupt arbeiten alle diese Leute anders. Die Ungarn, die chinesische *Triade* und die verschiedenen Jugogruppen gehen nur auf den Lokalbesitzer. Nie auf Familienmitglieder. Und sie verlieren keine Zeit mit dem Verschleppen kleiner Kinder.«

»Nein«, sagte Konwalina. Er schaute lange auf eine Fotokopie der kleinen Ilona. »Mein Gott, Herr Major. Was sind das für Menschen, die sich an einem so kleinen Mäderl vergreifen.«

Rudorfer stopfte seine Pfeife und begann bedächtig zu rauchen. »Menschen wie Sie und ich, Konwalina. Leider. Kennen Sie nicht die echten und Dunkelziffern von Kindesmißhandlungen und Kindesmißbräuchen? Graust Ihnen nicht auch davor? Wenn man nach der Durchschnittsquote geht, muß sogar hier im Koat der eine oder andere von uns sein Kind entweder schwer mißhandeln oder es sexuell mißbrauchen. Denn ...«

Rudorfer sprach nicht weiter. Denn der Kollege wußte das sowieso alles. Und er war sich sicher, daß diese Entführung von keiner der straff durchorganisierten ausländischen Gruppen ausgeführt worden war. Wenn es überhaupt eine Entführung war. Natürlich waren die ausländischen Verbrecher nicht müßig, aber Geschichten mit Kindern wuchsen auf dem eigenen Mist. Aber nicht auf dem von Hooligans, Skins und anderen Jugendbanden. Nichtmal die *Streetfighters* aus dem dritten Bezirk machten was mit Kindern. Das machten schon die Eltern oder Verwandten. Aber ohne zu entführen.

»Es kann aber auch sein«, sagte Rudorfer, »daß sich das Kind verlaufen hat. Oder einen Unfall hatte und in irgendeinem Spital liegt, wovon wir vorläufig noch nichts wissen. Oder ... Wir werden jedenfalls Hunde einsetzen. Ich hab' schon welche angefordert. Wir werden ihnen getragene Kleidungsstücke der Kleinen zu riechen geben. Vielleicht hilft uns das weiter. Außerdem erwarte ich Polizeischüler. Sie müßten bald auftauchen. Wir starten eine Großaktion. Der Präsident hat sofort zugesagt. Auch alle dienstfreien Kriminalbeamten werden, soweit erreichbar, einberufen.«

Ab 21.00 Uhr wimmelte es in Simmering von Polizisten.

Kriminalbeamte durchstreiften alle möglichen Lokale, in denen Ilona Stoisits hätte Unterschlupf finden können. Sie gingen auch in die großen und unübersichtlichen Wohnkomplexe, redeten mit den Hausbesorgern und durchsuchten Keller, Abstellräume, Tiefgaragen und Abstellplätze von Müllcontainern. Zeigten den Leuten das Foto Ilonas und ersuchten um Mitarbeit. Erzielten aber kein Ergebnis. Die Kleine war zwar einigen bekannt, aber keiner hatte sie seit dem frühen Nachmittag des 7. Jänner gesehen.

Die Hundeführer und etwa hundert Polizeischüler suchten das Gebiet zwischen Simmeringer Hauptstraße und Simmeringer Lände bis hin zum Hafen Albern ab. Ergebnislos. Weil der starke Schneefall sofort alle möglichen Fuß- oder Schleifspuren überdeckte.

Die Streifenwagen fuhren kreuz und quer durch den Bezirk. Sie setzten Suchscheinwerfer und Lautsprecher ein. Aber alles, was sie fanden, waren zwei Autoeinbrecher und ein erfrorener Unterstandsloser hinter einem kahlen Gebüsch an der Außenmauer des Zentralfriedhofs. Auch der riesige Friedhof selbst wurde durchsucht. Was man fand, waren ein paar umgeworfene und mit Hakenkreuz beschmierte Grabsteine im jüdischen Teil des Friedhofs. Ilona Stoisits wurde nicht gefunden.

Im Grunde machte das bis in die Morgenstunden des 8. Jänner anhaltende starke Schneien jede Suche sinnlos.

Der viele Schnee ließ auch die von Major Rudorfer initiierte Aktion mit den Such- und Stöberhunden scheitern.

Zwar schien die intensive Befragung von Ilonas Eltern, deren Freundinnen und den Bewohnern der Thürnlhof-Siedlung den einen oder anderen vagen Ansatzpunkt für eine mögliche Spur zu bringen. Aber alle Spuren endeten schon nach kurzer Zeit in Sackgassen.

Ab dem 8. Jänner wurden Ilonas Foto und die Beschreibung ihrer Kleidung von den Tageszeitungen veröffentlicht. Das Fernsehen sendete es mehrmals am Tag und nach jeder *Zeit im Bild.* Auch Radio Wien stellte sich in den Dienst der Polizei.

Aber die kleine Ilona Stoisits blieb verschwunden.

4

In den folgenden Tagen war das Wetter wechselhaft.

Es wurde vorübergehend wärmer, dann wieder kälter. Der bereits gefallene Schnee taute zum Teil fast ganz weg, wurde am nächsten Tag von frischem ersetzt.

Auch am 21. Jänner schneite es leicht. An diesem Tag machte eine Gruppe von alkoholisierten arbeitslosen Jugendlichen die Gegend beim Hafen Albern unsicher. Den zehn Burschen und vier Mädchen war langweilig. Sie alberten umher, tranken aus mitgeführten Flaschen, hatten zwei große Transistorradios mit starken Lautsprechern dabei und ließen die mit voller Lautstärke dröhnen. Einige wenige Spaziergänger wurden von den Jugendlichen zwar rüde, aber harmlos angestänkert und durch lässig geworfene lockere Schneebälle belästigt.

Die Gegend beim Alberner Hafen ist sommers und winters gleich trostlos und nur für passionierte Spaziergänger oder Jogger interessant. Und für den *Verband Österreichischer Arbeiterfischer Vereine*, dessen Sektion Albern ein großes Stück des Geländes am Donaustrom gepachtet hat. Ein paar hundert Meter stromabwärts spannt sich eine Rohrbrücke über den Strom und das Entlastungsgerinne Neue Donau. Etwa in der gleichen Distanz stromaufwärts mündet der Donaukanal beim sogenannten Praterspitz in die Donau. Dazwischen liegen der Hafen Albern und der einsame und düstere kleine *Friedhof der Namenlosen* mit seinen etwa hundert gleichen Gußeisenkreuzen mit dem Heiland, der schließlich auch die dort Liegenden, meist angeschwemmte Selbstmörder, durch seinen Kreuzestod erlöste. Vor dem Friedhof steht die runde bunkerartige *Auferstehungskapelle*. Und ein paar Steinwürfe entfernt gibt es das niedrige Gasthaus Bauer, in dem sich im Winter nur Arbeiterfischer sehen lassen.

Die Jugendlichen schauten kurz in den kleinen Friedhof und machten sich über die Trotteln lustig, die freiwillig aus dem Leben geschieden, *ins Wasser gegangen,* aber von der dort starken Strömung der Donau ans Ufer angetrieben worden waren. Gingen dann weiter in Richtung Rohrbrücke und ganz nahe beim Donauufer, wo die Burschen versuchten, einander raufend ins eisige Wasser zu drängen. Der Zweck dieser *Royal Battle* bestand darin, daß schließlich alle außer dem Stärksten im Wasser landeten.

Als unter Gejohle und Gekreische der erste Junge ins am Ufer seichte Wasser getrieben worden war und an einem etwa zwei Meter vom Ufer entfernten unregelmäßigen Haufen von angeschwemmten Ästen, Zweigen und allerhand Müll Halt suchte und sich mit beiden Händen darin verkrallte, griff er mit der einen Hand in etwas Weiches.

Der Junge versuchte, dies glitschige weiche Etwas unter dem Misthaufen hervorzuziehen und merkte dabei, daß es sich um die stark aufgetriebene Leiche eines kleinen bekleideten Mädchens handelte. Die türkisblaue Jacke des Mädchens war zerrissen und einer der Ärmel fehlte.

Durch diesen Fund endete die *Royal Battle* schlagartig. Die Jugendlichen zogen die Leiche an Land. Ein paar von ihnen übergaben sich, und ein Mädchen bekam einen hysterischen Weinkrampf. Die Gesichter aller waren fahl geworden.

Dann einigten sich die Jugendlichen über die weitere Vorgangsweise. Zwei Burschen blieben bei der jetzt auf der leichten Uferböschung liegenden Leiche zurück. Bei ihnen blieb auch die letzte Flasche Schnaps zwecks Nervenstärkung. Die anderen Jugendlichen machten sich halb laufend, halb gehend auf den Weg zum Gasthaus Bauer, um von dort aus die Polizei zu verständigen.

Fünf Minuten später traf der Polizeistreifenwagen *Konrad 2* mit drei Mann Besatzung an der Fundstelle ein. Es war 10.27 Uhr.

Der Revierinspektor Langhammer und die beiden Inspektoren Kukla und Lessjak stiegen aus und schauten sich die Leiche an.

»Dersoffen«, stellte Kukla fest.

Aber der erfahrenere Langhammer widersprach. »Glaub' ich nicht«, sagte er. »Weil, wenn s' ganz normal ins Wasser gefallen und dersoffen wär', warum hat s' dann eine zerrissene Jacke und einen Ärmel, der was fehlt?«

»Geht uns nichts an«, sagte Lessjak. »Das machen die Leut' vom SB. Aber ich weiß, wer die Kleine ist. Es muß diese Ilona Sowieso sein, wegen der vor vierzehn Tagen ein Trara war.«

Langhammer nickte. »Genau. Glaub' ich auch. Ich möcht' wetten, daß am Rücken der Jacke *Petites Fleurs* steht.« Und als sich Lessjak zur Leiche bückte, scharf: »Greif sie nicht an! Das machen andere! Geh lieber zum Wagen und ruf 's Koat an. Sag, wen wir wahrscheinlich gefunden haben.«

Lessjak gab die Meldung durch und erfuhr von der Funkleitstelle, daß Major Rudorfer und zwei Kriminalbeamte bereits unterwegs waren.

Während Lessjak im Streifenwagen saß, kamen die zwei Jugendlichen und fragten, ob sie sich jetzt endlich *über die Häuser hauen* könnten, weil ihnen langsam kalt wurde.

»Nein, könnts ihr nicht«, sagte Langhammer. »Weil, auch wenns ang'soffen und ungute Figuren seids – ihr seid Zeugen und vorläufig wichtige Personen.« Er zog sein Notizbuch. »Und jetzt gebts mir eure Namen. Habts Ausweise dabei?«

»Langsam, Alter!« protestierte der ältere der zwei. »Nur immer freundlich mit VIPs bleiben.« Er fischte einen unglaublich schmutzigen und verdrückten Führerschein aus seiner Jeanstasche. »I' bin der Diglas Robert. Und mein Haberer ist der Straka Kurt. Der ist ausweislos. Einzelschicksal.« Er schnupfte auf. »Aber keiner von uns zwei hat die tote Leich' direkt gefunden. Weil wir waren nur dabei. Aber gefunden hat sie der Hetmanek Dolfi. Der hockt im Wirtshaus drin, weil er waschlnaß dabei worden ist.«

Kurz nach diesem Gespräch kamen Major Rudorfer und Gruppeninspektor Konwalina vom Koat 11.

Als Langhammer salutierte und Meldung machte und sagte, der eigentliche Auffinder säße im Gasthaus Bauer, nickte der Major kurz. »Weiß ich. Wir haben Kollegen Erdler dort abgesetzt. Er nimmt schon die vorläufigen Aussagen der jungen Leute auf. Sie halten sich dort zur Verfügung.«

Konwalina, der jahrelang der Mordgruppe 2 des Sicherheitsbüros angehört hatte, beugte sich zu dem toten Mädchen und schaute es sich genau an. Er kniete nieder, schaute aus kürzester Distanz und sagte: »Wir können gleich das SB anrufen, Herr Major. Der Hals der Toten gefällt mir nicht. Es gibt da eindeutig Würgemale. Das da ist ein Mord. Schauen Sie sich einmal das Gesicht an. Das ist nicht nur vom Wasser aufgequollen. Da war vorher was.«

Rudorfer schaute nicht hin, sondern sagte bloß: »Möglich, daß Sie recht haben. Sie haben da mehr Erfahrung.« Und dann, niesend: »Saukalt ist es da. Ich werd' mich verkühlen.«

Dann nieste er noch ein paarmal und brummte: »Ein Wahnsinn, so was. Arg.«

5

Um 10.40 Uhr war alles, was zu einem Mordfall gehörte, bei der Rohrbrücke.

Die Leute vom Erkennungsdienst arbeiteten fieberhaft, obgleich es für sie im Grunde kaum was zu arbeiten gab. Denn wie es ausschaute, war das Donauufer bei Albern nicht der Tatort, sondern wahrscheinlich bloß der Auffindungsort. Auch war die Mädchenleiche bereits von spurenvernichtenden Händen aus dem Wasser gezerrt und auf der Böschung abgelegt worden. Und logischerweise war der ganze Umkreis von unzähligen Füßen zertrampelt worden. Ganz abgesehen davon, daß es in den letzten Tagen dauernd geschneit, gefroren, getaut und wieder gefroren und geschneit hatte. Aber es wurden trotzdem der Misthaufen am Donauufer und die Leiche von allen Seiten fotografiert und zumindest versucht, Spuren zu sichern. Aus diesem Grund steckten bereits etwa ein halbes Dutzend numerierter Täfelchen im Erdreich. *Kleiderkarte* wurde keine angelegt, weil man ja inzwischen wußte, daß es sich bei der Toten um die seit 7. Jänner abgängige Ilona Stoisits handelte.

Außer den EKD-Leuten war auch die Mordgruppe 2 aus dem Sicherheitsbüro unter Führung des Oberstleutnant Ewald Stern anwesend. Und die paar Mann vom Koat 11 sowie die Jugendlichen, welche während ihrer *Royal Battle* das tote Kind gefunden hatten. Natürlich versuchte auch der wegen der eisigen Kälte stärker als sonst betrunkene Polizeiarzt Dr. Kammerer zu amtieren.

Er schaute mit trüben Augen auf die umstehenden Polizisten und sagte undeutlich: »Die Kleine dürfte, soweit ich sehen kann, unter Umständen nicht ertrunken, sondern erwürgt worden sein. Ja.« Er richtete sich mühsam auf und stärkte sich aus seinem silbernen Flachmann. »Sozusagen ... Nun, das festzustellen, ist Sache des Kollegen von der Gerichtsmedizin. Was den Zeitpunkt des Todes anlangt, kann ich vorläufig nichts sagen.«

»Das macht nichts, Doktor«, brummte Gruppeninspektor Hotwagner. »Wir kennen diesen Zeitpunkt wahrscheinlich eh. 's wird der 6., 7. oder 8. Jänner gewesen sein.«

Dr. Kammerer blinzelte. »Mag sein, mag sein ... Jedoch ...« Er war absolut desorientiert und regte an: »Man sollte unter Umständen die Gerichtsmedizin ...«

»Die ist bereits verständigt«, schnitt ihm der Oberstleutnant das Wort ab.

Während Dr. Kammerer schwankend neben der Leiche stand und auf die Jugendlichen starrte, sagte der Oberstleutnant Stern zu Major Rudorfer vom Koat: »Nachdem es sich um einen Mordfall handelt, übernimmt das SB den Fall. Wir bitten aber wie üblich um kollegiale und enge Zusammenarbeit. Ihr kriegt von uns und vom EKD Kopien der Tatbestandsaufnahmen. Wenn ihr ins Koat zurückfahrt, sollen zwei meiner Leute mitfahren und sich Notizen machen. Umfeld, Bekannte usw.«

Er schaute Wasenegger und Berger IV. an. »Das werdet ihr sein!«

Und wieder zum Major: »Die Eltern der Kleinen, die wir zunächst zur Agnoszierung brauchen, weden auch wir ansprechen. Und bitte vorderhand nichts zur Presse. Nur die reinen bisherigen Fakten. Das andere machen zu gegebener Zeit entweder ich oder Hofrat Tamandl.«

Stern hatte kaum ausgesprochen, als bereits die ersten Zeitungsleute samt Fotografen auftauchten. Die Pkws von *Kronen Zeitung, Kurier* und *täglich Alles* lieferten sich ein Kopf-an-Kopf-Rennen.

Aber das nützte ihnen nicht viel, denn der alte Hotwagner stellte sich mit seinem ganzen Umfang vor die Tote und sagte mürrisch: »Fahrts wieder z'haus, Burschen. Für euch gibt's da vorderhand nichts. Zumindest keine Fotos.«

Er deutete auf die frierenden Jugendlichen. »Die haben das Kind gefunden. Aber zu reden gibt's mit denen vorläufig auch noch nichts. Außerdem wissen die nichts, weil s' ang'soffen waren und teilweise noch sind. Also. Stichworte wird euch der Oberstleutnant geben.«

Dann zündete sich Hotwagner eine Boro an, drehte sich zu Monika Suttner um und brummte: »Na, komm, Kinderl. Gemma schauen. 's EKD ist fertig, jetzt gehört die Leich' uns.«

Die beiden knieten sich zu Ilona Stoisits. Hotwagner setzte seine Brille auf und öffnete behutsam den Zipp der türkisblauen Jacke. Dann schob er den Rollkragenpulli hinunter und legte den dünnen Hals des Kindes frei. »Siehst? Da!« Er wies auf die verfärbten Stellen. »Da hat der Täter seine Finger gehabt und zugedrückt.«

Monika Suttner nickte. »Ich hab' so was schon gesehen, Otto.« Und mit etwas verkrampftem Lächeln: »Es hat auch im Koat hin und wieder Tote gegeben, weißt.«

»Is' ja okay, Kinderl«, brummte Hotwagner. »'s war nicht großgoschert gemeint.« Dann richtete er sich auf und winkte Konwalina heran. »Siehst, Otto«, sagte er, »das ist deine Nachfolgerin. Die Monika Suttner.« Und zur Suttner: »Das ist der Konwalina, der Plüschelefant.«

Die Suttner und Konwalina tauschten einige Phrasen aus.

Währenddessen beugte sich Hotwagner wieder zur Toten nieder und zog ihren Rollkragen so weit das ging, nieder. Dann setzte er nochmals seine Brille auf, schaute auf die freigelegten Schlüsselbeine und sagte: »Geh, Moni, komm noch einmal her. Und ihr anderen könnts auch herschauen.«

Er wartete nicht, bis alle heran waren und sagte zur Suttner. »Schau dir das einmal an, Kinderl. Die Kleine ist nicht nur erwürgt worden.«

Die Suttner schaute und erkannte die unübersehbaren mehr oder weniger alten Verletzungen. Es waren Blutunterlaufungen, Abschürfungen und wahrscheinlich auch verbrannte Stellen. In ihr krampfte sich etwas zusammen und sie sagte leise: »Schweine gibt's. Richtiggehende Schweine.«

»Ja«, brummte Hotwagner. Er zündete sich die nächste Zigarette an und nahm die Brille ab. »Drecksäue sind das,

Moni. Aber trotzdem Menschen. Und Viecher. Aber wenn s' auf der Gassen gehen und nett anzogen sind, glaubt keiner, daß s' Kinderquäler sind.«

Er mußte krampfhaft husten, warf die erst angerauchte Zigarette weg und schlenkerte mit dem rechten Bein, dessen Venen besonders kaputt waren. »Rauchen soll ich nicht. Sonst ist die Haxen hin. Und ...« Dann abrupt: »Na, was sagst? Glaubst nicht auch, daß das Erwürgen nur so was wie der Schlußpunkt von was war?«

»Ja«, sagte Monika Suttner. »Aber ich glaub' auch, daß die Mißhandlungen vielleicht gar nichts mit dem Mord zu tun haben. Oder sicher nicht.«

Hotwagner zeigte die Verletzungen auch seinem Oberstleutnant und den Beamten vom Koat. Dann schob er den Rollkragen wieder zurück und sagte zu Stern: »Da haut irgendwas nicht hin, Waldi. Das Kind ist wahrscheinlich schon längere Zeit vor dem Erwürgen laufend mißhandelt worden. Und zwar länger als vierzehn Tage zurück.«

Wasenegger und Berger IV. befragten währenddessen die Jugendlichen, erfuhren aber auch nicht mehr als die Beamten des Koats bereits aufgenommen hatten.

»Und jetzt« sagte Berger IV. danach zu ihnen, »könnts mit unserem Bus zurückfahren. Oder gehen. Wie's wollts.«

Er redete mit dem Lenker des VW-Busses, der kurz drauf mit den frierenden Jugendlichen abfuhr. Danach rückten die Beamten vom Koat und der Erkennungsdienst ab. Mit ihnen fuhren Wasenegger und Berger IV. Und der klapprige Renault des Polizeiarztes Kammerer entfernte sich in leichten Schlangenlinien.

Als Stern, Hotwagner und die Suttner mit der Leiche allein waren, begann es wieder zu schneien. Große, schon in der Luft matschige Flocken fielen nieder und erstarrten am Boden zu Eis.

Wenig später kam ein Koat-Wagen mit einem älteren Uniformierten, der solange bei der Toten bleiben sollte, bis der Wagen der Gerichtsmedizin eintraf. Er deckte eine

Plastikplane über die Tote, setzte sich wieder in den Wagen und rauchte sich einen Stumpen an.

Der Oberstleutnant Stern ging zu seinem privaten Pkw und sagte zu Hotwagner: »Ich fahr' jetzt auch ins Koat. Und ihr könnt bei den Eltern des Kindes vorbeischauen.« Er gab Hotwagner einen Zettel mit den Adressen der Wohnung und des *Pußta-Stüberls*.

Stieg dann ein und fuhr zügig davon.

»Und wir«, sagte Hotwagner zu Monika Suttner, »sind wieder die Tepperten. Weil mit den Leuten von einer Umgebrachten reden, ist immer ungut.«

6

Als Stern gegen 14.00 Uhr das Kommissariat Simmering verließ, steckte er bereits voll im Mordfall Ilona Stoisits. Und er war der gleichen Meinung wie die Kollegen aus dem Koat, die nicht dran glaubten, daß dieser Mord eine Schutzgeldgeschichte war.

»Erstens«, hatte Gruppeninspektor Konwalina, der *Plüschelefant*, gesagt, »wer wird auf die Idee kommen, vom Besitzer des *Pußta-Stüberls* ein Schutzgeld zu verlangen. Weil dort geht das Geschäft nämlich fast überhaupt nicht. Und zweitens ist noch nie ein Österreicher von Ausländern um Schutzgeld angangen worden. Das machen sich die nur untereinander aus. Ich tät' von einem anderen Motiv ausgehen.«

Ungefähr zur gleichen Zeit kam auch der Gruppeninspektor Hotwager zu diesem Schluß.

Er war mit der Suttner nicht sofort zu den Eltern der Toten gefahren, sondern hatte im Gasthaus beim Hafen Albern ein riesiges Schnitzel mit Erdäpfelsalat gegessen, während es Monika Suttner bei einem Salat beließ. Und während des Essens hatten sie ein bißchen mit den paar anwesenden alten Arbeiterfischern und dem Schankburschen geplaudert, die natürlich neugierig waren. Aber weder Hotwagner noch die Suttner waren über die allgemeinsten Fakten hinausgegangen, die die Neugierigen sowieso und wesentlich farbiger am nächsten Tag aus den Zeitungen erfahren würden.

Erst dann waren sie zur Thürnlhof-Siedlung gefahren, wo die Familie Stoisits auf der Stiege 6 wohnte.

Die Thürnlhof-Siedlung ist ein weitläufiger Gemeindewohnkomplex mit vielen sechsstöckigen Stiegen. Sie liegt zwischen Kaiser-Ebersdorfer Straße und dem Simmeringer Stadtwäldchen, hinter dem sich der große Wiener Zentralfriedhof ausdehnt. Es gibt dort asphaltierte Wege, von Hecken und Büschen umgebene Grünanlagen, die den Wohnkomplex unübersichtlich machen. Einige der Stiegen haben versperrte Stiegentüren und eine Gegensprechanlage, andere nicht und jede der Stiegen enthält an die dreißig Wohnungen.

Man wohnt nicht schlecht im Thürnlhof, der, wie eine Marmortafel an der Stiege 7 ausweist, in den Jahren 1971 bis 1972 unter dem damaligen Bürgermeister Felix Slavik errichtet wurde. In der Siedlung hört man kaum den Lärm der sie umgebenden Straßen.

Die meisten Mieter sind relativ jung und haben kleine Kinder. Es gibt aber auch viele Jugendliche, die oft nicht wissen, wohin mit sich, und daher zu Gruppenbildung neigen, es aber meist bei Lausbübereien belassen und keine kriminellen Handlungen setzen, wie es in anderen großen Wiener Wohnkomplexen immer wieder vorkommt. Es gibt dort auch eine neue Volks- und eine alte Hauptschule. *Tschuschen* bzw. Ausländer wohnen nicht im Thürnlhof, deshalb sind die Schulen weitgehend *ausländerfrei.* Vor der Hauptschule zeigen sich hin und wieder Verteiler neonazistischer Schriften oder Dealer, die aber kaum auf ihre Rechnung kommen. Ab und zu taucht der eine oder andere Exhibitionist auf, wird aber von wachsamen Eltern verscheucht. Im großen ganzen liegt die Kriminalitätsrate der Thürnlhof-Bewohner niedriger als in vielen Teilen Wiens. In die Siedlung integriert ist der sogenannte *Haidehof,* ein Wohnheim für alte Leute.

Als Hotwagner und die Suttner zur Stiege 6 kamen, fanden sie die Stiegentür trotz der Gegensprechanlage unversperrt.

Sie fuhren mit dem Aufzug in den 3. Stock, läuteten an der Tür mit der selbstklebenden Silberaufschrift *Stoisits.*

Niemand öffnete.

Erst nach mehrmaligem, langem Läuten und Klopfen tauchte eine Nachbarin auf und fragte überflüssigerweise: »Wollen Sie vielleicht zu die Stoisits'?« Und auf Hotwagners Nicken: »Was hätten S' denn von die Stoisits' wollen?«

»Nichts«, brummte Hotwagner. »Nur was reden.«

»Wenn's was Wichtiges ist«, drängte sich die Nachbarin auf, während sie Hotwagner und die Suttner neugierig anstarrte, »können S' mir vielleicht eine Post dalassen, und ich richt's dann aus, wenn s' kommen?!«

»Dank' schön«, sagte Hotwagner. »Aber wir reden mit den Leuten lieber selber.«

Die Nachbarin gab aber noch nicht auf. »Sind S' vielleicht Verwandte oder was? Kommen S' aus dem Burgenland? Ich könnt' ja auch nur ausrichten, daß der Herr Sowieso mit seiner Tochter da war?«

Die Suttner verbiß ein Lächeln und Hotwagner brummte: »Das ist nicht meine Tochter. Und aus dem Burgenland bin ich auch nicht. Auf Wiederschauen.« Und zur Suttner: »Komm, Kinderl. Gemma!«

Drunten, bei der Stiegentür, fragte die Suttner: »Warum hast denn der Frau nicht gesagt, daß wir von der Polizei sind, Otto?«

Hotwagner zündete sich die einundzwanzigste schwere Zigarette des Tages an und ignorierte das leise Brennen in der Nähe des linken Schlüsselbeins. »Weil das die Tratschen nichts angeht.«

Die Suttner dachte an die Mißhandlungsspuren am Körper der toten Ilona und fragte wieder: »Hätten wir uns bei der Nachbarin nicht gesprächsweise über die Stoisits' ein bißchen erkundigen können? Ich meine, ob sie laut sind oder man das Kind schreien oder so was gehört hat?«

Hotwagner wollte etwas sagen, mußte aber krachend und krampfhaft husten. Er warf die eben erst angerauchte Zigarette weg und brummte: »Scheißzigaretten. Hin wird man davon.« Und dann: »Nein. Damit man so was fragt, ist es noch zu früh. Da muß man erst Genaueres wissen. Auf den Obduktionsbefund warten. Mit Hudeln macht man Kinder, Moni. Ermitteln muß man in aller Ruhe.«

Sie gingen zu ihrem weißen Golf und stiegen hinein. Die Suttner legte den Sicherheitsgurt um. Hotwagner nicht. »Ich muß mich im Auto bewegen können«, erklärte er. »Und die Streifenpolizisten und Taxler hängen sich ja auch nicht an.«

Er startete, lenkte den Wagen in Richtung Simmeringer Hauptstraße und sagte: »Übrigens, Moni ... Wir werden den Eltern vorläufig auch nichts über die Verletzungen des Kindes sagen. Weil ... Das kann man alles später machen. Jetzt sagen wir nicht einmal, daß die Kleine erwürgt worden ist. Nur, daß sie tot ist und von einem Elternteil agnosziert werden muß. Das genügt.«

Der Golf erreichte die Simmeringer Hauptstraße, bog in sie ein, rollte stadteinwärts und hielt vor dem Haus 129.

Das Haus war nur einstöckig. Es beherbergte das *Pußta-Stüberl*. Die Nebenhäuser waren ebenso niedrig. In ihnen gab es ein Uhrengeschäft, einen Autohavariedienst und einen Pferdefleischhauer.

Die Häuser auf der anderen Straßenseite waren höher. Dort gab es eine Filiale der Teenagerboutique *Hasibutz*, ein Bastlergeschäft und ein *Forum-Kaufhaus*, hinter dem ein ziemlich neuer Gemeindebau aufragte.

Hotwagner wälzte sich aus dem für seine Fülle zu engen Wagen und sagte keuchend: »Laß mich mit den Eltern reden. Nicht, weil ich immer das große Wort führen muß. Überhaupt nicht, Moni. Aber ich bin halt ein alter Hund und hab' mehr Erfahrung in so was.«

»Ist schon okay, Otto«, sagte die Suttner. »Ich bin nicht gekränkt. Red nur du.«

Sie stieg ebenfalls aus. Dann gingen die zwei zur Gasthaustür und traten ein.

Das *Pußta-Stüberl* hatte weder mit der Pußta noch mit einem Stüberl was zu tun. Es war bloß ein verrauchtes, verwinkeltes und heruntergekommenes Beisl. Ein Lokal, das seit Erbauung des 129er-Hauses in den zwanziger Jahren dieses Jahrhunderts immer ein Gastbetrieb gewesen war. Dabei hatten sich der Küchengeruch, Alkoholdunst und Rauch tief in die Mauern gesogen. Und irgendwann nach dem Zweiten Weltkrieg, als der Bezirk Simmering noch englische Besatzungszone gewesen war, hatte das

Lokal seine Holztäfelung erhalten. Auch diese war in all den Jahren mit Wirtshausgerüchen durchtränkt worden.

Als Hotwagner und die Suttner in dem schlecht beleuchteten Lokal standen, stürmten diese kompakten Gerüche auf sie ein. Sie schauten über die schon schwarz gewordene Holztäfelung, an der bei jedem Tisch eine alte, stark vergrößerte Fotografie mit Pußta-Szenen angebracht war, und sahen hinter der blechbeschlagenen Theke einen kleinen dunkelhaarigen Mann hantieren. Er ordnete gewaschene Biergläser und rieb die Messinghähne für das Faßbier blank. Diese Hähne waren das einzig Blanke im Lokal.

Gäste gab es keine.

Hotwagner lehnte sich an die Theke und sagte: »Guten Tag.« Und während er seine Dienstkokarde zog und sie dem Mann hinhielt: »Polizei. Hotwagner heiß' ich. Sind Sie der Werner Stoisits?«

Der Mann nickte und hörte auf, die Messinghähne zu putzen. »Ja. Ich ...«

Dann starrte er Hotwagner und die Suttner an, wurde blaß und sagte tonlos: »Sie kommen wegen meiner Ilona.«

»Ja«, brummte Hotwagner. »Leider.«

Stoisits wurde noch blasser und seine Augen füllten sich mit Tränen. »Ist Ilona ...? Ist sie ...?«

»Ja«, sagte Hotwagner. »Wir haben sie heute gefunden. Leider ist sie tot.«

»Ich hab' es gewußt«, stammelte Stoisits. »Ich hab' es gleich gewußt! Sofort als ...« Er begann zu schreien: »Aranka! Aranka! Unsere Ilona ist ... Sie ...« Seine Stimme kippte.

Aus der Küche tauchte eine jüngere, überaus massige Frau auf. »Was ist?« fragte sie mit starkem ungarischem Akzent. »Was schreist du so?«

Die Frau schaute Hotwagner und die Suttner an. Von Hotwagners Hand baumelte noch immer die an einem Kettchen hängende rot-weiß-rote Kokarde mit der Aufschrift *Bundespolizeidirektion Wien – Kriminaldienst*.

Dann wurden ihre Augen weit und sie sagte: »Mein Kind ist tot.«

Hotwagner schaute sie ruhig an. Und die Suttner sagte: »Ja, Frau Stoisits. Sie ist gefunden worden. Man hat sie heute vormittag aus der Donau geborgen.«

Werner Stoisits stieß ein trockenes Schluchzen aus und flüchtete zu seiner, um einen halben Kopf größeren, massigen Frau. Er legte die Arme um ihren Körper und stammelte unverständliche Worte. An seinen zuckenden Schultern war zu sehen, daß er weinte.

Frau Stoisits weinte nicht. Ihr Gesicht zeigte überhaupt keine Regung. Sie schaute Hotwagner und die Suttner nur mit großen dunklen Augen an, sagte nichts und wiegte leicht und mütterlich ihren fassungslosen Mann.

»Es tut mir leid«, brummte Hotwagner. »Aber ...«

»Nichts tut Ihnen leid!« unterbrach ihn die Stoisits. »Der Polizei tut nie was leid. Sie macht nur nichts.« Ihr ungarischer Akzent wurde stärker. »Im Bezirk rennt ein Schwein herum. Ein Mörder. Hat schon zwei Kinder totgemacht. Und jetzt unsere Ilona. Und der Polizei tut es leid. Auch den Polizisten, die bei uns essen und trinken, ohne zu zahlen, denen tut es auch leid. Aber das macht mein Kind nicht mehr lebendig.«

»Bitte, Aranka!« sagte Stoisits. Aber seine Frau war nicht zu bremsen.

Sie ließ einen Wortschwall auf Hotwagner und die Suttner los. Aber weil sie in der sie überflutenden Erregung ungarisch sprach, verstanden die beiden kein Wort.

Schließlich hob Hotwagner die Hand und sagte energisch: »So. Und jetzt lassen S' mich auch einmal reden, Frau Stoisits. Ich bin auch nicht zu meinem Vergnügen da. Also.« Und ruhiger: »Die Kollegin und ich sind vom Sicherheitsbüro. Mordgruppe 2. Und wir zahlen, was wir bei Ihnen trinken.«

Er schaute Werner Stoisits an. »Ich möcht' ein großes Bier. Und Ihnen dann ein paar notwendige Fragen stellen.« Dann fragte er die Suttner: »Was trinkst du, Moni?«

Die Suttner schüttelte erst den Kopf, bestellte sich dann aber einen kleinen Braunen.

Hotwagner nahm die Getränke und ging zu einem Tisch. Er setzte sich schwerfällig, zündete sich eine Boro an und zog Notizbuch und Kugelschreiber. »Kommen S' zu mir her, Herr und Frau Stoisits.«

Als er sah, daß die Suttner einen Notizblock aus ihrer Handtasche nahm, brummte er: »Also schreibst du. Auch recht.«

Hotwagner steckte Notizbuch und Kugelschreiber wieder ein und schob seine im Hosenbund steckende Walther PPK 7.65 zurecht, weil sie zu sehr auf seinen überquellenden Bauch drückte.

Er wartete, bis auch die beiden Stoisits' saßen und sagte dann: »So. Und jetzt hätt' ich gern, daß Sie mir genau erzählen, wie das mit Ihrer Tochter gewesen ist. Wann sie am 7. Jänner von Ihnen weg ist, und wohin sie angeblich gegangen ist. Und ab wann Sie angefangen haben, das Kind zu suchen. Und ob und wer Ihnen dabei geholfen hat. Und mit wem Sie alles darüber geredet haben, daß Sie die Kleine suchen, weil Sie was Schlimmes befürchten. Und ... Na, alles halt, was mit ihrem Verschwinden zu tun hat.«

»Ich hab' der Polizei schon alles und hundertmal erzählt!« sagte Stoisits. »Und meine Frau auch!«

Hotwagner trank von seinem Bier und zündete sich die nächste Zigarette an. Er konnte fühlen, wie sein Herz hart und unregelmäßig schlug. In seinen Ohren begann es zu rauschen. Deshalb sagte er lauter als normal: »Ich weiß, daß Sie beide schon alle möglichen Angaben gegenüber meinen Kollegen gemacht haben. Aber ich möcht' jetzt alles noch einmal und von Ihnen selber hören.«

Er schaute auf die Stoisits' und sagte, weil das Rauschen in den Ohren nachließ, sehr viel leiser: »Ich weiß, wie Ihnen zumute ist. Und hab' keine Freud' mit meiner Fragerei. Aber die muß halt sein. Also.«

Und dann, sehr behutsam: »Übrigens – morgen wird einer von Ihnen mit mir ins Gerichtsmedizinische müssen. Ich, oder die Kollegin da, werd' mit Ihnen in die Sensengasse fahren und Sie dann wieder retourbringen. Aber die Kleine muß, wie es heißt, halt agnosziert werden. Das ist Vorschrift. Und jetzt reden S'.«

In der nächsten Stunde redeten und redeten die beiden Stoisits'. Und Monika Suttner kritzelte den Block fast voll.

Dann zahlte Hotwagner sein Bier und den kleinen Braunen. Als er das Wechselgeld einsteckte, fragte er: »Und – wer von Ihnen wird morgen mit ins Gerichtsmedizinische fahren?«

»Ich nicht!« schrie Werner Stoisits auf. »Ich auf keinen Fall! Ich kann mein Sternenkind nicht tot sehen!«

»Ich fahre«, sagte Aranka Stoisits ruhig. »Ich werde das machen. Wann werden Sie mich abholen?«

»Gegen acht«, brummte Hotwagner. »Entweder von da oder von Ihnen zuhaus. Und ich versprech' Ihnen, daß wir Sie nicht unnötig quälen werden, Frau Stoisits. Aber wir müssen halt unsere Pflicht tun.«

7

Als Hotwagner und die Suttner ins Kommissariat Simmering kamen, war der Gruppenführer Oberstleutnant Stern bereits im Sicherheitsbüro und rapportierte seinem Hofrat Tamandl, dem Chef aller Mordgruppen.

Während Stern die wenigen bisherigen Fakten darlegte, umrundete der Hofrat seine liebevoll gepflegten Grünpflanzen, die fast ein Drittel seines geräumigen Büros in Anspruch nahmen. Diese Pflanzen waren August Tamandls Freude. Er wußte aber, daß fast alle seine Untergebenen entweder abfällig über sie dachten oder sie gar nicht zur Kenntnis nahmen. Und wie die Schlote rauchten, obgleich es in seinem Büro mehrere Rauchverbots-Sticker gab! Tamandl wußte auch, daß sein Gruppeninspektor Hotwagner diese Pflanzen insgeheim den *hofrätlichen Beserlpark* nannte. Was typisch für die Geisteshaltung eines sturen und im Dienst zu alt gewordenen Nur-Polizisten war, der nur die Schattenseiten des Lebens kannte und sich außer für Leichen für nichts anderes mehr interessierte.

»... und deshalb kann mit Sicherheit davon ausgegangen werden, daß die kleine Ilona Stoisits regelmäßigen Mißhandlungen ausgesetzt war, ehe sie erwürgt und in die Donau geworfen wurde«, schloß Stern.

Tamandl blieb vor seinem Oberstleutnant stehen und blinzelte. »Das haben Sie mir schon berichtet, Herr Stern. Und auch, daß Hotwagner diese alten Verletzungen entdeckte.« Er konnte sich nicht enthalten, hinzuzufügen: »Was übrigens auch von der Gerichtsmedizin festgestellt worden wäre.«

Tamandl ging zu seinem Schreibtisch, schaute auf ein beschriebenes DIN-A4-Blatt und sagte: »Ich hab' mich von Kollegen des Jugendgerichts informieren lassen. Betreffend die im Vorjahr verhandelten Fälle von Kindesmißhandlungen. Und kann nur sagen: Ungut. Scheußlich. Einfach niederziehend, Herr Stern. Einer Kulturstadt unwürdig.«

Er schaute den Oberstleutnant an. »Sind Ihnen die Ziffern gegenwärtig?«

»Nein«, sagte Stern.

Tamandl hob das Blatt leicht an. »Dann will ich sie Ihnen nennen. Im Vorjahr wurden mehr als hundert Mißhandlungen an Kindern bekannt. Dabei handelte es sich zur Hälfte um schwere und schwerste Verletzungen. Rißquetsch- und Platzwunden, Prellungen und Verbrennungen, Frakturen und innere Verletzungen. Und alle ziehen teilweise oder ganze physische oder psychische Invalidität nach sich. Außerdem ein halbes Dutzend Mißhandlungen mit Todesfolge. Und das sind nur die gerichtsnotorischen Fälle.«

»So«, sagte Stern. Weil mehr ja nicht zu sagen war.

»In so einem Land leben wir«, setzte Tamandl fort. »Und unter solchen Menschen, ich bitte sehr. Und von all diesen Fällen ist nur ein einziger – ein einziger, Stern! – durch Anzeige eines Nachbarn bekannt geworden. Denn wir sind Menschen, die weghören, wenn in der Nachbarwohnung oder vor unseren Augen ein Kind unüberhörbar mißhandelt und gequält wird.«

Tamandl ließ das Blatt angewidert sinken. »Soviel zu den reinen Mißhandlungen. Und wie sah es bei sexuellen Mißbräuchen aus? Grauenhaft. Rund dreihundert Fälle. Gravierende. Eindeutige Fälle nach §§ 201 bis 213. Die ganze Palette der strafbaren Handlungen gegen die Sittlichkeit, zehnter Abschnitt Strafgesetz. Nicht zu reden von den rund tausend Anzeigen oder Anhaltungen gegen oder von Exhibitionisten beiderlei Geschlechts. Und auch nicht von den sogenannten Bagatellfällen. Das sind die Tatsachen, Stern. Ein Querschnitt durch das Verhalten eines Volkes, das angeblich aus überdurchschnittlich musischen Menschen besteht. Dessen Neujahrskonzert in alle Welt übertragen wird, Oberstleutnant.«

»Ich weiß, Herr Hofrat«, sagte Stern. »Und mit einem der Opfer hat sich jetzt meine Gruppe zu befassen. Aber wir stehen noch am Anfang. Wissen noch nicht, ob es sich um die Tatbestände Mord und Kindesmißhandlung getrennt oder in Tateinheit handelt.«

Er zündete sich trotz der Rauchverbots-Sticker eine Zigarette an. »Oder ob nicht möglicherweise auch noch sexueller Mißbrauch hinzukommt. Das werden wir erst nach der Obduktion erfahren und damit wissen, wie weit wir unsere Ermittlungen ausdehnen müssen.«

Um das gleiche Thema kreisten die Gespräche im Kommissariat Simmering, wo Hotwagner die Notizen der Suttner mit denen der Koatsbeamten kollationierte, während Wasenegger und Berger IV. vorläufig nur zuhörten.

Und auch die Simmeringer Polizisten hatten eine Menge zum Thema strafbarer Handlungen gegen Kinder zu sagen.

Der knapp vor der Pensionierung stehende Abteilungsinspektor Sänger, der die Kriminalbeamtengruppe 1 führte, brummte zu allen und keinem: »Überall werden die Kinder von den Eltern abgehaut wie ein Perserteppich. Weil die Leute eben Viecher sind.«

»Ja«, sagte Hotwagner, der Sänger schon von der Polizeischule her kannte. »Ich weiß, Fritzl. Alles drischt aufeinander ein. Wurscht, ob's kleine Kinder oder alte Leut' sind. Und ohne Unterschied, ob's ein nobler oder ein Gesindelbezirk ist. Viele Eltern hauen. Und die Nachbarn hören das Schreien von den Tschapperln und drehen den Fernseher lauter, damit sie's nimmer hören.«

»Burli« Berger IV. von der MG 2 wurde langsam ungeduldig. »Alles gut und schön, Burschen«, sagte er. »Jeder weiß, daß es solche Sachen gibt. Und sie stehen auch in der *Öffentlichen Sicherheit* und im *Kriminalbeamten*. Aber fangen wir vielleicht jetzt endlich an, konkret über unseren Mordfall zu reden.«

»Werd nur nicht fickrig, Burli«, sagte Wasenegger. »Das tun wir eh die ganze Zeit.«

Hotwagner blies ins gleiche Horn. »Genau. Und bevor wir was unternehmen, müssen wir schon unsere gegenseitigen Notizen ein bißl kollationieren. Nimm dir ein Beispiel an der Moni. Die hört auch nur zu, wenn erwachsene Leut' reden.«

Monika Suttner lächelte und legte noch ein Schäuferl nach. »Hör auf das, was der Otto sagt, Burli. Und tu nicht so, als wennst nur du Fachzeitschriften lesen tätest. Das machen andere auch. Darum erinnere ich mich noch ganz gut an eine Winternummer der *Sicherheit* vom vorvorigen Jahr, in der ein paar Seiten über Delikte gegen Kinder drin waren. Mit unguten Fotos, Einlassungen der Täter, die mehr als knieweich waren und Gerichtsurteilen, die zum Lachen gewesen wären, hätt' man nicht drüber weinen müssen. Und die Tatbestandsaufnahmen und Fotos waren so, daß man geglaubt hat, es handelt sich um Berichte aus einem Nazi-KZ. Aber die Richter haben meistens nur ein paar Monate gegeben. Und die oft genug nur bedingt.«

»Okay, Kinderl«, brummte Hotwagner. »Ist ja okay. Schauen wir uns lieber noch einmal die Namen der möglichen Kontaktpersonen an. Und denk dran, daß man mit Gefühlen keinen Mord aufklären kann. Also.«

Die Kollegen vom Kommissariat hatten mit einem runden Dutzend Leuten geredet.

Darunter gab es zwei Gastwirte, die ebenfalls ungarische Restaurants betrieben, und eine Würstelstandbesitzerin. Sie alle waren naturalisierte Österreicher, aber gebürtige Ungarn. Dies im Hinblick auf die angeblich gegen Stoisits von Ungarn gerichtete und abgelehnte Schutzgeldforderung, weil dessen Frau Aranka ebenfalls nur naturalisierte Österreicherin war.

Alle drei bestritten, daß Schutzgeldforderungen an sie gerichtet worden seien. Aber in beiden Gasthäusern war eingebrochen und in einem sogar das Mobiliar demoliert worden. Und gegen den Würstelstand beim Bahnhof Simmering hatte es einen Brandanschlag gegeben. Die Täter waren in keinem der Fälle ermittelt worden.

Dann gab es ein paar Pensionisten, die den Bezirkstratsch kannten, weil sie nichts anderes zu tun hatten, als sich den Mund fransig zu reden.

Auch ein paar Leute aus der Thürnlhof-Siedlung, sowie Stammgäste des *Pußta-Stüberls* standen auf der Liste.

Und von der Stiege 6, in der die Familie Stoisits wohnte, gab es vier Namen: Ing. Spalek, Baumeister, Schmied und Vrana.

Alle diese Personen waren im Zusammenhang mit der Abgängigkeit der Ilona Stoisits bereits befragt worden, hatten aber keine Hinweise zu geben vermocht. Aber sie mußten über die Familie Stoisits Bescheid wissen. Und deren Hintergründe kennen.

Vielleicht redeten sie jetzt, nachdem Ilona nicht mehr abgängig, sondern tot war.

8

Gegen 17.00 Uhr war die MG 2 im Sicherheitsbüro versammelt.

»Weil es«, wie Oberstleutnant Stern sagte, »heute eher ein bißchen später werden würde«, riefen »Burli« Berger IV. und Karl Wasenegger ihre Frauen an.

Monika Suttner, die allein lebte und daher niemanden zu verständigen brauchte, stellte sich zur Kaffeemaschine und kochte für die Gruppe Kaffee.

Hotwagner stellte fest, daß er zu wenig Zigaretten hatte und wälzte sich aus dem Dienstzimmer, um sich beim Automaten ein paar Packungen zu kaufen.

Stern rief in der Kantine an und deponierte, daß irgendwann fünf Leute der MG 2 zum Abendessen kommen würden. Anschließend rief er im Gerichtsmedizinischen Institut an, bekam den ambitionierten Dr. Danzer an den Apparat und legte dem ans Herz, sich die Leiche der kleinen Ilona Stoisits sobald wie möglich anzusehen.

»Die Todesursache dürfte zwar eindeutig feststehen«, setzte Stern dann hinzu. »Aber es gibt ja an der Leiche auch verschiedene alte Verletzungsspuren. Von denen hätten wir gern gewußt, von wann sie stammen, Doktor Danzer.«

Hotwagner kam während der letzten Worte mit seinen Zigaretten herein. Er ging zu Stern und sagte so laut, daß es der Gerichtsmediziner am anderen Ende der Leitung hören mußte: »Ja! Wir müssen wissen, ob der Kleinen diese Verletzungen schon vierzehn Tage oder noch früher vor dem Erwürgen zugefügt worden sind!«

Stern horchte, lächelte und sagte dann: »Fein, Doktor. Danke.« Dann legte er auf und grinste Hotwagner an. »Der Doktor läßt dir sagen, du sollst nicht so ins Telefon plärren, Otto.« Und zu allen: »Er wird sobald wie möglich die Kleine ansehen und uns dann umgehend berichten. Noch vor Eintreffen des Obduktionsbefundes.«

»Burli« Berger und Monika Suttner servierten den Kaffee. Und alle außer ihr zündeten sich Zigaretten an. Es war ihnen egal, daß es im Raum mehrere runde Sticker *Ohne Rauch geht's auch!* und seit kurzem auch einen großen quadratischen mit einem zigaretterauchenden Totenkopf gab. Quer über diesen Sticker hatte jemand mit Filzstift *Auch Nichtraucher werden hin!* geschrieben. Aber die Handschrift war verstellt und jeder bestritt, es gewesen zu sein.

Stern schaute auf seine Leute und sagte: »Heute werden wir kaum mehr was niederreißen, meine Herren.« Er lächelte die Suttner an. »Und selbstverständlich auch die Dame! Entschuldigung.« Dann wieder ernst: »Mir schmeckt die Geschichte nicht. Nicht so, wie sie jetzt ausschaut. Weil mich bewegt, wie den Otto, erst einmal die Frage, was es mit den Verletzungen der Kleinen auf sich hat. Ich glaub' nämlich kaum, daß sie ihr von angeblichen oder mutmaßlichen Entführern beigebracht worden sind. Eher, daß sie von den Eltern stammen. Aber das vermute ich zunächst nur. Wirkliche Klärung wird der Obduktionsbefund bringen.«

»Das glaub' ich auch«, sagte Wasenegger.

Und Hotwagner bekräftigte: »Da bin ich ganz sicher, Waldi. Und die Moni auch.«

»Ja«, sagte die Suttner. »Der Vater ist zwar zusammengebrochen, als er vom Tod der Kleinen erfahren hat. Mein Sternenkind, hat er sie dabei genannt. Sternenkind. Und geweint. Aber das sagt für mich nichts aus. Ich weiß zuviel von Männern und sogenannten Vätern. Und das ist alles nichts Gutes.«

Berger IV. schaute gekränkt. »Momenterl! Du kannst doch nicht alle Männer als Ungusteln oder Drecksäue hinstellen, hörst! Logisch«, räumte er ein, »gibt's Sauhunde unter uns. Aber du machst uns alle nieder, weil du eine Emanze oder enttäuscht oder sonstwas bist.«

Monika Suttners eher weiches und ein bißchen konturloses Gesicht wurde hart. »Was ich bin, steht nicht zur

Debatte, Burli. Aber ich hab' halt während meiner Arbeit im Koat 12 soviel gesehen und erlebt, daß mir langsam vor den Männern graust.«

Sie entspannte sich. »Aber das geht nicht gegen euch, Burschen. Denn in dem Sinn seid ihr ja keine Männer für mich. Ich meine ...«

Hotwagner hob seine fleischige Hand. »Ist ja gut, Kinderl. Reg dich nicht auf. Und du auch nicht, Burli. 's bringt ja nichts.«

»Nein«, schloß der Oberstleutnant das Intermezzo ab. »'s bringt überhaupt nichts. Drum kommen wir jetzt zur Diensteinteilung für morgen.«

Er schaute auf seine Notizen und entschied: »Der Otto fährt morgen mit der Mutter zur Agnoszierung in die Sensengasse.« Er schaute auf Hotwagner. »Vielleicht erfährst du bei der Gelegenheit auch schon was wegen der Verletzungen. Aber das soll dir der Doktor unter vier Augen sagen. Jedenfalls paß auf, daß die Mutter nur das Gesicht ihres Kindes zu sehen kriegt! Sie soll die Kleine nur agnoszieren, sonst nichts.«

Hotwagner nickte nur und zündete sich eine Boro an. Er hätte der Stoisits sowieso nur das Gesicht des toten Kindes sehen lassen. Denn die Agnoszierung war eine Sache. Die Geschichte mit den Verletzungen aber eine andere.

Stern schaute Monika Suttner an. »Du gehst morgen auf die Stiege 6 und redest mit den Frauen Baumeister, Schmied und Vrana. Die werden entweder zuhaus oder nur einkaufen sein und bald zurückkommen.«

»Und du, Karli«, sagte Stern zu Wasenegger, »schaust, daß du die Stammgäste des *Pußta-Stüberls* erwischt. Ebetshuber und Swoboda. Und dann noch den Unterstandslosen, diesen Max Grasl, der sicher irgendwo in der Nähe sein wird. Vielleicht wärmt er sich im Bahnhof Simmering oder wo auf. Wirst ja sehen. »

Er dachte nach und sagte: »Dann sind da noch diese Würstelfrau Csillag und die drei Alten: Madl, Marschall und Swatosch. Die können sich die Monika und der Karli aufteilen. Wie es sich ergibt.«

Stern schaute Berger IV. an. »Du redest zuerst mit dem Nachbarn, diesem Ing. Spalek, der irgendwo in Liesing arbeitet. Die Adresse haben wir. Und wenn du mit ihm fertig bist, fahr nach Simmering. Und rede mit den Wirtskollegen von Stoisits. Den Neo-Österreichern Hajdufi und Szerelkes. Danach gehst du ins *Pußta-Stüberl.* Das wird morgen die Anlaufstelle für uns alle sein. Auch für dich, Otto. Alles klar?«

Seine Leute nickten und Stern setzte hinzu: »Ich werd' morgen wen von der neuen Österreichisch-Ungarischen Polizeiakademie bei uns kontaktieren. Und mit Kollegen in Budapest Verbindung aufnehmen. Damit wir von kompetenter Seite was über mögliche ungarische Schutzgelderpresser erfahren. Danach komm' ich auch ins *Pußta-Stüberl.*«

Er stand auf. »Soviel zu morgen. Sollte es was Unvermutetes geben, bin ich jederzeit durch mein Handy erreichbar. Und jetzt gehen wir essen, Leute. Danach gehen wir Einzelheiten über unsere Kontaktpersonen durch. Die Kollegen vom Koat 11 haben uns ja zu jedem eine kleine Geschichte erzählt.«

In der Kantine gab es Nudelsuppe, Rindsrouladen mit Reis und als Nachtisch Vanillepudding.

Danach saß die MG 2 noch bis gegen 23.00 Uhr im Dienstzimmer beisammen.

Als sie es verließen, war es von Rauchschwaden erfüllt. Und Monika Suttner konnte sich nicht enthalten zu sagen: »Ich bin ein armer Hund. Ich muß bei euch so viel mitrauchen, daß ich auch einen Lungenkrebs kriegen werd'.«

Hotwagner legte ihr die Hand auf den mageren Rücken und brummte entschuldigend: »Trag es uns nicht nach, Kinderl. Wir sind halt nur schwache Männer.«

Und Berger IV. sagte grinsend: »Alkohol und Nikotin, rafft die halbe Menschheit hin. Doch ohne Alkohol und Rauch, stirbt die andre Hälfte auch.«

Monika Suttner sagte, ohne zu lächeln: »Mein Gott, kannst du teppert sein.«

9

Am nächsten Tag nässelte feuchter Schnee nieder und verursachte in ganz Wien ein Glatteischaos. An jeder zweiten Ecke kam es zu Auffahrunfällen. Und die Rettung meldete schon um 08.00 Uhr nicht weniger als sechzig Ausfahrten. Das Wetter verlangsamte die Ermittlungen, konnte sie aber nicht verhindern.

Der Gruppeninspektor Otto Hotwagner hatte am Vorabend zu viel gegessen. Er war nach dem Nachtmahl in der Kantine des Sicherheitsbüros und der sich anschließenden Besprechung noch auf *ein Sprüngerl* ins sogenannte *Polizeiwirtshaus* in der Nähe gegangen und hatte dort einen gewaltigen Bauernschmaus verdrückt und zwei große dunkle Biere getrunken. Und dann einen Kollegen vom *Schrank,* den Gruppen, die geknackte Geldschränke bearbeiteten, getroffen. War mit ihm ins Gespräch gekommen und hatte beiläufig eine halbe Packung Zigaretten geraucht. Als er endlich nach Haus kam, war es fast 02.00 Uhr gewesen, er hatte nicht einschlafen können und war erst gegen Morgen in einen unruhigen Schlaf verfallen.

Um 06.30 Uhr riß ihn das Schrillen des Weckers aus einem Alptraum.

Hotwagner wuchtete sich aus dem Bett, kochte Kaffee, rauchte und versuchte, in der desolat aussehenden Wohnung so was wie zumindest ein bißchen Ordnung zu machen, gab das aber bald als aussichtslos und unnötig auf.

Otto Hotwagner war fast sechzig und lebte allein. Vor Jahren war ihm die seiner dauernden Überstunden und Geistesabwesenheit müde gewordene Frau davongelaufen.

»Du bist ja eh nie da«, hatte sie gesagt. »Nicht einmal, wennst zuhaus bist und neben mir sitzt. Auch dann denkst die meiste Zeit an deine Mörder. Brauchen tust mich nur zum Kochen und Dreckputzen. Also leb allein!«

Und wenige Wochen danach hatte sie gepackt, war zu ihrer Schwester ins Tullner Feld gezogen und hatte ihm nur die Katze Minka zurückgelassen. Später war es ohne großes Theater zur Scheidung gekommen. Hotwagner hatte die Schuld an der zerrütteten Ehe auf sich genommen. Aber in Wahrheit hatte sie der Polizeidienst ruiniert. Seither lebte Hotwagner nur mit der gleichfalls alten Katze, bis diese vor zwei Jahren an Altersschwäche starb. Er hatte sie entgegen der üblichen Praxis aber nicht in den Müllcontainer geworfen, sondern neben dem Grab seiner Eltern, in das, wenn es soweit war, auch er kommen würde, begraben. Und jetzt rückte die drohende Pensionierung immer näher, und er fürchtete sich davor. Denn was sollte er ohne die Polizeiarbeit mit seinem verhauten Leben anfangen. Wahrscheinlich würde er dann den Lauf seiner alten Walther in den Mund nehmen und abdrücken.

Aber vorläufig war es ja noch nicht soweit, gab es für ihn noch eine Menge zu tun.

Otto Hotwagner kochte sich nochmals Kaffee und goß einen Schuß Rum hinein. Während er dann trank und rauchte, schaute er aus dem Fenster auf den in die schmale lichtlose Vorstadtgasse niedernässelnden Schnee und dachte an die bevorstehende Agnoszierung.

Was konnte die noch nicht einmal siebenjährige Ilona von ihrem Leben gehabt haben. Ein Leben zwischen wenigen Stunden in der Wohnung und sehr vielen im nach Kochdunst, Alkohol und Tabakrauch stinkenden Wirtshaus. Und dann noch hie und da ein bißchen spielen mit einem anderen Kind – und die paar Stunden rhythmische Gymnastik. Aber sonst in der Hand von Eltern, von denen es mit größter Wahrscheinlichkeit wenig Liebe und viel Mißhandlungen und Quälereien gegeben hatte ... Und dann die zudrückende Hand des Mörders.

Und er mußte jetzt die sogenannte Mutter dieses Kindes abholen, damit die den kleinen Leichnam agnoszierte, weil der ebenfalls nur sogenannte Vater wegen des Todes seines *Sternenkindes* gebrochen und dazu nicht imstande zu sein behauptete.

Als Hotwagner zwei Stunden später in der eisglatten und kaum gestreuten Sensengasse parkte, hatte er Mühe, den rutschenden Wagen zum Stehen zu bringen. Und ärgerte sich über die Verantwortlichen der Gemeinde Wien, die er, vom Bürgermeister angefangen, allesamt für Bauchredner hielt. Die plusterten sich in den Medien pausenlos darüber auf, daß sie alle Probleme der Stadtverwaltung im Griff hätten. Aber tatsächlich hatten sie außer ihren hohen Gehältern nichts im Griff. Es wurden zu wenig Wohnungen gebaut, gab tägliches Verkehrschaos, zu wenig Brükken über die Donau. Aber Unsummen wurden wegen Schnapsideen verpraßt. Seit Jahren wurde wegen eines sogenannten Museumsquartiers gestritten, das die Stadt verschandeln würde. Beim Karlsplatz hatten sie einen schauerlichen Container mit einer Eisenblechbrücke hingerotzt, und das nannten sie dann Kunsthalle. Viele Millionen hatten sie für die vergoldete Kuppel des Fernheizwerkes hinausgeworfen. Aber für wichtige Sachen hatten sie nichts übrig. Bei Schneefall oder Glatteis wurden nur die Hauptstraßen versorgt. Aber in den Nebenstraßen und Gassen war es wie auf einem Eislaufplatz oder wie in Sibirien.

Während Hotwagner und Aranka Stoisits über den Hof des Gerichtsmedizinischen Instituts gingen, der gleichfalls spiegelglatt war, rutschte die schwere Frau aus, und Hotwagner hatte Mühe, sie und sich auf den Füßen zu halten.

Drinnen war es überheizt. Hotwagner fühlte schon nach den ersten Schritten, daß er zu schwitzen begann. Im linken Ohr begann wieder das Blut zu rauschen. Das Herz verlor seinen Rhythmus und schlug unrund, wie ein Automotor, der nur auf drei Zylindern lief.

Als Hotwagner und die Stoisits vor dem Steintisch mit rundumlaufender Abflußrinne standen, auf dem die mit einem Laken bedeckte Leiche lag, zog Dr. Danzer behutsam das Laken nur vom Kopf zurück, den Körper ließ er bedeckt.

»Also, Frau Stoisits«, sagte Hotwagner. »Ist das Ihre Tochter?« Zugleich schaute er auf das Gesicht der massigen Frau, um deren Reaktion zu beobachten.

Frau Stoisits blickte unbewegt und ohne zu zwinkern auf die Tote. Dann zuckte in ihrem Gesicht ein Muskel. Das war alles. Kurz drauf wandte sie sich ab und sagte: »Ja.«

Dr. Danzer zog das Laken wieder über Ilonas Gesicht und notierte sich 08.30 Uhr als Agnoszierungszeitpunkt. Dann sagte er zu Hotwagner. »Ich hätte Sie noch gern wegen des Falles Baumgartner gesprochen, Inspektor. Nur kurz.«

Otto Hotwagner wußte, daß es keinen Fall Baumgartner gab, sagte aber sofort: »Ja, Doktor. Okay.«

Dann fragte er die Stoisits: »Glauben Sie, Sie können allein zurückfahren, Frau Stoisits?«

Die Frau nickte. Und nochmals, als Dr. Danzer sie fragte, ob sie sich nach dem traurigen Anblick wirklich stark genug fühle, allein nachhause zu fahren.

Als Aranka Stoisits fort war, deckte Dr. Danzer den leblosen Körper des kleinen Mädchens ab. Die vielen Verletzungsspuren waren unübersehbar.

Hotwagner fragte: »Hast schon was Handliches rausbekommen, Doktor? Oder die Kleine noch nicht näher angeschaut?«

Der alte Gruppeninspektor duzte gegen alle Regel den um dreißig Jahre jüngeren Gerichtsmediziner, seit sie einander vor einem runden halben Jahr anläßlich eines spektakulären Dreifachmordes kennengelernt und recht nahe gekommen waren. Danzer hatte damals durch hervorragende Arbeit am Torso eines Opfers wesentlich zur Identifizierung des Täters beigetragen und war von dem alten Kriminalbeamten des Du-Wortes für würdig befunden worden.

»Ja«, sagte Dr. Danzer . »Hab' ich. Und was ich, wenn auch nur vorläufig, gefunden habe, ist überhaupt nicht lustig, Inspektor.«

»Nichts bei unserem Geschäft ist lustig«, brummte Hotwagner und zündete sich eine Boro an. Dann fragte er: »Na, wie schauen wir aus? Aus welchem Zeitraum stammen die Verletzungen? Früher als vierzehn Tage oder war's vor dem Tod?«

»Zum Teil von sehr viel früher. Manche liegen sicher Monate zurück. Besonders einige am Rücken und dem Gesäß. Es handelt sich dabei um Verbrennungen und Verletzungen durch Schläge mit einem dünnen harten Gegenstand. Möglich einem Schürhaken. Die Brandwunden dürften durch brennende Zigaretten zugefügt worden sein. Versorgt wurden diese Verletzungen zum Zeitpunkt der Beibringung mit Sicherheit nicht. Genaueres in Bezug auf innere Verletzungen kann ich erst nach der Obduktion sagen.«

Hotwagner nickte. »Mit einem Wort: Die Verletzungen stammen nicht von den angeblichen Entführern oder Schutzgelderpressern. Sondern von den Eltern.«

»Richtig, Inspektor. Das schließt aber nicht aus, daß der Tod durch Erwürgen von etwaigen Drittpersonen herbeigeführt wurde.«

»Ist mir schon klar, Doktor. Logisch. Das werden wir ermitteln müssen.«

Während sich Hotwagner bereits die nächste Boro anzündete, schaute ihn der ein bißchen wie Jerry Lewis aussehende Arzt mit durch den Brillenschliff stark vergrößerten Augen an und sagte ruhig: »Es gibt aber noch was an der Kleinen. Sie ist nämlich defloriert. Und mit Sicherheit ist die Defloration lange vor ihrem Tod erfolgt. Darüber hinaus gibt es im Vaginal- und Analbereich ebenfalls Verletzungen. Genaueres kann ich aber erst nach der Obduktion sagen.«

Hotwagner, der eben die Zigarette an die Lippen führen wollte, ließ die Hand in der Luft hängen. »Das heißt, daß das Kind wahrscheinlich vom eigenen Vater ...«

Dr. Danzer rückte seine Brille zurecht und sagte: »Ja. Das heißt es, Inspektor. Nur kann ich noch nicht sagen, ob sie durch das Einführen von Gegenständen oder eines Penis zustandegekommen sind. Es gibt aber Möglichkeiten, das mit zumindest hoher Wahrscheinlichkeit festzustellen. Man versucht hiebei ...«

»Hör auf, Doktor!« unterbrach ihn Hotwagner. »Was du bis jetzt weißt, genügt mir schon.« Dann brummte er: »Weißt, ein Mord ist auch nichts Schönes. Wem sag' ich das. Aber wenn einer sein eigenes kleines Kind ... Da ist mir ein Mord lieber.«

»Mir auch, Inspektor«, sagte Dr. Danzer. Und nach einer Pause, sehr leise: »Das Kind hatte ein Blouson mit der Aufschrift *Petites Fleurs* an. »

»Und?« fragte Hotwagner.

Dr. Danzer schaute ihn an. »Weißt du, daß *Defloration* auf deutsch soviel wie *Entblütung* heißt?«

10

Während Hotwagner und Dr. Danzer vor dem mißhandelten und mißbrauchten Körper der kleinen Ilona Stoisits standen, unterhielt sich Oberstleutnant Stern mit zwei Leuten der *AHPA*, der Österreichisch-Ungarischen Polizeiakademie.

Das waren der Österreicher Dr. Robert Maltschacher und die Ungarin Mag. Irene Koltai, beide höherrangige Konzeptsbeamte.

Dabei stellte sich heraus, daß weder Maltschacher noch die Koltai daran glaubten, daß der Tod von Ilona Stoisits mit den Aktivitäten der ungarischen *Alvilag* in sinnvollen Zusammenhang gebracht werden konnte.

Frau Mag. Koltai trug vor. Sie sprach ausgezeichnet deutsch, wenn auch mit ungarisch gefärbten Vokalen.

»Die *Alvilag*, Herr Kollege, ist, das muß man ins Auge fassen, eine typische Erscheinung des Kapitalismus. Früher, als wir noch Volksdemokratie waren, wären Erscheinungen wie Schutzgelderpressung nicht denkbar gewesen. Sie hätten keinen Sinn gehabt, weil alle Lokale dem Staat gehörten. Und jede gegen sie gerichtete kriminelle Aktivität wäre ein Staatsverbrechen gewesen.«

Sie schaute Stern mit ihren grauen Augen an und dozierte weiter. »Und die potentiellen Straftäter wußten, daß der Staat und seine Polizei nicht mit sich spaßen ließen. Damals ...«

»Das ist mir schon alles klar, Entschuldigung«, unterbrach sie Stern. »Nur, ich möchte, wenn Sie erlauben, jetzt nicht über Kommunismus und Kapitalismus diskutieren, sondern über Fakten reden, die mich vorrangig interessieren.«

Ewald Stern war, was freilich fast nie bei ihm durchschlug, einer der nicht wenigen FPÖ-Wähler unter den Wiener Polizisten. Bei der letzten Wahl hatte ein rundes Drittel der Polizisten dieser sehr rechtslastigen, angeblich freiheitlichen, tatsächlich aber sehr deutschnationalen Partei ihre Stimme gegeben. Vielleicht deswegen, weil sie sich von dieser Partei ein härteres Durchgreifen gegen Gesetzesbrecher erhofften. Und Stern hatte jetzt das Gefühl, daß diese Ungarin auf kaum verhüllte Art dem nicht mehr existierenden Kommunismus nachtrauerte. In etwa hatten ja auch die russischen Kollegen, die vor einem halben Jahr in Wien gewesen waren, ins gleiche Horn geblasen. Aber er trauerte weder dem abgetretenen Kommunismus nach, noch wollte er überhaupt Politik betreiben. Er war zu hundert Prozent Polizist, das reichte.

Die Magistra Koltai bekam einen harten Zug im Gesicht und schaute an Stern vorbei.

Und Dr. Maltschacher rügte sanft: »Aber bitte, Kollege ...«

»Entschuldigung«, sagte Stern knapp. Er schaute seinerseits ebenfalls an der hübschen Ungarin vorbei und wandte sich nur an Maltschacher. »Mich drängt die Zeit, Kollege. Wirklich. Ich möchte lediglich wissen, ob es zu den Methoden der *Alvilag* gehört, auch Frauen und Kinder der Epreßten einzubeziehen. Denn die chinesischen *Triaden,* die langsam versuchen, auch bei uns Fuß zu fassen, tun derlei nicht. Nirgends, soviel wir wissen.«

»Auch die *Alvilag«* sagte die Koltai frostig, »hält sich nur an die Besitzer oder Pächter von Lokalen. Meist werden bei uns nur die Lokale ganz oder teilweise zerstört. Unter Umständen kommt es auch zu Überfällen und Verletzungen des jeweils Erpreßten. Todesfälle hat es noch nicht gegeben, schon gar nicht von Kindern.« Und um eine Spur noch frostiger: »Das können Sie als verbindlich und kompetent ansehen, Herr Oberstleutnant.«

Danach stand sie auf, drückte das Kreuz durch und verließ den Raum.

Dr. Maltschacher schaute betreten und sagte: »Jetzt ist sie bös. Sie waren aber auch wirklich nicht nett, Herr Kollege.«

Stern zuckte mit den Schultern. »Tut mir leid. Aber ich bin nicht zum Nett-Sein Kriminalbeamter. Mich interessieren Fakten, aber keine Exkurse über die Vorteile des Kommunismus.«

Er ließ sich von Maltschacher mögliche Kontaktpersonen der ungarischen Polizei nennen, notierte sich deren Namen und Telefonnummern. Dann fuhr er ins Sicherheitsbüro zurück, führte einige Telefongespräche mit diesen Kollegen, hörte von denen aber auch nur das, was er schon von der Magistra wußte.

Keiner der ungarischen Polizisten glaubte, daß hinter dem Fall Ilona Stoisits die *Alvilag* steckte. Und es schien ihnen auch äußerst unwahrscheinlich, daß es in Wien überhaupt organisierte Schutzgelderpressung seitens ungarischer Krimineller gab.

Mit diesem Wissen ging Stern zu seinem Hofrat Tamandl, um zu rapportieren.

August Tamandl saß hinter seinem Schreibtisch und hörte sich an, was sein Gruppenführer vortrug. Mittendrin tutete das Telefon.

Tamandl hob ab und meldete sich. Fast unmittelbar danach sagte er: »Ja. Der ist bei mir.« Und mit einiger Schärfe: »Sie können aber auch mir alles sagen, was für den Oberstleutnant bestimmt ist. Ich bin ja keine dienstfremde Person, Herr Gruppeninspektor! Also, worum handelt es sich?«

Er hielt den Hörer von sich ab und brummte zu Stern: »Ein impertinenter Mensch, dieser Hotwagner. Er ...« Tamandl hielt sich den Hörer wieder ans Ohr, bekam runde Augen und hörte gespannt. Dann sagte er: »Warten Sie, Hotwagner. Ich geb' Ihnen den Herrn Stern.«

Tamandl reichte den Hörer über den Tisch. »Ilona Stoisits ist nicht nur mißhandelt, sondern auch schwerst sexuell mißbraucht worden. Hotwagner sagt ...«

Stern nahm ihm den Hörer aus der Hand. »Ich bin's, Otto. Red schon!«

Er hörte aufmerksam zu und sagte dann:« Paß auf, Otto! Du fährst jetzt ins *Pußta-Stüberl* und spitzt den Stoisits an. Auch seine Frau. Und warte, bis die anderen kommen.

Aber laß die zwei Stoisits' nicht aus den Augen und auch nicht miteinander reden.«

Stern schaute auf seine Uhr. »Ich komm' irgendwann gegen zwölf. Bis dahin unternimm nichts gegen die Eltern. Keil sie nur aus. Servus.«

Er legte auf und schaute Tamandl an. »Die beiden sind bei mir dran. Das sind Schweine, aber keine Eltern. Denn wenn die Verletzungen vielleicht auch nur vom Vater stammen – die Mutter muß zumindest davon gewußt und nichts unternommen haben. Wahrscheinlich oder sicher auch vom Sex mit dem Kind.«

11

Zur gleichen Zeit waren die Suttner, Wasenegger und Berger IV. in Simmering unterwegs.

Die Bezirksinspektorin Monika Suttner hatte Glück und traf alle drei, in der Stiege 6 der Thürnlhof-Siedlung wohnenden Frauen an.

Gerlinde Baumeister war weit über siebzig, hörte schwer und hatte eine schrille mißtönende Stimme. Sie hatte, wie sie der Suttner ins Gesicht schrie, eigentlich auf den nahen Zentralfriedhof gehen wollen. »Weil ja heut mein Ferdl den zehnten Todestag hat! Leben könnt' der noch, wenn er nicht soviel geraucht hätt'! Und an der frischen Luft wär' ich auch ein bißl gewesen! Aber bei dem Glatteis und allem hab' ich mich nicht aus dem Haus 'traut und ihm zuhaus eine Kerze anzunden!«

Sie wies auf eine auf dem Küchentisch stehende Kerze und krächzte weiter. »Damit er weiß, daß ich noch immer auf ihn denk'! Aber daß ich auf den Friedhof wegen ihm geh', kann er nicht verlangen! Weil voriges Jahr bin ich gefallen, weil auch Glatteis und nirgends was aufgestreut und nichts war! Es streut ja heutzutag nirgends wer! Die Hausmeisterinnen sind ja faule Hund' und die Polizei kümmert sich auch nicht! Alte Leut' können sich ja zum Krüppel fallen! Und ...«

Als Monika Suttner den Redestrom der Baumeister unterbrach und Fragen über die Familie Stoisits zu stellen versuchte, war die Alte bitterbös. Sie sagte nur, daß die Stoisits', wie alle jungen Leut' heutzutag, keinen Schuß Pulver wert seien. »Ein Gesindel, an das eine anständige Frau nicht einmal anstreift, Frau Kommissar!«

Und mehr wollte sie nicht sagen, weil sie alles, was sie zu sagen gehabt hatte, ja eh schon den Polizisten vom Kommissariat gesagt hatte. Auch denen hatte sie gesagt, daß von der sogenannten Familie Stoisits nur die Kleine gegrüßt hätte, die beiden Erwachsenen aber nicht.

Die Suttner fragte, ob sich hinter dem *sogenannt* etwas verbarg. Vielleicht sogar eine Andeutung, daß die Stoisits' ihre Tochter mißhandelt hätten, erfuhr aber nichts.

»Vielleicht haben s' den Bankert gehaut! Vielleicht nicht! Hier und da bettelt ein Kind ja direkt um ein paar gesunde Watschen!«

Auch bei der nächsten Frau bekam die Bezirksinspektorin vorerst nicht viel heraus.

Verena Schmied war jung, höchstens fünfundzwanzig. Sie hatte keinen Mann, aber drei Kinder, allesamt Mädchen. In der Wohnung war es überheizt. Die Schmied trug nur ein durchsichtiges, aber fleckiges Baby-Doll-Nachthemdchen und hatte eine Zigarette zwischen den Lippen. Die Kinder krabbelten nackt oder nur mit Windelhose durcheinander. Der Fernseher lief plärrend und die Wohnung stank nach Urin, Schweiß und Tabakrauch.

»Ich bin ganz gut mit die Stoisits'«, sagte die Schmied paffend. »Eigentlich mehr mit ihr, der Aranka. Weil der Mann ist ein Arschloch. Der glaubt, Weiber sind nichts und nur zum Bedienen für die Männer da. Er ...«

Sie zündete eine Flamme des schmierigen Gasherdes an, stellte einen Topf mit Milch drauf, zündete sich die nächste Zigarette an, schrie erfolglos die krabbelnden Kinder an.

Dann erklärte sie: »Mit ihr, der Aranka, komm' ich gut aus. Die ist ja auch eine arme Sau wie ich. Und hat jetzt ja auch 's Mäderl verloren.«

»Inwiefern ist die Frau Stoisits auch eine arme Sau?« Und: »Gibt es einen Zusammenhang zwischen Ihnen und ihr?«

»Nein«, sagte die Schmied, schrie wieder ihre Kinder an und fragte:« Mögen S' einen Kaffee?« Sie wartete keine Antwort ab, schüttete Wasser und Kaffee in die schmierige Espressomaschine und schaltete sie ein. Dabei sagte sie: »Ob's einen Zusammenhang zwischen der Aranka und mir gibt, fragen S'?«

Sie stellte sich breitbeinig hin und lachte freudlos. »Na, logisch gibt's einen. Zwischen uns Weibern. Allen. Wurscht, ob s' für ihre Gschrappen keinen Vater oder ein Arschloch wie den Werner Stoisits haben. Oder wie *Sie* bei der Kiberei sind. Weil alles, was ein Loch zwischen die Füß' hat, ist eine arme Sau. So schaut's aus, Herzerl.«

Die Schmied warf die erst halb gerauchte Zigarette ins Spülbecken und schaute leer vor sich hin. »Weißt, was ich mir denk', Kiberin? Daß die Ilona eigentlich gar nichts versäumt hat. Wenn man's genau nimmt.« Und mit einer Welt von Hoffnungslosigkeit in der Stimme: »Okay, sie ist umgebracht worden und lebt nimmer. Logisch ist das nicht direkt das Wahre. Aber vielleicht ist hin sein besser als wie leben und dafür büßen müssen, daß man bei dem bißl Pudern eine Freud' gehabt hat.«

Sie stellte zwei Schalen unter die Espressomaschine und schaute zu, wie der Kaffee hineintropfte. »Das hört sich vielleicht ungut an, Herzerl. Aber ich weiß, was ich sag'. Zwei Mal war ich mit den größeren Gschrappen schon in einem Frauenhaus. Und jetzt ist der Vater von der Kleinen im Häfen, weil er ein *Räuberl* gemacht hat. Vier Meter hat er gerissen. Dann kommt er wieder raus und macht mir einen neuen Gschrappen. Und haut mich in die Goschen. So schaut das süße Leben für die Schmied Verena aus.«

Auf die Fragen der Suttner, ob sie etwas über mögliche Mißhandlungen der kleinen Ilona wüßte, brummte sie nur: »Kann sein. Direkt wissen tu ich nur, daß der Werner die Aranka haut. Manchmal. Aber das blöde Trum haut nicht retour.«

Bei der nächsten Frau, der Hausbesorgerin Hilde Vrana, hatte die Suttner mehr Glück.

Denn die sagte, sie wisse, daß die Ilona von ihren Eltern mißhandelt worden war. Allerdings nicht mehr, wie die meisten anderen Kinder in der Siedlung auch. Das wußte ja jeder. Auch die Jugendfürsorge. Aber die kümmerte sich nicht drum, weil es eben so war, daß jeder jeden gelegentlich haute. Auch die Erwachsenen. Sie selbst *faßte* ja auch ab und zu ein paar Watschen von ihrem Mann. Haute gelegentlich auch zurück. Was ihr die Suttner aufs Wort glaubte. Denn Hilde Vrana war gut einen Meter achtzig groß und gebaut wie ein Catcher.

Monika Suttner stellte die routinemäßigen Fragen. Darunter auch die, wann die Hausbesorgerin die kleine Ilona zum letzten Mal gesehen hatte.

»Ja ... Also, wann ...«, sagte die Vrana. »Irgendwann halt. Ich hab' nicht aufgepaßt.« Dann fragte sie: »Wenn ich jetzt was sag', Frau Inspektor – bleibt das unter uns oder geht das in die Öffentlichkeit?«

»Wenn Sie Wert drauf legen, kann es zunächst vertraulich behandelt werden.«

»Und ich brauch' nicht vor Gericht oder komm' in die Zeitung?«

»Nicht, wenn es nicht unbedingt sein muß, Frau Vrana.«

»Also, dann ...«, brummte die Hausbesorgerin, »sag' ich Ihnen, daß ich das Kind am Tag nach die Heiligen Drei Könige nicht mehr gesehen hab'.«

»Also am 7. Jänner, sagte die Suttner, »an dem Tag ihrer Abgängigkeit, haben sie Ilona Stoisits nicht mehr gesehen.«

»Nein. Weil da hat sie, glaub' ich, schon nimmer gelebt.« Und plötzlich laut und aggressiv: »Aber das hab' ich, wenn's drauf ankommt, nie gesagt! Niemand!«

»Ist ja gut, Frau Vrana«, sagte Monika Suttner. »Geht schon in Ordnung. Regen Sie sich bitte nicht auf!«

Und dann, obgleich sie selbst aufgeregt war, so ruhig wie möglich: »Es ist ja vielleicht auch gar nicht so wichtig. Denn es kann ja sein ... Aber – warum sind Sie sich so sicher, daß sie Ilona Stoisits am 6. Jänner noch gesehen haben, am 7. aber nicht mehr?«

»Na, weil ich am Tag nach die Heiligen Drei Könige den Zugang zur 6er-Stiegen gekehrt hab'. Und die zwei Stoisits' in aller Früh weggehen gesehen hab' – aber ohne das Kind. Und das ist immer mit ihnen mit ins Wirtshaus. Darum glaub' ich, daß da was nicht hinhaut.«

Draufhin verabschiedete sich Monika Suttner ziemlich abrupt.

Draußen schneite es jetzt dichter. Deswegen stellte sich die Suttner wieder in den Vorplatz der Stiege 6, nahm ihr Walkie-talkie und gab an Berger IV. durch, was sie von der Hausbesorgerin erfahren hatte.

»Burli« Berger bestätigte den Empfang und versprach, es an den Kollegen Wasenegger, der ja gleichfalls im Bezirk unterwegs war, weiterzugeben.

Die Suttner versuchte dann noch erfolglos, die drei angeblich allwissenden Pensionisten zu finden, hatte aber Pech.

Horst Madl und Johann Marschall waren nicht in Wien, sondern irgendwo auf Urlaub. Und Robert Swatosch hatte vor zwei Tagen einen Herzinfarkt erlitten, lag in einer Intensivstation und würde längere Zeit nicht ansprechbar sein.

Sie suchte aufs Geratewohl noch die Gymnastiklehrerin Ilse Kovacs auf, um vielleicht von der was über die Wundmale der Ilona Stoisits zu erfahren, erfuhr aber nichts.

Denn Ilona hatte bei den Übungen immer ein den ganzen Körper bedeckendes Trikot getragen. Die Gymnastiklehrerin hatte nur einmal eine Brandwunde am Fuß des Kindes gesehen, sich aber mit der Erklärung des Vaters zufrieden gegeben, das Kind hätte sich diese Verletzung zugezogen, als es mit dem Fuß ein auf dem Küchenboden abgestelltes noch heißes Bügeleisen berührt habe.

Auch Gruppeninspektor Karl Wasenegger erfuhr kaum was.

Er war auf der Suche nach seinen Kontaktpersonen in keine Wohnung gekommen, hatte sich mit allen im Freien unterhalten müssen. Seine Liftjacke war von pappigem Schnee durchnäßt, und auch in den Schuhen fühlte er es feucht. Wahrscheinlich würde ihm dieses Hin- und Herrennen eine saftige Erkältung eintragen.

Wasenegger war als erster von der MG 2 beim *Pußta-Stüberl* gewesen, hatte es aber noch geschlossen vorgefunden, obgleich der Besitzer des benachbarten Uhrengeschäftes meinte, es müsse längst offen sein, weil Stoisits das Lokal außer am Ruhetag spätestens um 08.00 Uhr aufsperrte.

Der Mann sagte Wasenegger auch, daß die Stammgäste Ebetshuber und Swoboda und ebenfalls der Sandler-Maxl, also Grasl, schon bei ihm gewesen seien und nach den Wirtsleuten gefragt hätten. Er wußte nicht, wohin die drei im einzelnen gegangen seien, meinte aber, daß zumindest der Sandler-Maxl bei der Schnellbahnstation Simmering anzutreffen sein würde.

Grasl war aber nicht in der gut geheizten Schnellbahnstation. Und laut Auskunft eines Bahnbeamten war er an diesem Tag überhaupt noch nicht aufgetaucht.

Daraufhin redete Wasenegger mit der Würstelfrau Marika Csillag in ihrem Stand bei der Schnellbahnstation. Aber die konnte über etwaige Schutzgeldforderungen ehemaliger Landsleute von ihr nichts sagen. Sie hatte zwar von gewissen Aktivitäten der *Alvilag* vage gehört, die sollten sich aber nur auf politische Dinge beziehen. Die Csillag räumte aber ein, daß Schutzgeldforderungen denkbar seien. Aber doch nur gegenüber potenten Exilungarn oder Neo-Österreichern.

Sie betrieb ihren Würstelstand schon einige Jahre, besaß alle notwendigen Bewilligungen dafür und hatte, wie sie lächelnd sagte, gute Beziehungen zur Polizei, weil diverse Kriminalbeamte und Streifenpolizisten des Kommissariats Simmering ihre Stammgäste waren.

Als Wasenegger fragte, ob sie heute schon den Max Grasl gesehen hatte, sagte die Csillag: »Ja, hab' ich ihn gesehn. Er hat, vielleicht vor einer halben Stunde, eine Käsekrainer bei mir gegessen. Gratis. Er ist ja arm. Ein netter Mann. Hat nur Pech mit seiner Frau gehabt. Ist geschieden worden. Die Frau hat die Wohnung bekommen.

Und er mußte auf die Straße. Von mir ist er zur Station gegangen. Er sagt, er macht wieder seine Rundfahrten.«

»Rundfahrten?« fragte Wasenegger und bestellte sich ebenfalls eine Käsekrainer mit süßem Senf.

»Rundfahrten«, sagte die Csillag. Und erklärte: »Weil die Schnellbahnzüge ja warm sind. Steigt er ein und fahrt kreuz und quer und rundherum. Auch mit der U-Bahn. Jeder Mensch braucht Wärme, sonst erfriert er. Und die Kontrollore kennen ihn. Sie machen nichts gegen ihn.«

Wasenegger bedankte sich, aß seine Käsekrainer und trank auch einen von der Csillag spendierten doppelten Obstler. Dann schaute er sicherheitshalber noch einmal in die Schnellbahnstation, fand Grasl aber nicht. Wahrscheinlich hatte die Würstelfrau mit ihrer Vermutung recht. In der kalten Jahreszeit fuhren ja viele Unterstandslose, darunter auch etliche Drogensüchtige, mit den gut geheizten öffentlichen Verkehrsmitteln durch Wien. Denn da hatten sie es nicht nur warm, sondern konnten auch sitzen. Falls ein Kontrollor auftauchte, wies sie der höchstens aus dem Zug, damit war die Sache erledigt. Eine Anzeige oder das Kassieren von Strafgeld kam wegen der Mittellosigkeit dieser Leute ja nicht in Frage. Die stiegen bloß friedlich aus und fuhren mit dem nächsten Zug weiter.

Wasenegger ging zum Würstelstand zurück und sagte der Csillag, sie sollte Grasl, falls er wieder auftauchte, ins *Pußta-Stüberl* schicken. »Ich oder wer von meinen Kollegen ist jedenfalls bis eins oder zwei dort. Wir werden ihm ein ordentliches Essen und Trinken zahlen. Und falls Sie ihn erst später sehen, soll er uns im Sicherheitsbüro anrufen. Es ist wichtig und wird sein Schaden nicht sein.«

Er gab der Würstelfrau seine dienstliche Visitkarte und ging durch den Schneematsch zum *Pußta-Stüberl*, das jetzt offen war. Es war knapp vor 10.00 Uhr.

Im Lokal stand Aranka Stoisits und faltete Papierservietten. Von der Gruppe war noch niemand da.

Wasenegger gab sich nicht als Kriminalbeamter zu erkennen, sondern bestellte sich bloß einen starken

Glühwein mit viel Zimtrinde. Vielleicht konnte der die beginnende Verkühlung abbremsen.

Monika Suttner kam um 10.12 Uhr. Auch sie bestellte sich einen Glühwein.

Hotwagner kam um halb elf. Die Stoisits ließ einen schwer verständlichen Wortschwall auf ihn los, dem zu entnehmen war, daß ihr Mann verschwunden sei.

»Was heißt, verschwunden«, brummte Hotwagner. »Er wird halt wo sein.«

»Er ist nicht wo«, sagte die aufgeregte Wirtin. »Werner geht nicht wo hin und sagt es mir nicht!« Sie wurde fast hysterisch. »Er ist heute früh lange vor mir weg! Oft geht er vor mir weg und sperrt das Lokal auf! Und ich komm' dann mit dem Kind und ...«

Aranka Stoisits packte Hotwagner am Mantel und hielt ihn eisern fest. »Immer, Herr Polizei! Aber heut ist Werner nicht da! Es ist ihm was passiert! Wie dem Kind!«

Sie klammerte sich noch fester an Hotwagner und begann fast schreiend zu weinen.

Hotwagner schaute die Frau ruhig an und machte sich sanft, aber mit großer Kraft los. Es war gar nicht so leicht, die Hände der Frau von seinem Mantel zu lösen.

Dann zündete er sich eine Zigarette an. Sein aufgeschwemmtes Gesicht zeigte keine Regung.

Denn er nahm der Stoisits den Schmerz um die tote Tochter nicht ab. Das Weib mußte gewußt haben, daß das Kind mißhandelt worden war. Vielleicht hatte sie sich auch selbst daran beteiligt. Und es wußte wahrscheinlich auch, daß ihr angeblich verschwundener Mann über die Kleine gegangen war. Die meisten Frauen wußten, wenn der Vater über die Tochter ging. Aber sie sagten und unternahmen nichts. Aus vielerlei Gründen. Dachten sich wahrscheinlich nichts dabei. Kauften dem armen, hilflosen und mißbrauchten Kind ein Blouson mit der Aufschrift *Petites Fleurs*. Und gaben sich verzweifelt und unwissend, wenn die Sauerei aufflog. Manche Mütter waren eben keine. Sie hatten nur ein Kind auf die Welt gebracht.

»Beruhigen S' Ihnen«, brummte Hotwagner. »Denken S' lieber nach, wo Ihner Mann sein kann, wenn er nicht im Wirtshaus ist.«

»Aber ich weiß es ja nicht! Nirgends! Ich hab' ja schon überall telefoniert, wo er sein hätt' können!« Den Rest stieß sie in ungarischer Sprache hervor und war offensichtlich vor dem Zusammenbruch.

Das konnte kaum gespielt sein. Und langsam stieg in Hotwagner der Verdacht auf, daß da wirklich was nicht stimmte.

Vielleicht war Stoisits geflüchtet. Auf und davon. Weil er sich sagte, daß die Polizei bereits von den Verletzungen Ilonas wußte. Und logischerweise ihn damit in Zusammenhang brachte. Weil die Verletzungen ja lange vor ihrer Ermordung zugefügt worden waren. Und ihn für den Täter hielt, ja halten mußte.

Aber noch etwas dachte Hotwagner. Es konnte möglicherweise ja auch sein, daß Werner Stoisits sein Kind nicht nur mißhandelt und mißbraucht, sondern auch ermordet hatte. Weil er sich vor der Entdeckung fürchtete. Denn irgendwann mußte ja wer diese Verletzungen sehen und drauf reagieren. Spätestens der Schularzt. Die Kleine hätte ja heuer im Herbst eingeschult werden sollen.

Er schaute die Suttner und Wasenegger an und sagte: »Wenn der Stoisits nicht bald auftaucht, schreiben wir ihn zur Fahndung aus. Mit uns spielt der keinen Indianer.«

Er zog sich seinen nassen Mantel aus und bestellte sich einen Doppelespresso mit einem großen Rum. Ging zum Tisch der beiden. Setzte sich aber nicht, sondern wuchtete seine mehr als dreißig Kilo Übergewicht zum Wandtelefon, gleich beim Durchgang zu den Toiletten und der Küche, und rief den Hofrat Tamandl an.

Er erklärte ihm kurz, worum es ging, horchte und sagte dann ruppig: »Ja. Weiß ich. Aber ich will nicht auf den Oberstleutnant warten, Hofrat. Es ist mir zu dringend. Also veranlassen Sie, daß der Werner Stoisits sofort zur Fahndung ausgeschrieben wird. Seine Daten und ein Foto liegen ja auf. Im Verkehrsamt oder beim Paß. Ich glaub', daß er flüchtig ist, weil er sein Kind selber umgebracht hat.«

Tamandl hatte etwas einzuwenden, aber Hotwagner schnitt ihm das Wort ab. »Ich hab' gesagt, sofort! Also.« Und dann: »Ja. Die Dienstvorschrift kenn' ich. Trotzdem. Veranlassen Sie das. Ich nehm's auf meine Kappe. Alles andere reden wir, wenn ich wieder im SB bin. Ende.«

Er hing auf und sagte zur Wirtin: »So. Und jetzt ist's aus mit der knieweichen Tour, Frau. Schauen S' mich nicht so an. Ab jetzt bleiben S' da, bei uns. Telefoniert wird nicht. Wenn 's Telefon läutet, geht einer von uns hin. Und wenn S' vielleicht in die Küche oder aufs Häusl müssen, geht ebenfalls wer von uns mit.«

Kurz danach kam Berger IV. ins Lokal.

Als er die Kollegen scheinbar gemütlich beisammensitzen sah, murrte er: »Na, ihr seids leiwand, hörts. Machts da einen Frühschoppen und ich fahr' durch das Scheißwetter und quer durch Wien.«

»Schaust aber ganz gesund und frisch aus«, sagte Monika Suttner.

»Genau«, brummte Wasenegger. »Du bist eh bequem und trocken mit dem Auto gefahren, Burli. Wir sind waschelnaß!«

Berger IV. bestellte sich einen roten Glühwein und war stocksauer. »Ich hab' einen Patschen gehabt. Mitten auf der Lemböckstraße. Am Arsch der Welt. Und wie in Sibirien den Reifen wechseln müssen.«

»Na, tu dir nur nichts an, du junger Bub«, grinste Hotwagner. »Bleib freundlich.« Und sarkastisch: »In Wien ist 's überall herrlich. Denk an dem Zilk seine Plakate *Wien ist anders*. Der Bürgermeister wird's schon wissen.«

»Burli« Berger sagte nichts drauf. Er wartete auf seinen Glühwein, machte dann einen zu gierigen Schluck und verbrannte sich die Zunge. Er zündete sich eine Zigarette an, schaute wütend und trank vorsichtig und in kleinen Schlucken weiter.

Er war so satt, wie einer nur sein konnte. Hatte heute vormittag bei der Straßenbahnkreuzung Perfektastraße-Lemböckgasse bemerkt, daß sein Wagen nicht nur des Glatteises wegen unlenkbar wurde. War ausgestiegen und hatte den linken Vorderreifen platt gefunden. Hatte im Schneegestöber, und von den viel zu schnell vorüberfahrenden Autos immer wieder mit Schneematsch bespritzt, den Reifen gewechselt, war dann verdreckt und wütend zu der Fabrik gefahren, in der dieser Ing. Spalek, der Nachbar von Stoisits, arbeitete.

Die Fabrik war klein und bestand eigentlich nur aus einer nicht sehr hohen Halle, die mit ratternden Metalldrehautomaten angefüllt war. Es stank nach Öl und irgendwelchen chemischen Mitteln.

Berger IV. war ein paar Minuten vor der Stechuhr und den daneben hängenden Kästen mit den Stechkarten gestanden, ohne daß sich jemand um ihn gekümmert hätte. In der Halle arbeiteten etwa sechzig Männer und Frauen, die bloß entweder stumpf oder blöd zu ihm glotzten, denen aber sichtlich wurscht war, daß er sich aus Langeweile die aufgereihten Uhrkarten ansah.

Mehr als die Hälfte der hier Beschäftigten waren, den Namen auf den Uhrkarten nach, Jugoslawen, die – während in ihrer Heimat seit langem ein Krieg tobte und sich die in Nationalitäten und Religionsgemeinschaften auseinandergefallenen Leute gegenseitig abschlachteten und vergewaltigten – hier einträchtig miteinander arbeiteten. Denn hier waren sie alle die gleichen Arschlöcher – Fremde, die von den Österreichern als *Tschuschen* bezeichnet wurden. Und nicht Serben, Bosnier oder Kroaten, sondern geduldeter Dreck.

Berger überflog die mit meist auf *...ich* endenden Namen auf den schmierigen Uhrkarten, fand auch eine mit der Aufschrift *Ing. Spalek, Heinrich*. Er zog die Karte halb heraus, schaute interesselos auf die gestempelten Zeiten, steckte sie wieder zurück und fragte dann einen der Arbeiter nach dem Ingenieur.

Fünf Minuten später saß er Spalek in dessen winzigem Büroverschlag gegenüber. Schon nach wenigen Worten wußte er, daß er von diesem großen, kahlen und etwa vierzig Jahre alten Mann nichts Interessantes erfahren würde. Denn der redete zwar viel und mit weitausholenden Gebärden, wußte aber nichts über die Nachbarsfamilie.

Spalek war eine Frohnatur, schien alles leicht zu nehmen und sagte nichts Nachteiliges über die Stoisits'. Schon deshalb nicht, weil er überhaupt alle Menschen nett zu finden schien. *Nett* war überhaupt Spaleks Lieblingswort. Er verwendete es mindestens einmal pro Satz. Für ihn war das heutige Sauwetter nett, er hätte in der Nähe eine nette Werkstätte gewußt, die Bergers kaputten Reifen im Handumdrehen repariert hätte. Und aus dem gleichen Grund fand er nicht nur alle Leute aus der Thürnlhof-Siedlung, sondern auch die Familie Stoisits nett.

»Wir sind«, erzählte er unter anderem, »vor sechs Jahren in den Thürnlhof gezogen. Meine Frau, ich und unsere Manuela. Seitdem kenne ich die Stoisits'. Nette Menschen, die jetzt ein furchtbares Unglück erlebt haben.«

Dann verlor Spalek sein Lächeln, er erzählte weiter, daß auch er Unglück im Leben gehabt hatte. »Fast gleich nach dem Umzug hab' ich leider meine Frau und das Kind durch einen Unfall verloren. Ein Frontalzusammenstoß bei Purkersdorf, für den ich nichts konnte. Der andere war besoffen und kam auf meiner Straßenseite durch die Kurve. Seither fahre ich nur mehr mit dem Rad. Bei jedem Wetter. In ein Auto bringt mich keiner mehr.«

Nach diesem Exkurs fand Spalek sein Lächeln wieder und erklärte auf Bergers Fragen dezidiert, er könne sich nicht vorstellen, daß der nette Stoisits oder dessen Frau die kleine Ilona geschlagen hätten. Das hätte er ja außerdem auch hören müssen. Weil die Wände ja papierdünn waren.

Spalek konnte sich überhaupt nicht vorstellen, daß es Leute gab, die ihre Kinder mißhandelten. Und schon gar nicht, daß jemand ein kleines Mädchen wie die nette und süße Ilona umbrachte. Nur, es war trotzdem geschehen.

Dann hatte er zum Telefon gegriffen, die nette Werkstätte angerufen und veranlaßt, daß Bergers kaputter Reifen sofort geflickt wurde.

Das berichtete »Burli« Berger IV. im Verlauf der nächsten halben Stunde. Und auch, daß er nach der Reifenwerkstätte mit den beiden Wirtskollegen der Stoisits' geredet hatte.

»Der eine, Szerelkes, weiß überhaupt nicht, was die *Alvilag* ist, und ist auch nicht erpreßt worden. Zahlt auch kein Schutzgeld. Sagt er. Aber der andere, Hajdufi, behauptet, mehrfach wegen einer Schutzgeldzahlung angegangen worden zu sein. Allerdings nicht von Ungarn, sondern von Unsrigen. Er habe aber nicht gezahlt, sondern sagen lassen, daß er keine Angst vor niemand habe. Denn er und seine drei Söhne seien bewaffnet. Sie haben jeder einen 38er und eine Bewilligung dafür. Ich hab' sie mir angeschaut. Alles okay.«

Gegen elf kam der Oberstleutnant Ewald Stern ins *Pußta-Stüberl.*

Er war wütend und schnauzte sofort Hotwagner an. »Ich hab' vom Hofrat erfahren, daß du die Fahndung nach dem Stoisits hast einleiten lassen. Obwohl ich dir extra gesagt hab': Unternimm nichts ohne mich! Aber du stelltst mich und den Hofrat als deine Substituten hin und triffst Anordnungen! Warum, Otto? Was?!«

»Na, entschuldige, Waldi«, brummte Hotwagner. »'s ist mir halt dringend vor'kommen. Aber ich weiß eh, daß ich ein Unterläufel bin. 's hat halt der Hut brennt, weil der Stoisits jetzt angeblich auch weg ist. Da hab' ich ...«

»Geschenkt!« unterbrach ihn der Gruppenführer. Und fragte: »Wie – weg? Glaubst du, daß er flüchtig ist?«

»Na, nur«, sagte Hotwagner. »Der weiß jetzt, daß wir auf ihn spitzen und ist davon.«

Auch Wasenegger, Berger IV. und die Suttner waren dieser Meinung. Darum ließ Stern die Sache auf sich beruhen und erkundigte sich, was genau der Gerichtsmediziner über Ilona Stoisits gesagt hatte. Fragte auch die anderen, was ihre Ermittlungen gebracht hatten.

Als er von Monika Suttner erfuhr, was die Hausbesorgerin Vrana gesagt hatte, wurde er hellhörig. Denn wenn es richtig war, daß die Stoisits' am 7. Jänner ohne das Kind die Wohnung verlassen hatten, dann hatten die beiden gelogen. Sie hatten übereinstimmend ausgesagt, daß sie an diesem Tag zu dritt ins *Pußta-Stüberl* gefahren waren und Ilona das Gasthaus nach Mittag verlassen hatte, um erst zu ihrer Freundin, dann mit dieser in die Gymnastik zu gehen.

Er wendete sich Hotwagner zu und sagte: »Du bist zwar trotzdem ein alter Anarchist. Hast aber in diesem speziellen Fall vielleicht recht gehabt. Denn irgendwas stinkt da.«

Berger IV. nickte. »Und gewaltig, Chef. Wir glauben ...«

»Jedenfalls«, unterbrach ihn Stern, »müssen wir so rasch wie möglich mit diesen zwei Stammgästen und dem Sandler reden.«

Er schaute Wasenegger an. »Das machst du und der Burli. Sofort. Die drei müssen aufgetrieben werden! Sie können nicht aus der Welt sein. Und ich will wissen, ob die drei oder irgendwer von ihnen am 7. Jänner vormittags im *Stüberl* waren. Und wenn ja, ob sie da die Kleine gesehen haben!«

Er schaute die Suttner an. »Und du, Monika, gehst noch einmal zu dieser Hausbesorgerin und läßt dir ihre Aussage schriftlich geben! Versprich ihr jede Geheimhaltung und alles – aber laß dir was Schriftliches geben! Und dann will ich euch im SB sehen.«

»Sollen wir das vor oder nach dem Essen machen?« fragte Berger IV.

Und Wasenegger setzte hinzu: »Es ist ja bald Mittag.«

»Ist mir uninteressant!« sagte Stern. »Ich hab' gesagt: sofort.«

Während die drei aufstanden und in ihre Überkleider schlüpften, sagte Stern zu Hotwagner: »Und wir, Otto, kümmern uns jetzt um die Frau.«

Hotwagner wandte sich zur Wirtin: »Zahlen, Frau. Alles miteinander und eine Rechnung. Und dann fahren S' mit uns ein bißl ins Sicherheitsbüro.«

»Sie sind vorläufig festgenommen«, setzte Stern hinzu. »Machen Sie sich fertig.«

Aranka Stoisits schnaufte. »Ich kann doch nicht ... Mein Mann ist ja ...«

»Verschwunden«, unterbrach sie Hotwagner. »Okay. Den werden wir schon finden. Aber Sie fahren mit. Gemma!«

12

An diesem Tag fiel auch für Stern und Hotwagner das Mittagessen aus. Dabei hätte es in der Kantine Altwiener Zwiebelrostbraten gegeben, für den die Küche des Sicherheitsbüros berühmt war. Dementsprechend verbittert war Otto Hotwagner.

Er kochte mürrisch Kaffee, bot mit Menschenfressermiene auch der Stoisits eine Tasse an und rauchte eine Boro nach der anderen. Dann ignorierte er die moderne Bildschirmschreibmaschine und setzte sich zur alten mechanischen Triumph, um mitzuschreiben, was die massige und verstörte Frau auf Sterns Fragen antwortete.

Aranka Stoisits versuchte offensichtlich, entweder zu lügen oder so wenig wie möglich Wahres zu sagen. Sie redete verworren von diesen *Alvilag*-Schutzgelderpressern, die ihre Tochter, das *Sternenkind*, umgebracht hatten.

Aber das nahm ihr der Oberstleutnant nicht ab. »Na, gut«, sagte er. »Sie behaupten also zu glauben, daß diese Leute ihr Kind entführt und ermordet haben.«

»Das weiß ich«, sagte die Stoisits.

»So. Sie wissen es also. Na gut. Aber kommt es Ihnen nicht auch merkwürdig vor, daß diese Leute ihr Kind gleich ermordet haben? Es wäre doch vernünftiger gewesen, wenn sie die Kleine nur entführt hätten, um auf diese Art ihrer Schutzgeldforderung Nachdruck zu verleihen.«

»Das weiß ich nicht. Sie haben sie eben umgebracht, diese Verbrecher!«

»Okay, Frau«, warf Hotwagner ein. »Sie wissen also, daß es die *Alvilag* war.« Er räusperte sich die Kehle frei. »Aber ich frag' mich, wer dem Kind die Verletzungen beigebracht hat? Weil die liegen nämlich zum Teil um Monate zurück!«

Die Stoisits sagte nichts drauf und schaute weg.

Hotwagner stand auf und wuchtete sich vor die Frau. Und wer hat das Kind an der Scheide und am Arschloch verletzt? Was?!« Und lauter: »Dein Mann! Oder?«

Die Stoisits ließ den Kopf sinken und starrte auf den Boden.

»Also, Fau Stoisits«, mischte sich Stern ein. »Wer ist das Ihrer Meinung nach gewesen?«

»Das ... Ich weiß es nicht.«

Hotwagner streckte seinen Arm aus, packte die Stoisits am Kinn, hob ihren Kopf und zwang sie, ihm in die Augen zu sehen.

»So. Also du weißt es nicht.« Sein Griff wurde fester: »Aber ich sag' dir, daß du es ja weißt. Genau! Weil du ja wahrscheinlich dabei zugeschaut hast, wie dein Mann das Kind von hint und vorn gepudert hat!«

»Otto!« mahnte Stern.

Hotwagner ließ die Frau los und tappte zur Triumph zurück. »Was heißt, Otto? Es stimmt ja. Oder?« Er schrie die Frau an: »Stimmt's?! Ja oder nein?!«

Die Stoisits wurde rot im Gesicht, und schwieg.

Und Stern sagte: »Ob es stimmt oder nicht, Otto. Du kannst trotzdem einen anderen Ton anschlagen.«

»Anderen Ton ...«, brummte Hotwagner. »Wie man in den Wald hineinschreit, so kommt's heraus, Waldi! Und wenn es sich um ein kleines Kind dreht, daß von den sogenannten Eltern so hergerichtet worden ist, wie die Ilona, dann vergeht mir der andere Ton.«

Trotzdem fragte von nun an nur der Oberstleutnant. Hotwagner beschränkte sich auf Kettenrauchen und wütendes Herumhacken auf der Schreibmaschine.

Aranka Stoisits gab erst nach längerem Fragen zu, daß Ilona ab und zu *hart angefaßt* und dabei vielleicht mißhandelt worden war. Allerdings sollte der Vater der aktivere Teil gewesen sein. Die Verbrennungen hätte aber ausschließlich er dem Kind zugefügt. Allerdings auch nicht ganz grundlos, weil Ilona manchmal ein sehr schwieriges Kind gewesen sei. Und einige Verletzungen sollten daher stammen, daß die Kleine sehr hektisch und ungeschickt gewesen und dauern irgendwo an- oder dagegenlaufen sei. Sie sei für ihr Alter sehr ungeschickt und auch zerstreut und geistig schwerfällig gewesen. Deshalb hätten sie sie ja auch erst diesen Herbst, also mit bereits mehr als sieben Jahren einschulen wollen.

Was die Verletzungen in Vagina und Anus betraf, konnte sich Aranka Stoisits angeblich nicht erklären, wie und wann diese entstanden seien. Sie konnte sich nicht vorstellen, daß sie von ihrem Mann stammten. Denn ihre Ehe mit Werner sei intakt und sie hätten so oft und regelmäßig Verkehr, daß sie sich nicht denken könne, er hätte auch sexuellen Umgang mit dem Kind gehabt.

Sagte Aranka Stoisits. Aber weder Stern noch Hotwagner glaubten ihr auch nur ein Wort.

Erst nach längeren Vorhalten und der Drohung, sie nicht auf freiem Fuß anzuzeigen, sondern in Haft zu nehmen, gab die Stoisits widerwillig zu, gesehen zu haben, wie ihr Mann das Kind abtastete und einmal auch sein erigiertes Glied zwischen die geschlossenen Schenkel, aber nicht in die Vagina geschoben hatte. Das sei aber nur ein ganz kurzer Augenblick gewesen.

»So was kann schon vorkommen«, meinte sie, schaute dabei aber weder Stern noch Hotwagner an. »Das ist mir auch passiert. Als Kind. Mich hat ein Onkel sexuell ... Er hat gesagt, er zeigt mir was, was ich später wissen muß. Er will mich auf... ein...« Sie fand das richtige Wort nicht und brach ab.

»Aufklären«, half Stern aus. Und mit einiger Schärfe: »Das mag unter Umständen dort üblich sein, von wo sie herkommen. Aber bei uns ist das eine strafbare Handlung, Frau Stoisits! Und das, was an Ihrer Tochter geschehen ist, sogar ein Verbrechen. Und eine Mutter, die derlei gutheißt, duldet oder deckt, macht sich als Mittäterin des gleichen Verbrechens schuldig. Und deswegen werden Sie auch angezeigt werden. Verstehen Sie das?«

Aranka Stoisits schaute Stern an, sagte aber nichts.

»Jedenfalls sind Sie und Ihr angeblich verschwundener Mann dran«, sagte Hotwagner. »Zumindest. Und, wenns ihr das Kind vielleicht auch umgebracht habts, auch wegen Mordes. Logischerweise.«

Draufhin fuhr die Stoisits auf. »Bei Gott! Bei Gott im Himmel, Herr Polizei! Wir haben unser Kind nicht umgebracht! Wir sind doch keine Tiere!«

Hotwagner blieb unbeeindruckt. »Eh nicht. So was machen ja nur sogenannte Menschen, Frau. Die Viecher lassen ihre Jungen ja eh in Ruh'.«

Dann fragte der Oberstleutnant die Frau, ob es richtig sei, daß sie am 7. Jänner, also dem Tag der Abgängigkeit, zu dritt, also sie, der Mann und das Kind gemeinsam das Wohnhaus verlassen hätten und zum *Pußta-Stüberl* gefahren seien.

»Ja«, sagte die Stoisits. »Werner, ich und Ilona. Wie immer. Wir sind nie ohne das Kind ins Geschäft. Außer wenn es krank war.«

»Und das können Sie mit Bestimmtheit sagen?«

»Ja. Da schwöre ich bei Gott!«

»Laß den Himmelvater aus dem Spiel«, brummte Hotwagner. »Der hat mit deiner Lügerei nichts zu tun.«

Und Stern fragte nochmals: »Sind Sie sicher, daß Sie an diesem Tag tatsächlich zu dritt die Wohnung verlassen haben? Ganz sicher?« Und als die Stoisits nickte: »Denn wir haben nämlich Zeugen, die das Gegenteil behaupten. Und das auch vor Gericht beschwören werden, Frau Stoisits.«

»Das kann nicht sein! Diese Leute lügen! Diese Leute wollen uns ins Unglück stürzen!«

Sie begann zu weinen.

»Die lügen – und ich sag' die Wahrheit! Die heilige Wahrheit! Bei Gott im Himmel!« Dann sehr leise: »Ich hab' schon gesagt, wir haben das Kind manchmal geschlagen, weil ... Manchmal! Und mein Mann hat sie ... Aber nur einmal! Und am Tag, wo sie verschwunden ist, sind wir zu dritt ins Geschäft und sie war bis nach dem Essen da! Und wer was anderes sagt, lügt! Lügt! Lügt!«

Eine halbe Stunde später unterschrieb Aranka Stoisits die von Hotwagner mit steifen Fingern heruntergehackte Niederschrift.

Auch den letzten Satz, *Die Obengenannte wird auf freiem Fuß angezeigt,* nahm sie zur Kenntnis.

Gruppeninspektor Hotwagner brachte sie mit dem Dienstwagen nachhause und nahm ihr dort auch sicherheitshalber den Reisepaß ab.

Danach kaufte er sich in einem Gasthaus auf der Simmeringer Hauptstraße namens *Speis & Trank* ein riesiges Wiener Schnitzel mit Erdäpfelsalat, trank zwei große dunkle Biere und fuhr gestärkt ins Sicherheitsbüro zurück.

In der Zwischenzeit waren auch die Suttner, Wasenegger und Berger IV. ins SB gekommen. Aber alle drei hatten im Grunde nichts erreicht.

Wasenegger hatte den Stammgast Anton Ebetshuber in dessen Wohnung angetroffen. Aber der war ein 76jähriger Mann, Trinker und nicht mehr das, was man einen verläßlichen Zeugen nennt.

Ebetshuber war alkoholisiert wie immer, hockte triefäugig in seinem Gemeindebau-Einzelraum, der chaotisch und verkommen aussah, sabberte ohne Gebiß vor sich hin und versuchte sich zu erinnern, ob Ilona Stoisits am 7. Jänner vormittags im *Pußta-Stüberl* gewesen war.

Vielleicht war sie da ... Vielleicht aber auch nicht ... Ich schau' ja nicht ... Wer gibt denn auf ein Kind acht, das ja eh immer oder die meiste Zeit da ist. Die Ilona ist ja ... Was für ein Tag ist denn dieser siebente überhaupt gewesen? Und wann?«

»Der Tag nach den Heiligen Drei Königen«, sagte Wasenegger. »Vor ungefähr vierzehn Tagen.«

Ebetshuber grübelte vor sich hin. Er bewegte zwar die blutleeren Lippen, sagte aber nichts. Erst nach einer Weile hatte er einen schwachen Erinnerungsschimmer, der aber wertlos war. Er erinnerte sich nämlich vage, daß auf jeden Fall heute – oder war das gestern? – das *Pußta-Stüberl* gegen alle Gewohnheit geschlossen gewesen war.

Mithin konnte der mögliche Zeuge Anton Ebetshuber als Flop abgehakt werden.

»Burli« Berger war aufgrund von Hinweisen kreuz und quer durch Simmering gefahren und hatte dann den unterstandslosen Grasl alias Sandler-Maxl bei einem Erfrischungskiosk am Simmeringer Markt aufgetrieben.

Grasl war sichtlich gut drauf und mit der Welt im Einklang. Er stand mit anderen Unterstandslosen und solchen, die knapp davor waren, beisammen, hielt in der einen Hand eine angebissene Wurstsemmel und in der anderen eine halbvolle Flasche Bier und führte das Wort. Er erzählte von seinem jüngsten amourösen Abenteuer mit der ebenfalls unterstandslosen Dvoracek-Fini, das, wie Berger IV. mithörte, ebenso degoutant wie erfolglos gewesen war.

Als ihn Berger ansprach und seine Dienstkokarde hinhielt, wurde Grasl ärgerlich und wandte sich mit einer seiner *Anklagereden* an seine Kollegen.

»Leben wir in einer Demokratie oder nicht, meine Herren? Oder sind wir schon soweit, daß sich ein unbescholtener Mensch nicht mehr frei bewegen kann? Daß einem irgendwo, auf offener Straße, ein Kiberer seine Marke unter die Nasen hält? Wegen nichts und wieder nichts? Einem gebildeten Menschen, der ...«

»Halt die Goschen, Haberer«, unterbrach ihn Berger. »Weil soviel kommt nicht auf dich! Und werd nicht bamstig, sonst mach ich dich maier, bevor du Piep sagen kannst!«

Dann, gemütlicher: »Paß auf, Alter! Ich frag' dich jetzt was und du gibst mir eine Antwort. Danach kannst du wieder machen, was du willst, du gebildeter Demokrat, du. Wenn nicht, nehm' ich dich mit und lass' dich 48 Stunden im Sicherheitsbüro dunsten.«

Grasl biß in die Semmel und trank einen Schluck Bier. Dann brummte er: »Droh mir nicht, Inspektor. Sonst mach' ich eine Eingabe an die Menschenrechtskommission. Aber frag mich von Mensch zu Mensch, dann kriegst auch eine intelligente Antwort.«

»Burli« Berger brachte seine Frage bezüglich des 7. Jänner vor. Und der Sandler-Maxl runzelte die Stirn und dachte nach.

»Also, was den Tag nach die Heiligen Drei Könige betrifft, erinnere ich mich noch so genau, wie wenn's heute wär'! Und ich sag': Die Kleine war an diesem Vormittag nicht im *Pußta-Stüberl*. Definitv nicht! Ich glaub' zumindest. Auf der anderen Seite kann sie aber auch dort gewesen sein ... Kommt drauf an, was du hören willst, Inspektor.«

Und dann vage: »Zumindest kommt's mir so vor, wie wenn sie nicht im Wirtshaus gewesen ist ... Weil ich die Erinnerung hab', daß ich sie an dem Tag damals irgendwie auf der Simmeringer Hauptstraße ...«

Grasl dachte sichtlich angestrengt nach, konnte sich aber nicht mehr erinnern. Er glaubte, daß das Mäderl auf der Simmeringer Hauptstraße einen roten Mantel und eine weiße Wollhaube mit Quaste angehabt hatte. Und ihm kam auch vor, daß sie Schlittschuhe umhängen gehabt hatte. Und auch größer als Ilona Stoisits gewesen war.

Und ...

Draufhin brach Berger IV. die Befragung ab und fuhr frustriert ins Sicherheitsbüro. Dabei ordnete er sich an der im dritten Bezirk gelegenen Kreuzung Rennweg-Fasangasse-Ungargasse falsch ein, überfuhr eine Sperrlinie und wurde von einem Uniformierten mit einer Organstrafverfügung von 300,-- Schilling belegt. Er zeigte dem Uniformierten zwar seinen Dienstausweis, aber das wurde von dem blutjungen Beamten mit der Bemerkung abgeschmettert, daß sich auch die Polizei an die Bestimmungen der Straßenverkehrsordnung halten müsse.

»Tut mir leid, Kollege«, sagte der Uniformierte in ausgeprägt niederösterreichischem Akzent. »Aber Sperrlinie ist Sperrlinie. Außer, sie wird von einem Einsatzfahrzeug im Dienst, mit Horn und Blaulicht überfahren. Weil dann gilt sie als keine.«

Draufhin zahlte »Burli« Berger, sagte dem uniformierten Kollegen, daß er ein Arschloch sei und fuhr noch frustrierter weiter. Er hörte nicht mehr, daß der Kollege sagte, daß im SB noch viel größere Arschlöcher und Angeber als in den Bezirken seien.

Die Suttner erreichte bei der Hausbesorgerin Vrana gleichfalls nichts. Denn die war nicht bereit, ihre Aussage bezüglich des 7. Jänner schriftlich zu machen.

»Unterschreiben tu' ich nichts«, sagte sie bloß trocken. »Und wenns ihr euch auf den Kopf stellts. So schauts aus. Außerdem bin ich mir jetzt nimmer sicher, ob die Stoisits' mit oder ohne dem Kind weggegangen sind. Also, was soll's.«

Am späten Abend wurde das Auto von Werner Stoisits von einer Streifenwagenbesatzung entdeckt. Es war am Rand der Thürnlhof-Siedlung, in der Pantucekgasse, keine zweihundert Meter von der Stiege 6 entfernt, abgestellt. Der marineblaue Opel Astra Kombi mit Polizeikennzeichen W 691 EC war versperrt und wies keine Beschädigungen auf.

Eine kurz drauf von Kriminalbeamten des Koats 11 durchgeführte vorläufige Überprüfung des Wagens ergab, daß die Abblendscheinwerfer eingeschaltet gewesen, die Batterie daher jetzt leer war.

Werner Stoisits konnte also nicht mit seinem Auto geflüchtet sein.

13

Daß Werner Stoisits überhaupt nicht geflohen war, stellte sich zwei Tage später heraus.

Denn am Morgen dieses grauverhangenen, für die Jahreszeit viel zu warmen, fast frühlingshaften Tages wurden die Müllcontainer der Thürnlhof-Siedlung geleert.

Kurz nach 07.00 Uhr hielt der große orangefarbene Müllwagen der Gemeinde Wien in der Pantucekgasse, vor der Stiege 7. Dort gab es einen Platz mit mehreren Müllcontainern, einer Bio-Tonne und Containern für Weiß- und Farbglas.

Die gleichfalls orangefarben gekleideten Müllaufleger Franz Schausberger und August Kutil gingen zu den Containern und erledigten ihre gewohnte Arbeit. Sie rollten die Container zum Auto, hängten sie in die Hebevorrichtung, warteten, bis sich der geleerte Container wieder niedersenkte und rollten ihn zurück, um den nächsten zu holen. Als sie den letzten Container wegrollen wollten, um den der Schneematsch eine Nuance dunkler gefärbt war, fiel ihnen die vollständig bekleidete Leiche eines Mannes, die zwischen Betonwand und Container eingeklemmt gewesen war, vor die Füße.

Dem Mann war offensichtlich der Schädel eingeschlagen worden. Seine helle Wollmütze war blutdurchtränkt. Auch das Gesicht des Mannes war blutverkrustet.

»Oha«, sagte Kutil und trat einen Schritt zurück.

Schausberger glotzte auf die Leiche und brummte: »Da scheiß' i' drauf.« Und: »So ein Pech müssen wir zwei haben, Gustl.«

Kutil nickte. Denn jetzt konnten sie sich das in Aussicht genommene Gabelfrühstück schießen. Seit zwei Stunden hatten sie nichts gegessen. Und jetzt fanden sie einen Erschlagenen. Würden sich, statt gemütlich in einer Branntweinschenke zu sitzen, mit der Polizei herumärgern und sich bis auf den Bauch ausfragen lassen müssen.

»Den Arsch hätten s' auch wo anders heimdrehen können«, sagte Kutil. »Und nicht in unserem Rayon. Aber unsere Partie wird in letzter Zeit vom Pech verfolgt. Vorige Woche ist uns ein g'scherter Trottel frontal eineg'fahren. Vor zwei Wochen ist uns die Hubautomatik eingangen. Und jetzt finden wir eine tote Leich'. Richtig zum Scheißen, Alter.«

»Aber voll«, sagte Schausberger. Er schaute auf den Toten, dann zum bereits ungeduldig fuchtelnden Chauffeur des Müllwagens und rief: »Komm einmal her, Ernsti! Da ist was!« Und zu Kutil brummte er: »Geh und ruf die Polizei an. Ich und der Ernsti passen auf die Leich' auf.«

Als Kutil bereits in der Telefonzelle beim Herretweg stand und die Nummer 133 wählte, kam die für den Müllplatz zuständige Hausbesorgerin Vrana aus ihrer Stiege 6, um den Platz um die Container sauber zu machen.

»Halt!«, sagte Schausberger. »Gehen S' nicht weiter. Da liegt eine tote Leich'!«

Die Hausbesorgerin kam trotzdem näher und schaute auf den Toten. Dann sagte sie leise: »Jesusmaria! Das ist ja der Stoisits. Na, servas.«

Dies stellte fünf Minuten später auch die aus zwei Inspektoren und einer Inspektorin bestehende Besatzung des Streifenwagens *Konrad 2* fest. Denn der Wagenkommandant kannte Werner Stoisits ziemlich gut.

Sie informierten per Funk das Kommissariat und dieses das Sicherheitsbüro und den Journal-Polizeiarzt Dr. Fischer.

Um 07.30 Uhr trafen fast gleichzeitig Hauptmann Kaiser und Gruppeninspektor Hawel aus dem Kommissariat Simmering, und aus dem Sicherheitsbüro der Kleinbus des Erkennungsdienstes und die Mordgruppe 2 ein.

Dr. Fischer kam wenige Minuten vor ihnen beim Containerplatz an, der mittlerweile von einer Schar Erwachsener und Schulkinder umlagert war, vor der sich die orangefarbenen Arbeitskleider der Müllaufleger abhoben. Die drei Mann standen wie eine Mauer zwischen den Neugierigen und der Leiche.

Die Streifenpolizisten, Wasenegger und »Burli« Berger drängten die Neugierigen zurück, während Dr. Fischer und die EKD-Leute an die Arbeit gingen.

Fischer ließ den Toten erst von allen Seiten fotografieren, ehe er sich zu ihm bückte und ihm vorsichtig die blutdurchtränkte steife Wollmütze vom Kopf zog. Dann stellte er fest, daß die Todesursache zweifelsfrei Schädelzertrümmerung mit teilweisem Gehirnnaustritt war. Der tödliche Schlag mußte mit großer Kraft und einem harten schmalen Gegenstand geführt worden sein. Nach weiterer Untersuchung legte sich Dr. Fischer auf einen Plus-Minus-Todeszeitpunkt von mindestens zwanzig Stunden, eher aber mehr, fest. Danach gab er die Leiche für die Gerichtsmedizin frei.

Währenddessen redeten Stern und Hotwagner mit den Leuten vom Kommissariat über die jetzt neue Lagerung des Mordfalles Ilona Stoisits.

»Du hast unrecht gehabt, Otto«, sagte Stern zu Hotwagner. »Der Stoisits hat nicht flüchten wollen. Und unsere Theorie, daß er selber die Kleine erwürgt hat, wackelt auch stark.«

Hotwagner zündete sich eine Boro an, überwand den üblichen Hustenanfall durch besonders starkes Inhalieren und brummte dann: »Kann – muß aber nicht sein, Waldi. Ich glaub' fast nicht, daß ich mich geirrt hab'. Weil ...«

Er brach ab, paffte und dachte über dieses *Weil* nach. Weil was?

Weil es halt irgendwie logisch gewesen wäre, wenn Stoisits versucht hätte, das Kind, das er eine unbestimmte Zeit lang mißhandelt und mißbraucht hatte, aus der Welt zu schaffen. Damit es weg war und keinem Schularzt die Verletzungen auffallen konnten. Also die Donau. In der verschwand ein kleiner Körper leicht. Daß er unter Umständen wieder auftauchen und irgendwo angetrieben werden konnte, hatte der Mann nicht angenommen. Aber daß er jetzt ebenfalls umgebracht worden war, paßte nicht. Außer, es handelte sich dabei um einen jener Zufälle, die es dauernd gab und die kein Mensch voraussehen konnte.

Dabei sah Hotwagner seinen Lehrer Neumayr vor sich, der vor fast vierzig Jahren in der Polizeischule doziert hatte: *Der Zufall ist ein Ereignis, das ohne menschliche Voraussicht oder darauf gerichtete Bestrebungen eintritt.* Der Zufall war für einen Kiberer reine Scheiße.

»Ob so oder so«, sagte Stern. »Wir müssen der Möglichkeit, nachgehen, daß doch diese *Alvilag* im Spiel ist. Die oder eine andere kriminelle Organisation. Was weiß ich.«

Hotwagner zündete sich die nächste Zigarette an. »Oder wer ganz anderer. Eine Geschichte, die irgendwie parallel rennt. Vielleicht gibt's einen Haufen Leut', die ein Motiv dafür haben, den Stoisits aus 'm Verkehr zu ziehen. Wir wissen's ja nicht. Oder zumindest: noch nicht, Waldi.«

Stern wollte etwas drauf sagen. Er kam aber nicht dazu, weil plötzlich eine entfesselte Aranka Stoisits auftauchte und sich wie eine Straßenwalze durch die Neugierigen drängte.

Sie war von einem nicht zart besaiteten Beamten des Kommissariats angerufen und davon verständigt worden, daß ihr Mann tot aufgefunden worden war und stand jetzt schwer atmend und verstört da und schaute steinern auf den Toten.

Genau so, wie sie vor Tagen auf die Leiche ihrer Tochter geschaut hatte.

Daß sich Monika Suttner bereit hielt, sie gegebenenfalls zu stützen, war überflüssig. Denn Aranka Stoisits zeigte so wenig Regung, daß sich die Sutttner sekundenlang fragte, ob es denkbar war, daß diese massige, urhaft wirkende Frau nicht nur ihr Kind, sondern auch den Mann getötet hatte. Sie verwarf diese Möglichkeit zwar sofort, nahm sich aber vor, bei den weiteren Ermittlungen doch darauf zu achten.

Denn die junge Bezirksinspektorin wußte, daß nicht nur Männer zu kaum faßbaren Gewalttätigkeiten imstande waren. Es gab, zwar selten, aber doch, auch immer wieder Frauen, die mordeten. Würgten, stachen oder Schädel einschlugen.

Sie trat zu Hotwagner und sagte leise: »Du, Otto, ich hab' das Gefühl, daß mit der Frau was nicht stimmt. Die ist mir zu gefaßt und ruhig. Entweder weiß sie ... Oder«, verbesserte sie sich, »hat sie schon gewußt, daß man ihren Mann tot finden wird. Sie ...«

»Hör auf, Kinderl«, brummte Hotwagner. »Mach dir jetzt keine Gedanken drüber. Ich hab' schon hunderte Leut' vor toten Angehörigen stehen gesehen. Aber aus der Art, wie sie reagieren, kann man keine Schlüsse ziehen.«

Er legte seinen schweren Arm um ihre mageren Schultern und zog sie scherzhaft an sich. »Schlüsse kannst aus Fakten ziehen, Moni. Nicht aus einem Gefühl heraus. Weil manche Leut' sind Schauspieler, die leicht im Burgtheater auftreten könnten.«

Während Oberstleutnant Stern mit dem jetzt ebenfalls anwesenden Stadthauptmann des elften Bezirks sprach und die weitere Amtshandlung formell für das Sicherheitsbüro übernahm, befragten Wasenegger und Berger IV. die Hausbesorgerin Vrana und andere unter den Neugierigen stehende Bewohner der Thürnlhof-Siedlung.

Aber niemand hatte bei den Containern etwas Auffälliges gesehen oder gehört. Alle sagten übereinstimmend, daß sie mit ihrem Mist zu den Containern gingen, ihn hineinschmissen und dann wieder gingen und sich dabei nicht Gott weiß wie umschauten.

Als sie das Stern, Hotwagner und der Suttner berichteten, sagte Stern: »Logisch, Burschen. Wer schaut sich schon genau bei Mistkübeln um.«

Und Hotwagner brummte: »Fragts lieber in den Stiegen herum, ob gestern wer was gehört hat. Einen Streit, Geräusche oder so was. So um die Früh herum.«

Stern nickte. »Richtig.« Und zur Suttner: »Daran kannst du dich auch beteiligen. Der Otto und ich reden jetzt einmal mit den *Spurenvernichtern* vom EKD. Wenn ihr zurück seid und wir hier fertig sind, setzen wir uns in irgendein Gasthaus und reden uns zusammen.«

Die drei gingen zu den Stiegen und Stern wies Hotwagner an: »Aber zuerst gehst du mit der Frau Stoisits und bringst sie nachhaus. Das da ist nichts für sie.«

Hotwagner faßte die Frau am Arm, redete auf sie ein und führte sie weg. Zu den noch immer dicht gedrängten Neugierigen blaffte er: »Stehts nicht herum. Gehts nachhaus. 's Essen brennt an! Marschierts und seids froh, daß euch keiner den Plutzer eingehaut hat. Also!«

14

Stunden später saß die Mordgruppe 2 in einem großen Gasthaus namens *Tiroler-Eck* beisammen.

Alle außer Hotwagner bestellten das Mittagsmenü. Es gab Fischsuppe und Beuschel mit Knödeln.

Hotwagner brummte aber, daß er so ein wässeriges Zeug nicht mochte, weil es *unsubstantiell* war und man danach nur in einer Tour pissen mußte, um all das Wasser wieder herauszubringen. Er bestellte sich daher einen Burgunderrostbraten mit zwei Knödeln und einer Doppelportion Erdäpfelsalat, aß mit großem Appetit und schaute mit nachsichtiger Verachtung auf das Essen der Kollegen.

Während des Essens redeten die Leute der MG 2 nichts. Aber sofort danach berichteten Wasenegger, Berger IV und die Suttner, was sie von den Leuten aus der Thürnlhof-Siedlung erfahren hatten. Im Grunde nichts. Die drei hatten zwar mit mehr als dreißig Leuten gesprochen, aber keiner konnte Zweckdienliches sagen. Niemand hatte weder vorgestern nacht noch gestern früh etwas Besonderes wahrgenommen.

Viele hatten zwar den Krach und danach die Sirenen von Polizei und Rettung gehört, die wegen eines Motorradunfalls die Nachtruhe gestört hatten. Gegen 02.00 Uhr war ein betrunkener Jugendlicher mit einer schweren Suzuki auf der glatten Pantucekgasse ins Schleudern gekommen, hatte die Herrschaft über seine 750er verloren und war voll gegen die Telefonzelle geprallt, von der aus heute die Müllmänner das Koat verständigt hatten.

Der Bursche war sofort tot gewesen, und die Post hätte die Telefonzelle im Lauf des gestrigen Tages wieder instandgesetzt.

Auch der von einer blindwütigen Messerstecherei begleitete Familienstreit auf Stiege 4 war von vielen gehört und kommentiert worden. Zwei Funkstreifenbesatzungen hatten intervenieren müssen, vier Männer aus der unguten

Familie waren festgenommen worden und der Patriarch noch ins Unfallkrankenhaus Meidling verbracht worden.

Es hatte natürlich auch ein paar uninteressante und sicher haltlose Denunziationen gegeben. Aber bezüglich des Werner Stoisits war die fast einhellige Meinung aller Befragten gewesen, daß der keine Feinde gehabt haben konnte. Zumindest nicht innerhalb der Thürnlhof-Siedlung. Die Familie Stoisits war als ruhig bekannt. Der Mann wurde allgemein als nett und freundlich geschildert. Frau Stoisits war nicht beliebt, weil man sie wegen ihres Äußeren für eine hielt, mit der man es sich besser nicht anlegte.

Hotwagner aß noch immer. Er schaufelte das Essen mit großer Konzentration in sich hinein, brummte aber doch zwischendurch: »Das ist alles nichts. Ein Schas im Wald. Nur Ballast. Die Geschichte rennt für mein Gefühl irgendwie anders.«

»Und wie?« fragte Wasenegger.

»Ja – wie ... Das weiß ich momentan auch nicht. Vielleicht ... Da ist einmal, wie ich noch ein junger Uniformierter gewesen bin ...« Hotwagner brach ab und schaute nachdenklich auf seinen Teller.

Berger IV. grinste die Suttner an. »Du mußt wissen, daß es zwei grundlegende Biographien gibt. *Als ich noch der Waldbauernbub war* von Peter Rosegger. Und *Wie ich noch ein junger Uniformierter war* von einem gewissen Otto Hotwagner. Die ...«

»Hör mit deinen kindischen Witzeleien auf, Burli«, sagte Stern. »Es sind Menschen ermordet worden.« Und zu Hotwagner: »Apropos Containerplatz ... Es ist dumm, daß es gerade jetzt taut. Aber die Burschen vom EKD sind sich trotzdem sicher, daß der Stoisits auch am Fundort erschlagen worden ist. Sie glauben, daß sie Kampfspuren entdeckt haben. Unter dem Schneematsch. Sie glauben, sie haben Abdrücke gesehen, die ungleich tief sind. Sehr ungleich.«

»Das könnte heißen,« brummte Hotwagner und wischte den letzten Rest Sauce mit einem Stück Knödel auf, »daß entweder zwei ungleich schwere Menschen dort gewesen sind. Oder, daß einer einen anderen getragen hat. Kann sein, daß der Täter sein Opfer schon als Toten zu den Mistkübeln gebracht und dort abgelegt hat.«

»Möglich«, warf Wasenegger ein. »Die Spuren können aber auch von Leuten stammen, die ihren Mist ausgeleert haben.«

»Auch das«, sagte Stern. »Außerdem sind es ja auch nur ein paar recht undeutliche Abdrücke. Und die EKD-Leute glauben außerdem, daß Stoisits am Fundort erschlagen worden ist.«

Er bestellte sich ein Mineralwasser. »Das ist also vorläufig das eine.«

»Und das andere«, sagte die Suttner, »ist, daß wir genau genommen überhaupt nichts über den Tathergang wissen.«

Hotwagner war endlich mit seiner Riesenportion fertig. Er trank auch sein Bier aus, wuchtete sich hoch und sagte: »Ich geh' einmal telefonieren. Mit der Gerichtsmedizin. Vielleicht erwisch' ich den Dr. Danzer. Er soll sich den Schädelbruch einmal wirklich genau anschauen. Vielleicht ...«

»Bleib sitzen«, sagte der Oberstleutnant. »Du machst nur leere Kilometer, Otto. Wir warten auf den Obduktionsbefund. Jetzt haben wir vorläufig andere Sorgen.«

Hotwagner ließ sich wieder niederplumpsen und zuckte zusammen, weil sich der Lauf der im Hosenbund steckenden Walther unsanft in seinen Bauch bohrte. Er griff unter sein Sakko und rückte die Waffe zurecht.

Mußte sich von Berger IV. anätzen lassen: »Warum trägst nicht ein Holster, wie jeder normale Mensch.«

»Weil ich nicht will, Burli. Ich hab' meine Puffen immer so getragen. Die ist ja nicht eine solche Artillerie wie deine Commander.«

Berger IV. wollte etwas erwidern, aber Monika Suttner unterbrach ihn und fragte den Gruppenführer: »Und wie geht's jetzt weiter, Chef?«

»Damit, daß wir jetzt den Background der Familie Stoisits viel genauer durchforsten. Ob es bei denen irgendwas mit nicht zurückgezahlten Schulden oder so was gibt.«

»Glaubst du, die angeblichen zwei Männer könnten wirklich existieren?« fragte Wasenegger. »Aber kein Schutzgeld, sondern nur Schulden angemahnt haben?«

»Und was weiter?« sagte Berger IV. »Glaubst du, die haben dann erst das Kind, dann den Mann erledigt, weil nicht gezahlt wurde? Und treiben jetzt weiter bei der Frau ein? Ist das nicht ein bißchen gar Amerika?«

»Wenn wir schon so weit gehen«, sagte die Suttner, »können wir uns auch fragen, ob der Stoisits nicht vielleicht Opfer einer Jugendbande geworden ist. Oder von Skins. Denn die verwenden ja manchmal Baseballschläger. Damit kann man doch leicht einen Schädel einschlagen. Beispielsweise.«

Stern nickte. »Möglich. Zwar nicht wahrscheinlich, aber zumindest genau so möglich wie dem Karl seine Idee mit der Schuldeneintreibung. Ausschließen würde ich politische Motive.«

»Was für politische Motive?« brummte Hotwagner.

»Wir können aber, wenn wir schon phantasieren, trotzdem ein politisches Motiv annehmen«, warf Berger IV ein. »Die Frau Stoisits ist ja eine Ungarin und erst von uns eingebürgert worden! Das schließt doch nicht aus, daß sie politisch tätig ist? Daß sie irgendwie ...«

Hotwagner legte den Kopf in den Nacken, versuchte Rauchringe zu blasen und brummte: »Das ist alles Scheiß mit Reis, Burschen. Ihr gehts jetzt davon aus, daß alles mit allem zu tun haben kann. Und das ist Blödsinn. Was wir brauchen, ist ein durchgängiges Motiv. Die zwei Morde müssen irgendwie zusammenhängen. Mit was, müssen wir rauskriegen. Sonst rennen wir jedem Phantom nach und kommen nie weiter.«

»Na, dann krieg es also raus, Otto«, sagte Stern. »Aber bis dahin mußt du schon mir folgen. Wir werden also ...«

15

Noch am gleichen Nachmittag liefen die neuen Ermittlungen an.

Oberstleutnant Stern besuchte die im Innenministerium untergebrachte Staatsschutz-Abteilung, Gruppe C und saß dort dem Mag. Anton Schante gegenüber.

Der war ein ähnlicher Typ wie Hofrat Tamandl, strikter Nichtraucher und hatte ebenfalls haufenweise alle möglichen Grünpflanzen in seinem Büro. Auch einige Farbdrucke, die ebenfalls Grünpflanzen zeigten. Er klärte, als Stern seine Zigarettenpackung aus der Tasche zog, diesen über das absolute Rauchverbot in seinem Büro und anschließend darüber auf, daß durch das Rauchen weitaus mehr Polizeibeamte dauernde Schäden davontrügen als durch Einwirkungen krimineller Elemente.

Dann hörte er sich Sterns Anliegen an und sagte, sehr leise sprechend: »Ich will Sie gern über den Wirkungsbereich der in Österreich bestehenden ausländischen Terrorgruppen unterrichten, Kollege. Kann mir aber kaum vorstellen, daß eine von ihnen in den angezogenen Fall involviert sein könnte. Denn ...«

Und er zählte auf, was es diesbezüglich an polizeibekannten Aktivitäten gab. Zunächst verbreitete er sich über die Entstehungsursache ausländischer krimineller Gruppen. Diese war unzweifelhaft der sich in den letzten Jahren abspielende Zerfall des Ostblock.

»Denn, Kollege«, dozierte der Magister penibel, »dieser Zerfall bedingte das sich unmittelbar anschließende Aufkommen von partikularistischen Nationalitätsgedanken. Denken Sie an das, was sich in der früheren Sowjetunion und im ehemaligen Jogoslawien abgespielt hat und noch abspielt. Regelrechte Kriege. Anarchie. Unentwirrbares Chaos. Grausamkeit und Unverständnis gegen Minderheiten. Absolute Desorientierung der Menschen. Nahrungsmittelmangel. Mangel an allem wegen der zerfallenen Betriebe und Versorgungsorganisationen. Dazu kommen ehemals straffe Organisationen der Staatssicherheit, deren Beamte großteils entlassen wurden. Also blieben sie bei der straffen Organisation, arbeiteten jetzt aber gegen die Gesetze. Schlagwort *Ostmafia*. Diese Leute überfluten jetzt Europa und mischen überall mit. Das Verbrechen auf dem Marsch, möchte ich sagen. Auch zu uns.«

Schante machte eine kleine Pause und schaute Stern triumphierend durch seine scharfe randlose Brille an. Dann dozierte er weiter: »Nun, nachdem ihr Fall wohl eher der ungarischen Seite, also der *Alvilag* zuzuordnen ist, scheiden türkische, kurdische, islamofundamentalistische und russische Gruppen wohl aus. Detto alle, die mit dem ehemaligen Jugoslawien zusammenhängen, also *Ustaschi, Tschetniks* und dergleichen. Ungarn, also, Herr Stern. Vielleicht auch Ungarn, die als Minderheit in Rumänien leben und sich Geld beschaffen wollen. Ich sage ausdrücklich: vielleicht! Denn über eine diesbezügliche Organisation ist uns bisher nichts bekannt geworden.«

Der Magister setzte zum Endspurt an. »Eine gewisse Möglichkeit besteht natürlich immer. Aber ich halte nicht dafür, daß die *Alvilag* in Ihren Doppelmordfall involviert sein könnte. Die Taten, mit denen Sie sich herumschlagen, könnten eher von der sogenannten *Tschetschen-Mafia* ausgeführt worden sein. Denn diese Leute präsentieren Zahlungsunwillige als Tote, um weiteren Forderungen Nachdruck zu verleihen. Aber: a) Diese Toten werden stets im Wasser und mit nicht aufgeschlitztem Bauch gefunden, damit sie wieder hochkommen und sichtbar werden – und b) sie töten nie Kinder oder Angehörige, sondern nur den Erpreßten selbst. Doch gibt es die Tschetschenen bisher nur in Deutschland und anderen europäischen Ländern, aber nicht bei uns.«

Draufhin schrieb der Oberstleutnant den Besuch im Innenministerium als leere Kilometer ab und verabschiedete sich höflich vom Magister.

Er ging die wenigen Schritte bis zum *Café Central* Ecke Herrengasse-Strauchgasse und ärgerte sich dabei über die rücksichtslosen Autofahrer, die trotz Geschwindigkeitsbeschränkung wie die Irren durch die schmale Herrengasse fuhren und dabei den schmutzigen Schneematsch bis zu den Hausfronten spritzten. Und auf seinen neuen schwarzen gefütterten Ballonmantel, der nicht billig gewesen war.

Im seinerzeit sehr und jetzt nur mehr ein bißchen berühmten Jugendstilcafé bestellte sich Stern eine Melange, nippte einmal daran und ließ sie dann kalt werden, weil er über den Fall Stoisits grübelte. Er glaubte nicht an die abstruse Theorie einer Schutztgelderpressung, sondern an ...

Aber dieses *an* ließ sich vorderhand für ihn genau so wenig durchschauen wie für die anderen der MG 2. Am einleuchtendsten war die Theorie, daß der Vater seine Tochter erwürgt hatte. Nur: Wer hatte dann den Vater und weshalb erschlagen? Diese Frage fraß an seinen Nerven, war aber unlösbar. Zumindest vorläufig.

Zur gleichen Zeit saß der Gruppeninspektor Hotwagner in der Polizeidirektion am Schottenring und checkte die Aktivität der Wiener Jugendbanden durch. Sein Gesprächspartner war Mag. Willibald Haumer, Chef der Gruppe zur Bekämpfung der Jugendkriminalität, und dessen Gruppenführer Abteilungsinspektor Franz Plhal.

Mag. Haumer ließ sich von Hotwagner nur kurz informieren, verwies dann auf seinen ausgezeichneten Abteilungsinspektor und ging aus dem Raum.

Willibald Plhal war ein robuster Enddreißiger und von Mentalität und Ausdrucksweise auf der gleichen Wellenlänge wie Hotwagner. Er hielt ebenfalls wenig von gedrechselten Reden. »Na, dann horch mir jetzt zu, Alter«, sagte er. »Wir setzen uns jetzt in die Kantine und reden dort weiter. Und trinken was, damit wir nicht trocken werden. Wir haben zwar auf dem Gang einen Automaten für alles mögliche, aber das schmeckt alles wie die Brunze vom gleichen Pferd.«

In der Kantine bestellten sich die beiden einen Doppelespresso *mit Schuß*, zogen ihre Zigarettenpackungen und hüllten sich in eine Rauchwolke.

»Also«, sagte Plhal, »mit unseren Jugendbanden ist es so: sie sind in verschiedene geistige Gruppierungen zerfallen. Welche, sag' ich dir gleich. Aber noch vorher sag' ich dir, daß meiner Meinung nach keine davon was mit deinen zwei Morden zu tun hat. Weil die bringen keinen um. Wennst das glaubst, sitzt am ganz verkehrten Dampfer.«

Während der nächsten beiden Stunden tranken die zwei nochmals Kaffee *mit Schuß* und rauchten wie die Großen. Aber danach wußte Hotwagner alles und auch, daß dieses Gespräch überhaupt nicht notwendig gewesen wäre.

Im großen und ganzen gab es zwei Gruppen: inländische und ausländische. Und beide hatten das Charakteristikum, daß sie, von wenigen Ausnahmen abgesehen, gegen Außenstehende kaum aggressiv waren, weil sie, wie Plhal sagte, genug damit zu tun hatten, *sich gegenseitig in die Gosch'n zu hau'n*.

Die inländischen Jugendbanden zerfielen in Hooligans und Skinheads. Beide waren gleich ungut und beide wurden von rechtsextremen Erwachsenenorganisationen mehr oder weniger gesponsert. Natürlich gerieten ab und zu auch *Hoolies* und *Skins* aneinander, ihre Hauptstoßrichtung war aber der Haß auf Ausländer. *Ausländer raus!* war ihr gemeinsames Credo.

Von den *Hoolies* gab es an die zehn Untergruppen. Von denen kam aber nur, wenn überhaupt, die *Partie Eisring Süd* in Frage. Diese Jugendlichen waren im 10. Bezirk, in der Gegend zwischen Wasserturm und eben dem Eisring Süd daheim. Sie verließen aber fast nie ihr Revier, würden daher kaum einen Österreicher, den sie nicht kannten, im 11. Bezirk erschlagen haben.

»Außerdem«, erklärte Plhal, »sind wir recht gut mit den Buben und wissen, was sich bei ihnen so tut. Sie informieren uns locker, und wir lassen sie dafür weitgehend in Ruhe. Also kommt Freude auf, klar.«

»Kann ich mir denken«, brummte Hotwagner . »Ich bin ja schon länger Kiberer und weiß, wie so was rennt. Aber bist du sicher, daß sie auch was sagen täten, wenn sie den Stoisits *gemacht* hätten?«

»Unbedingt. Blind. Die kennen uns und wissen, daß sie sofort maier gehen, wenn sie einen Blödsinn machen. Daß sie sich nicht an Kindern vergreifen, weiß ich auch ganz sicher. Dafür leg' ich die Hand ins Feuer. Und die Skinheads kannst in dem Zusammenhang überhaupt vergessen. Erstens gibt es kaum mehr als hundert in ganz Wien. Und zweitens legen die es auf die Öffentlichkeit an. Wenn die was machen, sollen es möglichst viele sehen. Drum bevorzugen sie Sportplätze, belebte Stadtviertel, U-Bahnen und so weiter. Weil die wollen auffallen und mit ihren Glatzen und dem übrigen Outfit sozusagen Angst und Schrecken verbreiten. Heimlich tun die nichts, drauf kannst Gift nehmen.«

Dann kam Plhal auf die ausländischen Jugendbanden zu sprechen. Diese bestanden aus etwa fünfzehn, meist aus Türken bestehenden Gruppen, die aber allesamt noch nie im 11. Bezirk operiert hatten. Eine wirkliche Rolle spielten aber nur die *Red Brothers*, die im Ernstfall gegen fünfhundert Burschen auf die Beine stellen konnten und im Prater kämpften. Und die von *Bozkurt* unterstützte *Türkenmafia* hatte ihr Feld im 16. und 17. Bezirk. Ihre Leute tauchten zwar hin und wieder auch im 1., aber nie im 11. Bezirk auf.

Außerdem war deren Spezialität die *Jagd auf Omas.* Sie entrissen älteren Frauen die Handtaschen und rannten davon, verletzten dabei aber nicht.

»Also«, brummte Hotwagner, »können wir die Jugendlichen vergessen.«

Plhal nickte und sagte trocken: »Richtig, Alter. Aber's hat mich trotzdem gefreut, daß wir miteinander geplaudert haben.«

Hotwagner spürte ein Ziehen im rechten Bein und, daß sein Herz wieder unrund zu hämmern begann. Er drückte die eben angerauchte Boro im Aschenbecher aus und hatte das vage Gefühl, daß es jetzt vielleicht mit ihm zu Ende ging. Er begann plötzlich zu schwitzen und sah das Gesicht Plhals immer mehr verschwimmen. Erst als er Plhal fragen hörte: »Ist was?« wurde ihm wieder leichter.

»Nix is' ...«, brummte Hotwagner. »Ich hab' nur manchmal so Zuständ'. Abnehmen sollt' ich halt. Und weniger rauchen. Aber was soll's. Ist ja wurscht.«

Dann fing er sich, tastete nach einer neuen Zigarette, zündete sie aber nicht an, sondern steckte sie bloß zwischen die Lippen. »Ist schon vorbei.« Und dann: »Also, reden wir über die Jugendlichen weiter. Es soll da, hör' ich, auch Jugobanden geben, die sich gegenseitig in die Goschen hauen. Serben und Kroaten. Die ...«

»Gibt es«, unterbrach ihn Plhal. Aber nicht im 11. Bezirk. Und die lassen alle anderen in Ruh'. Wir sind denen wurscht. Also vergiß sie.«

Hotwagner fühlte sein Herz wieder regelmäßig schlagen. Auch der Schweißausbruch hörte auf. Er wuchtete sich hoch, knöpfte den ein bißchen zu engen Hemdkragen auf, nahm die Krawatte ab und steckte sie in die Tasche. Dann verabschiedete er sich und verließ die Polizeidirektion.

Als er auf dem Ring stand, atmete er ein paarmal tief durch und ging langsam zu seinem in der Nebenfahrbahn geparkten Wagen, setzte sich hinein und dachte nach.

Jugendliche kamen also für Stoisits nicht in Frage. Sagte Plhal, der glaubte, alles über Jugendbanden zu wissen. Andrerseits konnte alles möglich sein. Wenn's drauf ankam, schoß unter Umständen sogar ein Besenstiel. Oder ersoff einer in einer Wasserlache.

Der Stoisits schaute doch, bei gutem Willen, irgendwie wie ein Jugo aus. Konnten nicht irgendwelche frustrierten Skinheads mit ihren Baseballschlägern dahergekommen sein und sich auf Stoisits gestürzt haben? Andrerseits hatte er zumindest kurz die Kopfwunde gesehen, als der Doktor dem Toten die Wollmütze vom Kopf gezogen hatte. Und die hatte nicht nach Baseballschläger ausgesehen. War viel zu schmal gewesen.

Andrerseits ...

Hotwagner zwang sich dazu, mit der sinnlosen Grübelei aufzuhören. Er startete den Wagen, schwenkte auf die Hauptfahrbahn der Ringstraße ein und fuhr Richtung Donaukanal und Sicherheitsbüro.

Der Gruppeninspektor Karl Wasenegger hatte ebenfalls einen erfolglosen Nachmittag. Er hörte sich im Nahbereich des *Pußta-Stüberls* bei den Geschäftsleuten um. Aber keiner konnte was über mögliche Feinde von Werner Stoisits sagen. Das Fazit aller Aussagen war, daß sich anscheinend kein Mensch für den Typ interessiert hatte. Weil er eben uninteressant war. Weder Konkurrent, noch wem im Weg. Eine Null, die ein schlecht gehendes Wirtshaus geführt hatte. Fast alle sagten, daß er viel zu wenig Gäste gehabt hatte und früher oder später mit dem Lokal eingegangen wäre. Im *Pußta-Stüberl* saßen tagsüber nur ein paar Tschecheranten. Auch das Abendgeschäft mußte flau gewesen sein. Mithin wäre jede Schutzgelderpressung gegen Stoisits ein Witz gewesen.

Aber es konnte sich um gewaltsame Schuldeneintreibung handeln. Oder Ähnliches.

Um keine Möglichkeit auszulassen, setzte sich Wasenegger zunächst mit der Verwaltung des Hauses Simmeringer Hauptstraße 129 in Verbindung. Fragte nach, ob es mit dem Mieter Stoisits Schwierigkeiten wegen unterlassener Mietzahlung gegeben hatte. Aber das war nicht der Fall. Die Miete wurde regelmäßig über den Bankweg eingezogen.

Allerdings hatte der Hausverwalter hinzugefügt: »Mich wundert's nur, daß Stoisits die Miete so anstandslos bezahlt hat. Denn das *Stüberl* kann keinen Gewinn bringen. Gegessen wird dort fast überhaupt nicht mehr, seit es die zwei Chinarestaurants in der Nähe gibt. Und die Pizzeria.«

Und nach einer Pause hatte der Verwalter noch hinzugefügt: »Man soll über einen Toten nichts Schlechtes reden. Tote sind ja fast automatisch immer gute Menschen gewesen. Aber trotzdem glaub' ich, daß mit seinen Finanzen was nicht gestimmt haben kann. Und es gibt ja, auch bei uns in Simmering, gewisse Lokale, bei denen man sich fragt, wieso die überhaupt noch offen sind. Bis man dann erfährt, daß das Lokal nur Vorwand für ein anderes Geschäft war. Geheimer Umschlagplatz für alles mögliche. Getarnt als Gasthaus, Espresso, Buffet oder sonstwas. Wir haben da einen Fall gehabt, wo ... Red' ich Ihnen zuviel?«

»Aber überhaupt nicht«, sagte Wasenegger. »Was für ein Fall ist denn das gewesen?«

»Na, es hat da in der Braunhubergasse ein Espresso gegeben. Nie wer drin. Aber dann ist es aufgeflogen. Der Besitzer war nur ein Strohmann, und in Wirklichkeit ist das Espresso eine Verteilerstelle für Rauschgift gewesen. Oder, auf dem Enkplatz. Da war ...«

Wasenegger ließ den Hausverwalter reden, hörte aber nur mehr am Rande zu, wie der ein gutes halbes Dutzend Lokale heruntermachte. Er stand auf, bedankte sich für die Auskunft und ging.

Kurz danach trieb er den Stammgast Ebetshuber auf. Der behauptete das Gegenteil. Der Stoisits habe das Lokal nur mit seiner Frau geführt. Nie fremde Bedienung gehabt. Da müsse genug Geld hereingekommen sein. Außerdem behauptete Ebetshuber, daß es im *Pußta-Stüberl* fast immer nur Stammgäste gegeben habe. Fremde seien eigentlich nie ins Lokal gekommen. Jedenfalls konnte sich Ebetshuber finanzielle Schwierigkeiten bei Stoisits nicht vorstellen. Er nannte Wasenegger aber die Adresse eines Steuerberaters namens Oskar Schmiedl.

»Zu dem gehen S' hin, Herr Inspektor. Zum alten Schmiedl! Der weiß alles über das Geld vom Stoisits. Der wird Ihnen sagen, daß ich recht hab'.«

Wasenegger ging also in die Rautenstrauchgasse 8, zeigte seine Kokarde und fragte den Steuerberater wegen Stoisits aus.

Schmiedl war ein alter, vernachlässigter Mann, der genau in das ebenfalls vernachlässigte, kleine Büro paßte, das nicht einmal einen PC, sondern nur eine alte Schreibmaschine hatte. Er räumte einen Haufen Schnellhefter vom Sessel und bot Wasenegger Platz an.

»Das *Pußta-Stüberl«,* brummelte er dann, »ist durchaus solvent und hat keine Schwierigkeiten. Weder vermögens- noch steuermäßig. Verlustgeschäft ist es keines. Und drei Leute kann es gut ernähren. Geld kann nicht das Problem von Stoisits gewesen sein.«

Er schlurfte zu einem staubigen Aktenschrank, holte einen Ordner, nahm die letzte Steuererklärung von Werner Stoisits heraus und legte sie vor Wasenegger hin. »Ich bitte sehr. Schauen Sie selbst.«

Während Wasenegger die Steuerklärungen von Werner Stoisits samt den beigeschlossenen Steuerbescheiden überflog und mit den nackten Zahlen im Grunde nichts anfangen konnte, sagte Schmiedl: »Sie sehen, in den abgelaufenen Jahren hatte Stoisits keinerlei finanzielle Schwierigkeiten. Und der Gewinn ist durchaus akzeptabel. Irgendwelche Zuschüsse, von welcher Seite immer, waren nicht erforderlich. Sollte es welche gegeben haben, was ich nicht glaube, müssen sie *cash* gewesen sein. Über seine beiden Banken sind sie jedenfalls nicht gelaufen.«

Schmiedl räumte den Ordner wieder ins Regal und sagte dabei: »Eine andere Frage ist die ... Aber das ist sicher nicht von Belang.«

»Was ist nicht von Belang?« fragte Wasenegger.

»Von woher Stoisits die Ablösesumme für sein Lokal hatte, als er es übernahm. Aber die wird er sicher erspart gehabt haben. Oder gewonnen. Oder was immer. Kredit hat er jedenfalls keinen deswegen aufgenommen. Sie war nie Gegenstand eines Vertrages, wie das eben so üblich ist. Ablösesummen werden meist pro forma oder gar nicht angegeben. Wenn, dann als dem Usus hohnsprechend.«

Damit hatte Wasenegger nichts Zielführendes erfahren.

Auch der Bezirksinspektor Franz Berger IV. fand nichts Greifbares.

Er ermittelte in der Thürnlhof-Siedlung und redete mit einigen umherlungernden Jugendlichen, die von sich aus sagten, sie würden der *Thürnlhof-Partie* angehören.

»Wir haben keine Angst vor der Kiberei«, sagte der Anführer, ein blonder großer Bursche von sechzehn Jahren namens Horsti Knotzer. Wir tun niemand nichts, außer Warmen und Männern, die uns zu genau auf die kleinen Mädchen der Siedlung schauen. Vor unseren Schulen gibt's ja immer solche G'fraßter. Sonst sind wir ursauber. Da können S' ruhig die Bullen vom Wachzimmer fragen.«

Und ein schmächtiger Kleiner mit schulterlangen Haaren setzte hinzu: »Gut, hie und da fliegen wir schon Typen an, die uns auf den Arsch gehen. Aber nie wen von die Stoisits'. Und schon gar nicht den Alten, was s' jetzt den Spitzwegerich eingehaut haben. Weil der war ein urklasser Bursch' und hat uns manchmal eine Kiste Bier spendiert, wenn wir keinen Flieder haben, weil wir hackenstad sind.«

Berger IV. nickte und ging weiter.

Der Stoisits war also ein urklasser Bursch gewesen. Hatte Bier spendiert. Und nebenbei das eigene Kind geprügelt und mißhandelt. Hatte Zigaretten an der zarten Haut ausgedrückt. Urklass. Und das Kind gefickt oder ihm hinten und vorn Gegenstände reingeschoben.

Er befragte dann etwa zwei Dutzend Mieter der Siedlung, erfuhr aber auch nichts.

Werner Stoisits hatte nie mit irgendwem Streit gehabt. Jeden freundlich gegrüßt. Für keinen ein böses Wort. Nur gesprächiger Mensch war er keiner gewesen. Detto seine Frau. Aber das Kind war gesprächig gewesen. Hatte gern geplaudert. Ein paar der Befragten erinnerten sich daran, daß sich die Ilona schon sehr auf die Schule gefreut hatte. Alle sagten, sie sei wie ein Sonnenstrahl unter den oft unguten Bankerten der Siedlung gewesen. Daß sie mißhandelt worden war, konnte sich keiner vorstellen.

Bevor Berger IV. ins Sicherheitsbüro zurückfuhr, traf er den gutgelaunten Nachbarn der Stoisits', Ing. Spalek.

Spalek war in einen wasserdichten Overall gehüllt und trug einen zusammenlegbaren Gummihut. Er radelte trotz des Sauwetters quietschvergnügt daher, grinste Berger IV. an und fand es nett, daß sie zufällig zusammengetroffen waren.

»Burli« Berger stellte ihm fast die gleichen Fragen wie damals, als er ihn in der Fabrik bei Liesing besucht hatte.

Spalek hob sein Montainbike auf den Gehsteig, rückte die Luftpumpe zurecht und schüttelte den Gummihut ab. Dann gab er die gleichen Antworten wie damals und wie alle Befragten. Aber als ihn Berger fragte, ob Stoisits nicht vielleicht doch, wenn auch weit hergeholt, einen Feind gehabt haben könnte, wich Spaleks Antwort von denen der anderen ab.

»Na, ja ...«, sagte er gedehnt. »Einen Feind ... Kann ich mir nicht vorstellen. Der Stoisits hat ja kaum mit wem geredet. Auch mit mir, dem Nachbarn, nur ab und zu ein paar Worte. Aber auch nur übers Wetter und so. Also eigentlich nichts. Und ...«

Spalek machte eine Pause und sagte dann fast widerwillig: »Einmal ... Ich weiß gar nimmer, wann ... So vor drei oder vier Jahren, vielleicht, da ... Aber das ist uninteressant.«

»Uninteressant ist für uns gar nichts«, sagte Berger IV. Und als Spalek schwieg: »Was war denn vor drei oder vier Jahren?«

»Da hat er mit wem eine Schlägerei gehabt. Aber das ...«

»Burli« Berger wurde sofort hellhörig. »So? Mit wem denn? Und warum?«

»Weiß ich nicht«, sagte Spalek. »Jedenfalls mit dem Argauer. Aber der wohnt schon lang nicht mehr da.«

Wohin er zog, wußte Spalek nicht. Nur, daß der Argauer Otto geheißen hatte, auf irgendeinem Bahnhof mit der Paketpost beschäftigt und ein sehr netter, ruhiger

Mensch gewesen war. Dann lachte er und sagte, er könne sich nicht vorstellen, daß dieser Argauer so böse auf Stoisits gewesen sei, daß er ihn nach Jahren umgebracht habe.

»Der Argauer ist doch kein Japaner, der sich nach x Jahren an wem rächt. Außerdem hat ja, glaub' ich, er auf den Stoisits eingehaut und nichts zurückbekommen.«

Dann setzte er den Gummihut wieder auf, schwang sich auf sein Montainbike und radelte in Richtung Stiege 6 davon.

Berger IV. schrieb sich den Namen *Otto Argauer und wsch. Paketpost, Bhf.* auf und ging zu seinem Wagen zurück.

Dieser Argauer würde leicht zu finden sein. Aber als Täter kam er wohl kaum in Frage. Da würde Spalek recht haben. Obgleich er andrerseits ein Trottel war. Denn wer fuhr bei diesem Sauwetter quer durch Wien mit dem Rad. Und lachte noch dazu.

Die Bezirksinspektorin Monika Suttner verbrachte an diesem Nachmittag fast zwei Stunden im Suchtgift-Referat und hörte sich an, was der dortige Kollege, Bezirksinspektor Roman Sablik zu erzählen hatte.

Sablik war ein wüster Typ und schaute eher wie ein Strizzi als wie ein Polizist aus. Er war sehr groß, hohlwangig, hatte einen fast geschorenen Kopf, aber im Nacken ein dünnes Zöpfchen, und er trug im linken Ohr einen Diamantknopf.

»Also, paß auf, Mädel«, sagte er. »Mit den Giftlern ist es so, daß die immer mehr werden. Weil der Stoff jetzt auch aus den ehemaligen Oststaaten reinkommt. Praktisch ersaufen wir paar Mann in dem Zeug. Und für jeden, den wir mülisieren, wachsen zwei nach. Es ist zum Scheißen.«

Sablik zündete sich eine Zigarillo an, betastete sein Zöpfchen und setzte fort: »Im Jahr 1991 haben wir an die zwölf Tonnen Cannabis, drei Kilo Rohopium, über hundert Kilo Heroin, neunzig Kilo Kokain und alles mögliche Kleinzeug aus dem Verkehr gezogen. Trotzdem sind die Dealer sortiert wie ein Supermarkt. Und die Todesrate ist im Vergleich zu 90 um 37 % gestiegen. Von 92 haben wir noch keine endgültigen Daten.«

»Und warum ist das so?« fragte die Suttner. »Tut ihr zuwenig oder was?«

Sablik entlockte seiner Zigarillo kleine Wölkchen und betastete seinen Ohrknopf. »Das ist so, weil du nicht gegen die ganze Welt ankämpfen kannst, Mädel. Uns beliefern Nigeria, Sri Lanka und der Mittlere und Nahe Osten. Und jetzt auch die GUS-Staaten.« Er lachte freudlos auf. »Weißt du, was GUS für uns bedeutet? *Gebt uns Suchtgift*. Und jetzt beteiligen sich auch die Jugos am Geschäft, weil sie Geld für ihre Privatarmeen und so weiter brauchen. Damit sie dort drunten weiter aufeinander lospulvern und genügend Leut' umschießen können.«

»Pech für euch«, sagte die Suttner. »Aber deswegen bin ich nicht da. Was ich wissen möcht', ist, was sich in Simmering giftmäßig abspielt. Was ihr dort für Dealer kennt. Wo die verkehren. Und ob ihr einen Typen kennts, der Werner Stoisits heißt. Und ein *Pußta-Stüberl*.«

Sablik ließ die Augenlider hängen. »Nie gehört. Alle zwei nicht. Aber ich werd' wen fragen.« Er nahm den Telefonhörer ab, wählte eine Nummer und sagte: »Geh, komm auf ein Sprüngerl zu mir, Alter. Da ist ein *Has'*, der will mit dir reden.«

Kurz drauf kam ein athletischer Mann herein, der sich als Hansi vorstellte. Er hatte schaufelartige Hände und aus dem Bund seiner Black Jeans ragte hinten am Kreuz der Kolben einer großkalibrigen Waffe heraus.

Hansi kannte sowohl das *Pußta-Stüberl* als auch Stoisits, weil er in der Nähe eine Freundin hatte. »Aber die kannst alle zwei vergessen«, sagte er mundfaul. »Die Hütte und den Mann. Erstens giftmäßig und zweitens sowieso. Dort verkehren nur alte Leute. Und die haben mit Gift nichts drauf, weil sie 's Saufen gewöhnt sind. Denen könntest ein Lastauto mit Stoff und Spritzen hinstellen. Die wüßten gar nicht, wie sie sich das schießen sollen.«

»Okay, Hansi«, sagte die Suttner. Aber kann es nicht sein, daß durch den Wirten giftmäßig was gedreht wird?«

»Nein. Weil das täten wir wissen.« Er grinste. »Vergeßts das. Und suchts woanders. Frage: Wieso kommts auf den Stoisits?«

»Weil er tot ist. Heut hat man ihn gefunden. Irgendwer hat ihm den Schädel eingeschlagen. Und jetzt suchen wir halt nach dem möglichen Täter.«

Hansi wandte sich zum Gehen. »Na, dann machts das. Aber nicht unter Giftlern. Mit denen hat der Stoisits nichts zu tun gehabt. Hundertprozentig nicht.«

Damit war auch die Suttner in einer Sackgasse gelandet.

16

Um 17.00 Uhr war die MG 2 wieder in ihrem schäbigen Dienstzimmer beisammen. Der Raum war grau vor Rauch. Und alle Gegenstände wirkten abgenützt, ramponiert und reif für die Müllhalde. Nur die noch fast neue Bildschirmschreibmaschine Marke Olympia hob sich von alldem Kram ab.

»Burli« Berger hatte für alle Kaffee gekocht und füllte die Schalen.

Stern, Hotwagner und Wasenegger saßen rauchend da.

Monika Suttner bemühte sich mit einem nassen Lappen, die schmierige Kaffeemaschine wenigstens halbwegs sauber zu kriegen. Dabei murmelte sie etwas über *Schweinderln* und *Saubarteln*, aber das bezogen die Männer nicht auf sich. Denen war ja nur wichtig, daß der Kaffee aus der Düse spritzte. Wie die Maschine außen ausschaute, interessierte sie nicht.

Plötzlich tutete das Telefon.

Stern hob ab, horchte und sagte knapp: »Jawohl, Herr Hofrat. Gleich. In der Sekunde.«

Dann legte er auf, drückte seine Zigarette aus, trank noch einen großen Schluck Kaffee und sagte: »Trinkts aus, Burschen. Und du, Monika, laß die arme Maschine in Ruh'. Der Tamandl will uns sehen. Gleich.«

Als sie in das lichte und rauchfreie Büro des Hofrates kamen, umrundete der bereits ungeduldig den *Beserlpark*, seine vielen Grünpflanzen.

Er schaute mißbilligend auf die brennende Zigarette Hotwagners und deutete stumm auf das vor den Pflanzen angebrachte brandneue Schild *Wir wollen leben! Bitte nicht rauchen!* und schaute Hotwagner so stechend wie möglich an.

Draufhin wuchtete sich der zum Fenster, zog den blütenweißen Vorhang zurück, öffnete es und warf die Zigarette hinaus. Dann brummte er: »So. Keiner raucht mehr, Herr Hofrat. Alles okay.«

»Nein«, sagte Tamandl säuerlich. »Aber dafür fällt ihre Stinkfummel vielleicht auf einen Passanten und versengt ihm die Kleidung.«

Hotwagner schaute ausdruckslos. Aber seine Augen lächelten leicht. »Dann hat er halt ein Pech gehabt, Herr Hofrat. Aber wahrscheinlich ist sie eh während dem Hinunterfliegen ausgegangen. Heut ist's ja recht feucht draußen.«

Tamandl ging auf diese Impertinenz nicht ein. Es hatte keinen Sinn, mit einem Klotz wie Hotwagner zu debattieren. Der war unter Proleten aufgewachsen und Prolet geblieben. Mit knapper Not und nur aufgrund seiner vielen Dienstjahre Gruppeninspektor geworden. Dabei hätte er mit seinen Fähigkeiten sicher Offizier werden können. Wenn er nicht so indolent gewesen wäre. Dieser Mensch war wie ein Sumpf. In den konnte man einen Stein werfen, ohne daß er Kreise zog. Es machte bloß einen dumpf schmatzenden Laut, dann versank der Stein. Und der Sumpf sah aus, als ob überhaupt nichts gewesen wäre.

Dann ging der Hofrat zügig das erste Problem an. Denn der Gruppenführer hatte wieder einmal eine Eigenmächtigkeit begangen.

»Ich darf Sie bitten, Herr Oberstleutnant, daß sie mich bei Ihren Ermittlungen nicht immer wieder übergehen. Ich bitte um eine Rechtfertigung.«

Stern wußte, was der Hofrat meinte. Er war gekränkt, weil der Staatsschutz ohne sein Wissen kontaktiert worden war. Das war einerseits in Ordnung. Aber andrerseits war ein Oberstleutnant kein Substitut, der wegen jedem Schmarren zum Vorgesetzten rannte und bittlich wurde.

Er schaute Tamandl in die Augen und fragte höflich: »Pardon, Herr Hofrat. Wovon sprechen Sie?«

Tamandl lief rosa an. »Davon, daß mich der Kollege Schante aus dem Innenministerium angerufen und scheißfreundlich gefragt hat, ob er uns mit seinen Auskünften hat dienlich sein können! Und davon, daß mich der Magister Haumer aus der PolDion in etwa das gleiche fragte!« Und immer flüssiger: »Was wollten Sie oder Ihre Leute von diesen Abteilungen? Bearbeiten Sie nicht die Mordfälle Stoisits'? Sehen Sie in denen irgendwo eine Gefährdung des Staates? Oder wie? Oder was?«

»Nein«, sagte Stern trocken. »Aber als erfahrener Polizeibeamter muß ich in Erwägung ziehen, daß Werner Stoisits möglicherweise von einer ausländischen kriminellen Organisation getötet wurde.«

Und Hotwagner kam ihm zu Hilfe. »Und ich war beim Jugendbanden-Referat. Aus den gleichen Gründen wie der Chef. Aber raus'kommen ist ja eh da und dort nichts.«

Tamandl drehte eine Runde um seine Topfpflanzen und sagte kurz: »Na, gut. Also erledigt, meine Herren. Aber ich bitte, mich bei gegebenem Anlaß nicht wieder zu umgehen!« Er lächelte die Suttner an. »Natürlich auch die Dame. Selbstverständlich.« Und geradezu gewinnend: »Ich bitte, meinen *lapsus linguae* zu entschuldigen, Frau Bezirksinspektor. Ich muß mich dem Umgang mit Kolleginnen erst anpassen.«

Dann wandte er sich wieder an Stern: »Wie kommen Sie generell in den Mordfällen Stoisits/Stoisits weiter? Wie werden Sie weiter vorgehen?«

Stern wollte antworten. Aber Tamandl wandte sich ab und befingerte liebevoll ein frisches, noch eingerolltes Blatt. »Sie brauchen sich nicht zu bemühen, lieber Oberstleutnant. Ich weiß, daß Sie ein ausgezeichneter Beamter sind und ausgezeichnete Leute um sich haben. Ich bitte aber, mich von gegebenenfalls ungewöhnlichen Schritten in Kenntnis zu setzen. Bitte abzutreten.«

Hotwagner zündete sich eine bereitgehaltene Boro an und brummte: »Also dann.«

Als die Gruppe bereits auf dem Gang war, sagte er: »Heut gibt's, hab' ich ermittelt, Rollgerstelsuppe und Reisfleisch mit grünem Salat in der Kantine. Ich hab' uns vorläufig provisorisch zum Nachtmahl angemeldet. 's wird ja sowieso wieder später werden.«

Stern nickte und zündete sich ebenfalls eine Zigarette an. »Wir haben eine Menge zu tun, Leute. Aussagen festzuhalten. Und danach zu reden.«

»Burli« Berger stieß die Suttner an und schaute grinsend auf Hotwagner. »Hast den Chef gehört, Otto? Du bist ein kleiner Glückspilz und darfst heut noch auf der Bildschirmschreibmaschine herumhacken. Stundenlang. Da wird's dir, wie ich dich kenn', bestimmt ein paarmal kommen.«

Hotwagner blieb ungerührt. »Schreiben wird die Monika. Weil die hat jüngere Finger. Und du, Burli, kannst mich kreuzweise am Arsch lecken. Da kommt's mir auch.«

Der Oberstleutnant schaute Hotwagner an. »Ein kleines bißl könntest dich zurückhalten, Otto. Wir haben eine Frau unter uns.«

Und Hotwagner brummte zur Suttner: »Entschuldige, Moni. 's ist mir rausgeruscht. Nicht die feine Beamtenart. Aber ein alter Hund lernt halt schwer neue Kunststückln.«

17

Über Nacht schlug das Wetter um. Es war plötzlich frühlingshaft warm. Die Quecksilbersäule stieg morgens auf beinahe 10 Grad. Das hatte es um diese Jahreszeit, Ende Jänner, seit Jahren nicht mehr gegeben.

An diesem Tag fuhr Berger IV. zu Otto Argauer.

Er hatte sich bereits gestern mit dem Einwohnermeldeamt in Verbindung gesetzt und festgestellt, daß es rund drei Dutzend Argauer in Wien gab. Aber nur einer hieß Otto und war Postbeamter. Er wohnte im 5. Bezirk, Margaretengürtel 122. War achtunddreißig, verheiratet und Vater von zwei Kindern.

Draufhin hatte Berger das Personalbüro der Postverwaltung angerufen. Dort war man mißtrauisch gewesen, hatte sich die Nummer des Sicherheitsbüros geben lassen und zurückgerufen, ehe man die gewünschte Auskunft erteilte. Der Oberadjunkt Argauer war im Paketpostamt des Wiener Südbahnhofes beschäftigt.

Gegen 09.00 Uhr tauchte Berger IV. im Südbahnhof auf und redete zuerst mit dem Leiter des Paketpostamtes über den Mann. Der Vorgesetzte stellte Otto Argauer das beste Zeugnis aus. Er war pünktlich, fleißig und kollegial. Und ein ruhiger Mensch, dessen stiller Humor von allen geschätzt wurde.

»Der Argauer«, sagte der Postler, »ist ein Schatz. Er verliert auch im größten Streß nicht die gute Laune. Damit heitert er alle auf.«

Als Berger IV. nur nickte und entweder »Aha« oder »Mhm« sagte, fragte der Leiter, ob denn gegen Argauer etwas vorliege. Und als Berger verneinte, warum sich dann das Sicherheitsbüro für ihn interessierte.

»Aber keine Spur von was«, versicherte Berger IV. »Ich will nur mit dem Mann wegen eines Vielleicht-Bekannten von ihm reden. Nichts, was wichtig ist. Nur, daß er uns was bestätigt. Eigentlich ein Randfaktum, nicht mehr. Nur der Genauigkeit halber.«

Nach drei Minuten stand Otto Argauer im Vorstandsbüro. Er war ein mittelgroßer drahtiger Mann mit breitgeschlagener Nase und einem schlecht verheilten Cut quer über die linke Augenbraue.

Berger wollte mit ihm nicht im Beisein des Vorstandes reden. Er wies sich nur aus, faßte Argauer freundschaftlich am Arm und führte ihn in die große Pakethalle, in der es laut und lebhaft zuging und anonym war.

Die beiden stellten sich in eine ruhigere Ecke und schon nach wenigen Minuten wußte »Burli« Berger, daß Argauer mit dem Mord an Werner Stoisits nicht das geringste zu tun hatte.

Argauer gab sofort zu, vor Jahren mit Stoisits eine Schlägerei gehabt zu haben, die aber einseitig verlaufen war. »Ich hab' dem Burgenländer ein paar aufgelegt, was ich normalerweise nicht tu'. Aber es hat sein müssen. Das war knapp, bevor wir umgezogen sind. Im Frühjahr 1989.«

Als Berger nach dem Grund der Schlägerei fragte, kam sofort die Antwort.

»Na, weil ich gesehen hab', wie der seiner kleinen Tochter, die vielleicht drei oder vier Jahr' war, wegen nichts zwei ziemlich starke Watschen gegeben hat.«

Berger IV. nickte. »Und von woher haben Sie gewußt, daß es wegen nichts war?«

»Weil ich keine paar Meter entfernt gewesen bin, wie der Stoisits mit seiner Frau und der Kleinen durch die Siedlung gegangen ist. Und da gehen zwei Buben mit einem Eis vorbei und schlecken mit Genuß.«

Argauer zog scharf die Luft durch seine breitgeschlagene Nase ein. »Ich seh' das jetzt noch vor mir, Inspektor. Die Buben schlecken ihr Cornetto-Eis. Und die Kleine, Ilona, glaub' ich, heißt sie, trippelt zwischen den viel zu schnell gehenden Eltern und sagt, sie möcht' auch so ein Eis. Und die Mutter sagt: Du kriegst jetzt kein's. Und die Kleine fängt wieder an, sie will ein Eis. Da haut ihr der Vater zwei Watschen herunter, daß ihr Kopf hin und her geflogen ist. Das war mir dann zuviel, und ich hab' ihn zur Rede gestellt. Ich hab' ja auch Kinder.«

»Und dann«, fragte Berger, »ist es zur Schlägerei gekommen?«

»Ja. Aber es war keine Schlägerei. Eingehaut hab' ja nur ich.« Argauer schaute Berger IV. intensiv an. »Damit Sie das verstehen, müssen Sie was wissen. Ich bin als Kind viel gehaut worden. Von der Mutter. Und vom Vater auch. Wegen jeder Kleinigkeit. Und ich weiß, wie weh das tut. Dann hab' ich jahrelang geboxt. Als Amateur. Fast zweihundert Kämpfe und drei Meistertitel im Weltergewicht. Und von daher weiß ich wieder, wie's ist, wenn man Hieb' kriegt. Aber das ist wurscht. Weil ich bin ja freiwillig in den Ring gestiegen.«

Argauer trat ganz nahe an Berger heran und sagte: »Ich bin kein Schläger. Aber ich werd' närrisch, wenn ich seh', daß ein Erwachsener ein kleines Kind haut wie einen Großen. Das hab' ich dem Burgenländer gesagt. Und wie er gesagt hat, er kann sein Kind hauen, wie er mag und wann er Lust hat, hab' ich ihm zwei gepracke. Und gesagt: Damit du spürst, wie das ist, du Arschloch.«

»Und weiter?« fragte Berger IV.

»Na, und nichts. Die feige Sau hat nicht zurückgehaut. Aber seitdem sind mir die zwei Stoisits' aus dem Weg gegangen.«

Argauer lächelte leicht, als er sagte: »Und jetzt hat einer den Burgenländer auf den Schädel gehaut. Steht heut in der Zeitung.« Und ernst: »Aber das war nicht ich, Inspektor. Ich tu' keinem was. Schon gar nicht bring' ich einen um. Nur: Es ist mir wurscht, daß ihm einer den blöden Schädel eingehaut hat. Wurscht wie nur was.«

Berger nickte. »Okay. Mir auch. Aber ich muß halt den Täter suchen.« Dann sagte er: »Ich frag' Sie jetzt was ganz ohne Hintergedanken, Herr Argauer. Nur formhalber. Wo waren sie vorgestern und vorvorgestern? Also am 23. und 24. Jänner?«

»Ich?« sagte Argauer und begann zu schmunzeln. »Na, da haben S' ein Pech. Weil ich war vorgestern und vorvorgestern noch in der Schweiz. In Wildhaus. *Ferienkolonie Reka*. Das ist so eine Urlaubskassa-Organisation. Mit der hat unsere Gewerkschaft ein Abkommen. Ich war mit meiner Frau dort. Vom 10. zum 24. Die Zwillinge waren nicht mit. Die sind sechzehn und brav. Außerdem müssen sie ins Gymnasium gehen. Nach Wien zurückgekommen sind wir am 24. Mitten in der Nacht. Weil wir uns beim Zurückfahren ein bißl Zeit gelassen und ein paarmal Rast gemacht haben.«

Berger machte sich Notizen und sagte: »Danke. Wir werden das prüfen.«

Argauer lächelte. »Machen S' das. Ich hab' Rechnungen und Belege. Und in drei Tagen krieg ich die Fotos vom Entwickeln.« Und nach einer Pause: »Wenn S' jetzt noch wissen wollen, warum ich von Simmering nach Margareten gezogen bin: Ich bin Alleinverdiener, und die Wohnung im Thürnlhof war mir zu teuer. Vom Bund krieg' ich keine Wohnung. Da bin ich zu klein dazu. Oder vielleicht bei der falschen Partei. Na, wurscht. Ich bin bei überhaupt keiner. Da hab' ich auf den Gürtel getauscht. Gemeindebau ist ja Gemeindebau. Nur ist's dort billiger. Weil niemand mehr dort wohnen will, außer *Nebochanten*. Zu viel Verkehr, zu viel Dreck. Da muß die Gemeinde froh sein, daß überhaupt wer dort wohnt und Zins zahlt. Viele zahlen eh keinen, weil s' Sozialfälle sind. Jetzt wissen S' alles. Oder?«

»Ja«, sagte Berger IV. »Mehr brauch' ich nicht.«

Er gab Argauer die Hand und ließ ihn gehen. Der hatte mit dem Mord an Stoisits nichts zu tun. *Reka Ferienkolonie* Wildhaus, also. Ein Fax an die Kollegen der betreffenden Kantonspolizei würde das verifizieren. Die Schweizer nahmen es mit der Meldepflicht ja genau. Wußten, wer wann und wo logiert hatte. Da fuhr die Eisenbahn drüber. In Wien war das laxer. Da konnte nicht einmal ein Kinderwagen drüberfahren.

Als »Burli« Berger ins Sicherheitsbüro zurückfuhr, war er guter Stimmung. Denn jetzt gab es wenigstens einen Zeugen dafür, daß Stoisits sein Kind mißhandelt hatte. Und die Frau dabei gewesen war.

Das war zwar nicht viel, aber immerhin etwas.

18

Oberstleutnant Ewald Stern besuchte nochmals den Mag. Schante vom Staatsschutz. Aber diesmal wußte Hofrat Tamandl davon. Das deponierte Stern mit mattem Lächeln und der Bemerkung, daß daher ein Aviso beim Hofrat nicht notwendig sei. Dann kam er gleich zur Sache und fragte, ob der Staatsschutz eventuell Verbindung zu ehemaligen Geheimdienstaktivisten oder sonstjemand hätte, der als verdeckter Konfident tätig war, jedenfalls aber Angaben machen konnte, die über bloß Allgemeines hinausgingen.

Mag. Schante schaute ausdruckslos drein und fragte zurück, was Stern unter dem Terminus *über bloß Allgemeines hinaus* verstehe.

»Na«, präzisierte der Oberstleutnant, »zum Beispiel interessiert mich alles, was mit mehr oder weniger illegalen ungarischen Aktivitäten in Wien zusammenhängt. Ob es vielleicht eine Organisation gibt, die aus ehemaligen Geheimdienstleuten besteht. Ähnlich, wie es ja von der *Russenmafia* praktiziert wird. Konkreter: eine Organisation, die in Wien Gelder sammelt oder eintreibt, um von Wien aus Umsturzbestrebungen in Ungarn oder solche von ungarischen Minderheiten in anderen ehemals kommunistischen Ländern zu unterstützen und zu dirigieren.«

Schante wollte zuerst nichts sagen und flüchtete wieder in allgemeine Bemerkungen. Erst als Stern dringlicher wurde, bequemte er sich, damit herauszurücken, daß es da zwei Leute gab, die Stern eventuell weiterhelfen könnten.

»Nun, ja, Kollege ... Beide sind Ungarn. Und beide haben ...« Er schaute Stern mit der Miene eines Guru an. »Ich werde Sie einem der beiden zuführen. Der Mann heißt Köröstösi, ist ehemaliger Oberst des ungarischen Staatsschutzes, lebt in Wien. Jetzt ist er eine Art ... Aber das tut nichts zur Sache.«

Stern zog Notizbuch und Kugelschreiber. »Wie kann ich ihn erreichen? Unter welcher Telefonnummer?«

»Unter gar keiner«, säuselte der Magister, nahm die randlose Brille ab und blies ein unsichtbares Staubkorn von den Gläsern. »Sie können ihn weder anrufen, noch mit ihm sprechen, weil er unsere Sprache fast nicht beherrscht. Ich kann Ihnen aber einen meiner Männer anbieten, der für Sie Kontakt aufnimmt. Er ist geborener Ungar, aber längst eingebürgert und erstklassig. Hat beste Kontakte. Und der einzige, der mit Köröstösi Verbindung hat.« Dann griff er zum Telefon.

Zwei Minuten später kam Major Imre Kalman. Er schaute glatt und wie ein Buchhalter oder ein etwas ältlicher Klassenprimus aus und trug eine Nickelbrille, konnte ebenso dreißig wie fast fünfzig sein, wirkte wie ein Neutrum.

Schante stellte ihm Stern vor und erklärte, worum es ging.

Kalman hörte ausdruckslos zu und sagte dann zu Stern: »Wenn Sie wollen, rufe ich Köröstösi sofort an. Sie können sich dann irgendwo mit ihm treffen. Ich werde dabei sein und dolmetschen.«

Als Stern sein Einverständnis erklärte, wählte Kalman verschiedene Nummern an, wobei er mit dem Rücken die Tastatur abdeckte, was Stern als kindische Geheimniskrämerei erschien. Erst bei der vierten Nummer meldete sich jemand, mit dem Kalman ein Gespräch in ungarischer Sprache führte.

Stern verstand außer *Oberstleutnant Stern* kein Wort, hatte aber den Eindruck, daß sich Kalman sehr bemühen mußte, um ein Treffen zustandezubringen.

Kalman sprach mindestens zehn Minuten, ehe er auflegte und sagte: »Es geht in Ordnung, Herr Oberstleutnant. Wir treffen unseren Mann in einer halben Stunde. Nicht weit von hier. Wir können zu Fuß hingehen, wenn Sie wollen.

Kalman und Stern trafen Köröstösi im *Café Haag* in der Schottengasse. Es war beinahe leer. Auf den abgewetzten Plüschbänken saß nur ein schmusendes, nicht mehr junges Liebespaar und ein dunkelhäutiger Student, der intensiv in seinen Skripten las. Der Ober lehnte, in einer Zeitung blätternd, am Buffet. Als sich Kalman und Stern gesetzt hatten und drauf warteten, daß sich der Ober in Bewegung setzte, kam Köröstösi ins Café.

Er war ein schwerer Mann um die Sechzig, hatte überaus dichtes Haar und trug eine dicke Hornbrille mit dunklen Gläsern. Er setzte sich lächelnd zu den beiden, gab nicht die Hand und stellte sich Stern auch nicht vor und sagte nur: »Bitte.«

Stern stellte seine Fragen, Kalman dolmetschte und Köröstösi anwortete leise.

Nach einer halben Stunde wußte Stern, daß die verdeckte ungarische Szene in Wien mit den Morden an Ilona und Werner Stoisits zweifelsfrei nicht das geringste zu tun hatte.

Laut Köröstösi gab es in Wien überhaupt keine verdeckte Szene. Was sich auf diesen Gebiet abspielte, lief in der Bundesrepublik Deutschland. Es hatte zwar nach dem Ungarnaufstand 1956 und die Jahre danach Auffang- und Schaltstellen gegeben, aber die waren nach und nach aufgelöst worden, weil sie im Grunde nichts brachten. Denn die meisten exilierten Ungarn hatten nur aus dem Land weg wollen, um sich in Österreich oder anderswo so bald wie möglich zu assimilieren. Köröstösi wußte zwar, daß einige ungarische Lokale in Wien Schutzgelder an die *Alvilag* zahlten. Aber bei denen handelte es sich um Restaurants mit teuren und daher schützenswertem Interieur und besseren Gästen, die in Ruhe speisen und trinken wollten. Lokale wie das *Pußta-Stüberl* waren indiskutabel.

Als Stern weiter bohrte und auf zwei ungeklärte Mordfälle zu sprechen kam, sagte Köröstösi, daß diese erstens viele Jahre zurück lagen, und es sich zweitens bei Täter und Opfer um eine interne Angelegenheit des damals noch kommunistischen Geheimdienstes gehandelt hatte. Ein abgesprungener Geheimdienstoffizier, der seinerzeit im alten Wiener Allgemeinen Krankenhaus mittels Giftinjektion ausgeschaltet worden war, und ein Mann, der mit einer im Regenschirm verborgenen Giftpatrone durch Druckluft auf offener Straße erschossen worden war. Die Identität dieses Mannes konnte nie geklärt werden, und beides waren *alte Sachen.*

All das war längst vorbei. Die zur Zeit in Wien lebenden Ungarn waren harmlos. Sie trafen einander in Heimat- und Trachtenvereinen, sangen alte Lieder oder pflegten den Volkstanz. Hatten keine gegen wen immer gerichteten Aggressionen. Und der zur Zeit in Ungarn sehr aktive radikalnationalistische Flügel eines sogenannten Schriftstellers hatte überhaupt keine Verbindung zu Wien.

Mithin hatte dieses Treffen dem Oberstleutnant Stern bloß drei große Braune gekostet, ihn aber um keinen Millimeter weitergebracht.

19

Otto Hotwagner, Karl Wasenegger und Monika Suttner hatten den Auftrag, sich gründlich mit Aranka Stoisits zu befassen. Dabei sollten Hotwagner und Wasenegger als erfahrene Kriminalbeamte die Fragen stellen und die Suttner – die im Gegensatz zu ihren Kollegen stenographieren konnte, noch dazu flüssig – jedes Wort mitschreiben.

»Denkt dran«, hatte der Gruppenführer gesagt, »daß wir mit dieser Frau weiterkommen müssen! Machts, was ihr wollts, aber bringts aus dieser Frau irgendwas heraus!«

Und Hotwagner hatte genickt und gegrunzt: Okay, Waldi. Wir werden sie auseinandernehmen, bis sie nimmer weiß, ist sie ein Mandl oder Weiberl. Und ohne harte Bandagen. Nur so auf die gemütliche Art.«

Die drei fuhren sicherheitshalber beim *Pußta-Stüberl* vorüber. Aber das war geschlossen.

»Ich hab's euch gleich gesagt«, sagte Monika Suttner. »Weil wenn die Stoisits auch bestimmt keine Gute ist – so eine Härte, daß sie das Wirtshaus gleich nach dem Tod ihres Mannes wieder aufsperrt, ist sie nicht. Keine Frau tät' so was machen. Ihr Männer vielleicht schon. Weil ihr habts da, wo bei einer Frau das Gefühl oder das Gemüt ist, nur ein Loch.«

Wasenegger, der fuhr, zuckte nur mit den Schultern.

Und Hotwagner brummte: »Na, okay, Kinderl. Sagt ja eh keiner was. Sollst recht haben. Männer sind halt Männer. Sie können aber auch nichts dafür. Fahren wir in die Thürnlhof-Siedlung.«

Als sie dann im Wohnzimmer der Stoisits' saßen, legte die Suttner einen großen Block vor sich auf den Couchtisch, griff zum Kugelschreiber und hielt fest, daß die Einvernahme der Aranka Stoisits geb. Kövari durch die Gruppeninspektoren Hotwagner und Wasenegger um 09.06 Uhr begonnen hatte.

Die Stoisits erwies sich zunächst als *Steherin*. Sie antwortete entweder ausweichend oder gab vor, nichts zu wissen oder die gestellte Frage infolge ihrer unzureichenden Deutschkenntnisse nicht zu verstehen. Oder log offensichtlich.

Sie saß massig und düster da und schaute den jeweils Fragenden entweder nicht oder nur für Sekundenbruchteile an. Gemütsbewegung zeigte sie keine. Nur die langsam über den Hals hochsteigende und sich im Gesicht verbreitende Röte zeigte, daß sie unsicher und immer nervöser wurde.

Hotwagner rauchte wie ein Schlot, hustete demgemäß und bemühte sich, die Befragung in ruhigem Ton durchzuführen. Aber als Aranka Stoisits zum x-ten Mal auf eine Frage Waseneggers mit *Weiß ich nicht ...* oder *Davon hab' ich nichts bemerkt ...* antwortete, verlor Hotwagner die Geduld.

»So«, sagte er zur Suttner. »Jetzt kannst vorläufig mit dem Schreiben aufhören. 's kommt nichts dabei heraus.«

Dann schaute er die Stoisits an und sagte noch immer ruhig und fast wie beiläufig: »Und mit dir, Herzerl, werden wir jetzt andere Saiten aufziehen. Uns papierlst nimmer länger. Bis jetzt waren wir freundlich und haben's mit dir im Guten probiert. Aber wir können auch anders. Weil wir sind dir nicht über den Hintern runtergerutscht.«

Hotwagner drückte seine Zigarette aus, stand auf, tappte wie ein Bär um die Sitzgarnitur und schnauzte, als er hinter der Stoisits war, so laut und abrupt, daß nicht nur die Stoisits, sondern auch Monika Suttner zusammenzuckte: »Jetzt hör mir einmal gut zu, du Misthaufen! Wir wissen, daß nicht nur dein Mann mit eurem Kind herumgespielt und noch viel mehr hat!«

Er stellte sich vor sie und sagte leise und kalt: »Jetzt hören wir auf, mit dem Versteckerlspielen. »Ihr warts alle zwei an dem Kind! Und mißhandelt habts ihr es auch, alle zwei. Euer sogenanntes *Sternenkind,* ihr Drecksäue. Darum kriegen wir jetzt auf jede Frage eine ordentliche Antwort, oder du bist dran.«

Hotwagner wuchtete sich zum Telefon und hob den Hörer ab. »Ich brauch' jetzt nur den Staatsanwalt anrufen, und du gehst in Haft! Und für lang. Weil wennst einmal in U-Haft bist, kannst die nächsten sechs Monate vergessen!«

Er drückte die ersten Tasten und schnauzte: »Also! Redest du oder willst ins Landesgericht?!«

»Nein«, schnaufte die Stoisits. Und sehr laut: »Ja! Ich rede! Ich red' ja!«

Hotwagner legte auf und sagte ruhig: »Na, also. Warum nicht gleich.« Und dann zur Suttner: »Kannst wieder mitschreiben, Moni. Aber fang von vorn an. Die Seiten bis jetzt gelten nichts.«

Er setzte sich der Stoisits gegenüber und sagte fast gemütlich: »Vergiß, daß ich laut worden bin. Ich mein's gut mit dir und will dir helfen. Weil, was passiert ist, läßt sich ja eh nimmer ändern. Du kannst es nur noch schlechter machen, wennst stützig bist. Also sei vernünftig.«

Draufhin wurde Aranka Stoisits vernünftig und *legte nieder.* Sie schien eingesehen zu haben, daß Leugnen oder Ausflüchte keinen Sinn hatten und erzählte alles.

Wie sie im November 1977 als kaum Zwanzigjährige mit einem ledigen Kind aus dem in der Nähe von Szeged liegendem Nest Uj-Szentivan als Touristin nach Wien gekommen und dageblieben war. Gleich bei einem ungarischen Kioskbesitzer auf dem Naschmarkt, Arbeit und Unterkunft gefunden hatte. Und wie im folgenden Winter der zweijährige Tibor sich erkältet hatte und dann, im Februar, an Lungenentzündung gestorben war.

Sie sprach auch von der Zeit danach, und den dauernden sexuellen Attacken des Kioskbesitzers und dessen zwei Brüdern, die sie vom Naschmarkt weg und in den Prater getrieben hatten, wo sie dann als Abwäscherin und Langos-Verkäuferin tätig gewesen war und während eines Praterrummels den Werner Stoisits kennengelernt hatte.

Am Anfang war es Liebe gewesen, aber die hatte sich bald verloren, weil sich Stoisits als Rohling und Mensch mit merkwürdigen sexuellen Wünschen entpuppt hatte.

Geheiratet hatte ihn Aranka Kövari trotzdem, weil sie hoffte, dadurch wenigstens eine halbwegs gesicherte Zukunft zu haben. Sie wohnten in einer Zimmer-Küche-Wohnung auf der Ausstellungsstraße, und Stoisits war Kellner in dem Pratergasthaus *Zum englischen Reiter*. Im *Café Dogenhof* schloß er Wetten für französische Pferderennen ab und gewann dabei mehrmals höhere Beträge. Dann ging er zu dem Praterbudenbesitzer Horst Sindelka und nahm von ihm zusätzlich einen Kredit. Mit dem Geld übernahmen sie das verkommene Gasthaus auf der Simmeringer Hauptstraße und machten das *Pußta-Stüberl* draus. Das war im Jahr 1986. Knapp vorher hatten sie durch Vermittlung eines Bezirkspolitikers die Wohnung in der Thürnlhof-Siedlung bekommen.

Im Sommer sei dann die Ilona zur Welt gekommen und dadurch war die Roheit von Stoisits vorübergehend abgeklungen. Er sei in das Kind ganz vernarrt gewesen. Die Hölle habe begonnen, als Ilona etwa fünf Jahre alt gewesen war. Denn da sei Stoisits plötzlich entweder impotent oder auch nur an seiner Frau nicht mehr interessiert gewesen und habe ...

An dieser Stelle brach Aranka Stoisits ab und ersuchte darum, daß Monika Suttner aus dem Zimmer gehe. Denn was sie jetzt zu erzählen habe, sei so, daß sie sich schäme, das vor einer Frau zu tun.

Wasenegger schüttelte den Kopf und sagte: »Die Kollegin bleibt da. Die zählt für Sie nicht als Frau. Sie ist Polizist wie wir alle und hat schon genug Sachen gehört, die einem den Magen umdrehen.«

Monika Suttner schaute die Stoisits kurz an. »Mein Kollege hat recht. Vor mir können Sie ruhig alles sagen und müssen sich nicht schämen. Ich bin ja nur der Bleistift.«

Und Hotwagner brummte: »Also weiter, Frau Stoisits. Wir sind keine Sittenrichter und nehmen nur den Sachverhalt auf.« Und wieder ins Du fallend: »Red! Wir haben nicht ewig Zeit. Gemma. Dein Mann hat also nicht mehr mit dir geschlafen – oder was?«

»Nein«, sagte die Stoisits und schaute zu Boden. »Nicht mehr richtig. Er ...«

»Also, was?« drängte Wasenegger.

Werner Stoisits hatte, wie seine Witwe leise und immer wieder stockend erzählte, auf einmal nur mehr, allerdings sehr selten, Mundverkehr gefordert, sich aber im übrigen selbst und auch dadurch befriedigt, daß er das Kind zu mißhandeln begonnen hatte. Er hatte Ilona aber zugleich auch immer wieder liebkost und am ganzen Körper, auch an den Genitalien abgeküßt. Einwendungen der Frau hatte er durch Prügel zum Schweigen gebracht. Sie wagte angeblich auch dann nichts zu sagen, als Stoisits dazu überging, regelrechte sexuelle Beziehungen mit dem Kind zu unterhalten. Er habe vom Kind ebenfalls Mundverkehr verlangt und entweder versuchten oder vollbrachten Beischlaf mit ihm gehabt. Das habe Aranka Stoisits allerdings nicht selbst gesehen, sondern nur aus unbeholfenen Äußerungen der Tochter erfahren.

Das Kind habe solche Sachen nur ihr, der Mutter, anvertraut und sei von ihr beschworen worden, dies nur ja keinem Menschen zu erzählen, und sich auch daran gehalten, weil es völlig verschüchtert gewesen war.

So weit gekommen, erlitt Aranka Stoisits einen hysterischen Anfall mit anschließendem Weinkrampf. Sie konnte erst beruhigt werden, als Monika Suttner ihre Kollegen aus dem Zimmer schickte und lange auf sie einredete.

Als sie wieder vernehmungsfähig war, sagte Aranka Stoisits unter vier Augen, sie wisse, daß jetzt alles aus sei und sie nie mehr im Leben Ruhe finden werde. Danach gab sie auch zu, mehrmals versucht zu haben, ihren Mann während des Schlafes zu töten. Weil sie gewußt habe, daß das Martyrium des Kindes und auch ihres erst zu Ende sei, wenn der Mann nicht mehr lebe. Sie hatte es aber nicht fertiggebracht, im entscheidenden Moment mit der vorbereiteten Bratengabel zuzustoßen.

»Ich hab' es nicht können«, sagte die Stoisits anschließend. »Ich hab' nicht die Kraft dazu gehabt. Doch Gott hat sie. Er hat die Macht und die Kraft und die Herrlichkeit.« Und fast tonlos: »Er hat ja meinen Mann schon geschlagen. Und wird mich auch schlagen. Irgendwann. Denn er kennt keine Gnade.«

Nach diesem Bekenntnis holte Monika Suttner ihre Kollegen wieder ins Zimmer und las der Stoisits die aufgenommene Niederschrift vor. Was sie unter vier Augen gehört hatte, stand nicht in der Niederschrift.

Dann unterschrieb die Stoisits. Monika Suttner zeichnete ihrerseits ab und setzte nach einem Blick auf ihre Uhr die Zeit 11.42 ein.

Hotwagner sagte der Stoisits, sie müsse sich jederzeit zur Verfügung der Behörden halten, über alles Weitere werde sie verständigt.

Draußen, auf dem Gang, sagte die Suttner zu ihren Kollegen: »Zweidreiviertel Stunden. Und drei Leben.«

»Ja, Kinderl«, brummte Hotwagner. »So ist das.«

Und die Suttner: »Ich hätt' nicht zur Polizei gehen sollen, glaub' ich.«

Wasenegger schaute sie an und sagte: »Du bist aber gegangen, Moni. Reiß dich zusammen. Was ist, das ist halt.«

»Red nicht so großgescheit, Karli«, brummte Hotwagner. »Das wissen wir eh.« Und zur Suttner: »'s Leben ist oft recht grauslich.«

Er verschmähte den Lift und stapfte schwerfällig die Stiege hinunter. Blieb im Halbstock stehen und schaute die Suttner stumpfäugig an. »Irgendwer muß halt die Dreckarbeit machen. Sonst leben wir überhaupt in einem Dschungel, wo einer den anderen umbringt, ohne daß es was macht. Für das ist die Polizei erfunden worden. Sonst schaut ja niemand auf nichts. Ohne uns wär die Welt nichts wie ein dreckiges Durcheinander. Also, Kinderl.«

Als die drei aus der Stiege 6 kamen, pfiff ein eisiger Wind durch die Wege der Thürnlhof-Siedlung.

Hotwagner stellte sich den Kragen auf und versuchte, in sich hineinzukriechen. Er trat kurz in die Stiege zurück, zündete sich eine Zigarette an und sagte: »So. Jetzt fahren wir ins SB zurück. Und essen was. Und dann schreibts ihr die Niederschrift rein und ich fahr' auf einen Sprung in den Prater runter. Zu diesem ... Wie hat der Budenbesitzer geheißen, der dem Stoisits den Kredit geben hat?«

»Steht in der Niederschrift«, sagte Wasenegger. »Hawelka oder so was. Jedenfalls böhmisch.«

»Sindelka«, sagte die Suttner. »Horst Sindelka.«

Hotwagner grinste Wasenegger an. »Siehst, das Kinderl hat noch ein junges Hirn. Das merkt sich noch was. Wir alten Trotteln müssen uns jeden Schas aufschreiben.«

»Du bist alt, Otto«, brummte Wasenegger. »Ich bin erst zweiundvierzig, hörst.«

»Das ist auch schon älter als wie jeder Elefant wird«, gab Hotwagner zurück. »Wennst ein Auto wärst, tätest du auch kein Prüfpickerl mehr kriegen.«

20

Als Gruppeninspektor Hotwagner in Richtung Prater fuhr, fühlte er sich schlecht. Er war in einem Zustand, den er bei sich *Sterbetag* nannte. Weil er ein Idiot gewesen war, nicht hatte widerstehen können und sich zwei Portionen Grammelknödel mit warmem Krautsalat hineingeschaufelt hatte. Und jetzt fühlte er sich ja so elend, daß er lieber am Zentralfriedhof *probeliegen* würde, statt zu dem blödsinnigen Budenbesitzer zu fahren und den auszukeilen.

Zuerst fuhr er beim *Dogenhof* vorbei und erkundigte sich, ob ein Werner Stoisits bekannt war. Aber natürlich kannte ihn keiner in dem verrauchten Lokal, das früher einmal einer der Glanzpunkte Wiens gewesen war. Heute saß es wie ein vergessenes Relikt auf der Praterstraße, zwischen Praterstern und Mayergasse, und kein Hund interessierte sich dafür, daß es einmal wie ein venezianischer Palast geprunkt hatte.

Es interessierte sich ja auch niemand mehr dafür, daß es in der Mayergasse gewesen war, wo die MG 2 die ersten wirklich brauchbaren Anhaltspunkte über den psychopatischen Mörder bekommen hatte, der sieben Hurengehern den Kehlkopf zertrümmert hatte. *Warum* hatten die Leute von der MG 2 allerdings nie erfahren, weil der Typ in einem unbeobachteten Augenblick durch das geschlossene Fenster vier Stock tief auf die Roßauer Lände gesprungen und sofort tot gewesen war.

Der Praterunternehmer Horst Sindelka konnte sich noch sehr gut an Werner Stoisits und dessen rassige ungarische Frau – oder nur Freundin? – erinnern.

»Logisch« sagte er, »hab' ich ihm seinerzeit einen Kredit gegeben. Das war ... Na, irgendwann, vielleicht fünf- oder sechsundachtzig oder früher. Jedenfalls waren es, glaub' ich, an die 80.000 Schilling oder so was. Vielleicht ein bißl auf oder ab. Auf ein Jahr, das weiß ich genau. Weil er mir es nämlich schon früher retourgegeben hat. Irgendwie ist er, glaub' ich, zu Geld 'kommen. Er war ja, zumindest damals, ein Spieler. Hauptsächlich Rösser. Lotterie aber auch, kommt mir vor. Kellner im *Englischen Reiter* ist er gewesen. Damals. Was er heut macht, weiß ich nicht.«

»Nichts mehr«, sagte Hotwagner trocken. »Er ist tot.«

»Aber gehn S'! Was hat er denn gehabt?«

»Nichts. Aber den Schädel hat ihm wer eingehaut. Vor ein paar Tag' ist's eh in der Zeitung gestanden.«

»Aha«, brummte Sindelka. »Na, ich les' keine. Steht ja in keiner außer Blödsinn und Lügereien was drinnen. Und ...«

Sindelka verbreitete sich so umständlich über die miese Presse, daß Hotwagner aufstand und sich verabschiedete.

Als er ins Sicherheitsbüro zurückkam, war es fast vier. Von den Kollegen war keiner da.

21

Die nächsten Tage waren für die Leute der MG 2 mit Ermittlungen angefüllt, die aber allesamt nichts brachten. Sie hatten zwar weiterhin den dringenden Verdacht, daß es Werner Stoisits gewesen war, der seine Tochter ermordet hatte. Aber wem er selber zum Opfer gefallen war, stand dahin. Das wurde immer unklarer, weil sich jeder mögliche Ansatzpunkt für ein denkbares Motiv als nicht stichhaltig erwies.

Das sah auch Hofrat August Tamandl, bei dem die Gruppe wieder einmal zum Rapport war.

»Langsam wird dieser Fall niederziehend, meine Dame und Herren. Wir haben zwar die Kindesmutter wegen Teilnahme an den Kindesmißhandlungen und -mißbräuchen angezeigt. Das ist aber auch schon alles. Ob diese Anzeige hält, steht außerdem nicht fest. Und wir glauben, daß sie für den Mord an ihrem Mann nicht in Frage kommt – aber auch das ist im Grunde nur eine Annahme. Wissen, ich meine, wirklich wissen, tun wir nichts.«

Tamandl umrundete seine Grünpflanzen und die Leute seiner Mordgruppe 2. Blieb dann vor Oberstleutnant Stern stehen und sagte süffisant: »Und dann gibt es da doch diese von Ihnen anscheinend nicht sonderlich ernstgenommene Aussage, daß die beiden Stoisits' am Tag des angeblich nach Mittag eingetretenen Verschwindens ihrer Tochter das Haus am Morgen ohne das Kind verlassen hatten.«

»Entschuldigung«, sagte Stern, »aber in unserem zusammenfassenden Ermittlungsbericht steht nichts von einer solchen Aussage, Herr Hofrat.«

Tamandl schwamm sichtlich voll obenauf. »Nein. Das ist mir bekannt. Aber mir ist so, als hätte ich in Ihrem Dienstzimmer, auf einem Schreibtisch oder sonstwo, einen Notizblock oder vielleicht auch nur einen Zettel gesehen, auf dem etwas unvollkommen die Aussage einer Hausbesorgerin namens ... Na, ist ja vielleicht auch unwichtig. Jedoch sagt diese Frau dezidiert, sie hätte am fraglichen Tag ...«

»Was wir herumliegen lassen«, unterbrach ihn Hotwagner, »hat keine Relevanz. Wir schreiben ja allerhand auf, was wir später wieder wegschmeißen, weil es nichts gebracht hat oder nur die Vemutung von irgendwem war! Und den Zettel oder was es war, hat die Moni, die Bezirksinspektorin Suttner, wahrscheinlich liegen lassen, weil sie noch neu bei uns ist und nicht weiß, daß in unseren Sachen herumgestochert wird.«

Die Suttner lief zartrosa an, sagte aber nichts.

Wasenegger und »Burli« Berger mußten lachen, tarnten das aber in einem vorgetäuschten Hustenanfall.

Aber der Hofrat verwahrte sich wütend gegen die Unterstellung, er stöbere in Abwesenheit seiner Beamten heimlich in deren Aufzeichnungen herum. Obwohl er, wie er deponierte, als Vorgesetzter jederzeit in alle Unterlagen Einsicht nehmen könne.

Hotwagner blieb kalt. Er schaute den Hofrat nur flach an und brummte vor sich hin: »Und drittens ist die Behauptung der Hausmeisterin Vrana nebulos und nur so hingesagt. Kann sein, vielleicht auch aus Gehässigkeit. Außerdem: Wir rennen uns eh die Füß' aus. Und verschlampt wird bei uns nichts.«

»Das stimmt«, kam ihm der Oberstleutnant zu Hilfe. »Diese Frau hat ihre Behauptung nur einmal und sehr vage gemacht und ist vorläufig nicht dazu zu bringen, sie zu wiederholen und schriftlich zu machen.«

Auch Berger IV. fühlte sich bemüßigt, die Ehre der MG 2 zu verteidigen. »Wir arbeiten mit Volldampf an den beiden Morden, Herr Hofrat! Und ...«

»Red nicht, Burli«, unterbrach ihn Wasenegger. »Laß das den Otto machen.«

»Eben«, sagte Hotwagner leicht aggressiv. »Nur zaubern können wir halt auch nicht. Weil wo nichts ist, hat auch der Kaiser das Recht verloren. Daß der Werner Stoisits sein Kind umgebracht hat, werden wir schon noch beweisen. Durch Indizien. Wir arbeiten ja noch nicht lang an dem Fall und werden vielleicht wen finden, der den Stoisits und das Kind irgendwann am 6. oder 7. Jänner bei der Donau oder sonstwo gesehen hat. Dazu muß man Geduld haben. So auf *zack-zack* pudern die Hasen. Wir machen das langsam.«

Tamandl schaute ihn scharf an und sagte: »Ich bitte, sich zu mäßigen, Herr Gruppeninspektor. Sie befinden sich unter Beamten, nicht Zuhältern.«

»Ist mir rausgerutscht«, brummte Hotwagner. »Aber jedenfalls werden wir beweisen, daß der Vater sein Kind erwürgt hat. Wer anderer kann's nicht gewesen sein. Auch dann nicht, wenn die Gerichtsmedizin vielleicht sagt, das Kind ist Opfer eines Sexualmordes. Aber das wird's nicht, weil durch das lange Liegen im Wasser keine Spermaspuren mehr nachweisbar sein werden. Außerdem lassen alle Sexualmörder ihr Opfer am Tatort liegen und schleppen es nicht kilometerweit durch die Gegend. Und außer einer Sexgeschichte hat kein Mensch einen Grund, daß er ein Kind umbringt. Außer eben der sogenannte Vater, weil er Angst vor Entdeckung hat. Also.«

Tamandl wandte sich abrupt ab, ging zu seinen Pflanzen und schaute sie intensiv an. Ihn schien nichts als das junge Blatt seiner *Monstera deliciosa* zu interessieren. Nur ganz beiläufig sagte er: »Na, gut. Sie können abtreten, meine Dame und die Herren.«

Hotwagner zündete sich noch im hofrätlichen Büro eine Zigarette an und hinterließ eine übelriechende fast schwarze Rauchwolke, die Tamandl von seinen Pflanzen wegfächelte.

Als die MG 2 den Raum verlassen hatte, befingerte der Hofrat das junge Blatt und sagte liebevoll: »Na, gefällt es dir bei mir? Ist es nicht wunderschön da?«

Er fühlte eine innige Liebe zu seiner *Monstera*. Die war ihm lieber als seine Polizisten. Lieber als alle Menschen. Seine Frau eingeschlossen.

22

Um sich von der frustrierenden Begegnung mit dem Chef zu erholen, setzte sich die MG 2 zunächst einmal gemütlich in ihr pflanzenfreies Dienstzimmer. Alle außer der Suttner rauchten zügig, um ihren Nikotinpegel aufrecht zu erhalten.

»Komm, Kinderl,« sagte Hotwagner zur Suttner. »Wir machen uns jetzt einen Kaffee, daß wir drei Tage lang nicht schlafen können. Das heißt«, schränkte er ein, »den Kaffee mach' ich, und du wäscht die Häferl ein bißl ab.«

Als sie beim Ausguß und der Kaffeemaschine standen, sagte er leise: »Und mach dir nichts draus, wegen der tepperten Reden vom Hofrat. Aber denk dran, daß du keine Notizen oder was rumliegen läßt. Weil der macht das gern, daß er in die Zimmer von den Gruppen geht und alles durchsucht, diese neugierige Nase. Und dann denkt er sich alle möglichsten Theorien aus und spielt den rosaroten Panther.«

Monika Suttner klapperte mit den Kaffeeschalen. »Aber vielleicht hat er in dem Fall recht? Könnt' das nicht sein, Otto?«

Berger IV. stellte sich zu ihnen und fragte: »Was – ob es nicht sein kann?«

»Na«, sagte die Suttner, »daß die Angaben der Hausbesorgerin Vrana drauf hindeuten, daß die Mutter ...«

»Nein«, unterbrach sie Hotwagner. »Fang nicht auch du mit Theorien an, Kinderl. Mit so was Nebulosem kannst der Mutter keine Mittäterschaft am Mord an der Kleinen anhängen. Damit bleibst du schon bei der Staatsanwaltschaft über. Und wenn nicht, fährst beim Gericht ein.«

Er griff in die Rocktasche, holte ein paar zerknitterte Geldscheine heraus, zählte drei ab und gab sie Berger IV. »Da hast, Burli. Sei ein lieber Mensch und hol mir drei Schachteln Boro. Du hast gesündere Füß'.«

Berger ging zur Tür und griff nach der Klinke, als es klopfte.

Berger öffnete. Draußen stand ein junger Mann mit einem großen Kuvert und fragte: »Ist es da bei der Mordgruppe 2?«

»Ja«, sagte Wasenegger. »Steht ja eh draußen an der Tür angeschrieben.«

»Dann soll ich das da vom Herrn Dr. Danzer abgeben.«

»Kommen Sie rein«, sagte der Oberstleutnant. Er nahm dem jungen Mann das Kuvert ab und fragte: »Soll ich irgendwo gegenzeichnen?«

»Nein. Es genügt, hat der Herr Doktor gesagt, wenn ich das da abgeb'.«

Hotwagner schaukelte auf ihn zu und brummte: »Na, das hast ja, Burschi. Magst einen guten Kaffee?« Und dann: »Setz dich nieder und laß uns das zuerst anschauen. Vielleicht müssen wir dem Doktor was zurückschreiben.«

Stern riß das Kuvert auf und nahm einige DIN-A4-Blätter heraus. »Es sind die Obduktionsbefunde über Ilona und Werner Stoisits. Und ein Zettel.«

Auf dem Zettel stand in Blockschrift, weil die Handschrift des Gerichtsmediziners wahrscheinlich nicht zu lesen war: *Ich hab' mich bemüht. Sie wollten das ja. Liebe Grüße, besonders an Herrn Hotwagner.* Und darunter: *Danzer/29.1.93.*

Monika Suttner schenkte den Kaffee aus. Aber nur der junge Bote trank ihn. Die anderen überflogen die DIN-A4-Blätter.

Aus ihnen ging eindeutig hervor, daß Ilona Stoisits über den ganzen Körper, mit Ausnahme des Halses, der Hände und der Kopfpartien, Verletzungen aufwies, die eindeutig zugefügte Mißhandlungsspuren waren. Diese waren mit heißen Gegenständen, wie brennenden Zigaretten, kalten, harten Gegenständen und durch Handanlegung zustandegekommen. Alle Anzeichen sprachen dafür, daß sich der Zeitraum der beigebrachten Verletzungen in etwa von drei Monaten bis einige Tage vor ihrem durch Erwürgen eingetretenen Tod erstreckte. In der Lunge waren keine Wasserspuren, was hieß, daß das Kind bereits tot gewesen war, als es in die Donau geworfen wurde. Außerdem war eine Rippe des Kindes offensichtlich Wochen vor dessen Tod gebrochen. Eine andere war angeknackst, das konnte unmittelbar vor dem Erwürgen geschehen sein. An den Armen wies der Körper frische Hämatome auf, die von zupackenden Händen stammten und darauf hindeuteten, daß sich das Kind gegen seinen Angreifer zu wehren versucht hatte.

Außer diesen eindeutigen Mißhandlungsspuren wies der Körper der Ilona Stoisits auch gravierende Verletzungen auf, die mit Sicherheit durch wiederholten sexuellen Mißbrauch zugefügt worden waren. Sowohl der Anal- wie Vaginalbereich war mehrfach perforiert worden, wobei die Verletzungen im Vaginalbereich überwogen. Die Defloration mußte mit Bestimmtheit aber mehrere Monate zurückliegen. Das Kind mußte, wie Dr. Danzer festhielt, mit großer Wahrscheinlichkeit *regelmäßig penetriert* worden sein. Und alles wies darauf hin, daß es sich hierbei nicht nur um Beischlafversuche, sondern vollbrachten Beischlaf gehandelt hatte.

Dann war noch ein Faktum, das Dr. Danzer erwähnenswert schien. Er vermutete nämlich, daß Ilona Stoisits an einer beginnenden Bauchfellentzündung gelitten hatte, die durch Eindringen von Fremdstoffen durch die perforierten *obgenannten* Organe herbeigeführt worden war.

Genaueres könne er leider nicht sagen, weil Körper und Organe der Toten infolge des Liegens im Wasser sowie fortgeschrittener Verwesung nicht mehr in einem Zustand gewesen waren, der eine noch genauere Diagnose erlaubte.

Was den Werner Stoisits anlangte, war der infolge eines Trümmerbruchs der Schädeldecke mit anschließendem teilweisem Gehirnaustritt verstorben. Die Schädelzertrümmerung war durch einen einzigen, mit großer Kraft von oben nach unten geführten Schlag eingetreten. Was den vorsichtigen Schluß zuließ, daß Stoisits den tödlichen Schlag entweder kniend empfangen hatte – oder der Täter größer als das Opfer gewesen war. Mit ziemlicher Sicherheit war das Tatwerkzeug ein harter metallischer Gegenstand mit einem Durchmesser von 30 bis 40 Zentimetern gewesen.

An der Wollmütze von Stoisits waren außer Blut-, Gehirn- und Knochenanteilen auch andere Spuren festgestellt worden, die möglicherweise metallischen Ursprungs waren. Diese Spuren würden gesondert untersucht und dann darüber Bericht gelegt werden.

Verletzungen, die auf einen vorhergegangenen Raufhandel hätten schließen lassen, seien an der Leiche nicht feststellbar gewesen.

Dr. Danzer erwähnte, daß Werner Stoisits zwar normal ausgebildete Hoden, aber einen auffallend kleinen Penis gehabt hatte. Das wies mit einiger Sicherheit darauf hin, daß er derjenige gewesen war, der Ilona Stoisits mißbraucht hatte. Denn ein Mann mit normalgroßem Penis hätte wohl schwerlich derart tief in Vagina und Anus der o. G. einzudringen und nur die Verletzungen am oberen Rand der o. g. Organe, nicht aber die tiefer gelegenen herbeizuführen vermocht.

Stern warf die Befunde auf seinen Schreibtisch und sagte angewidert. »So ein Schwein. Mein Gott, was für ein verdammtes Schwein.«

Er wartete, bis der Bote das Zimmer verlassen hatte und sagte, mehr zu sich: »Wenn es nicht mein Beruf wäre, den Mörder von Stoisits zu finden, würde ich meinen: Nicht schade um ihn. Denn solche Leute gehören nicht hierher.«

Wasenegger, Berger IV. und die Suttner schauten Stern bloß an. Sie hätten eine solche Äußerung nicht von ihrem sonst beherrschten Gruppenführer erwartet.

Aber der alte Hotwagner gab Stern recht. »Richtig, Waldi. Die haben unter uns nichts verloren.«

»Möglich«, sagte Berger IV. »Aber wir haben eben keine Todesstrafe. Damit erledigt sich das. Oder?«

»Natürlich«, sagte der Oberstleutnant. »Ich hab' ja auch nur laut gedacht. Vergeßt es. Außerdem steht in den

Kommentaren zum Strafgesetz: *Wegen Gedanken oder innerlichen Vorhabens, wenn keine äußere böse Handlung erfolgt oder nicht etwas, das die Gesetze vorschreiben, unterlassen worden ist, kann niemand bestraft werden.*

Otto Hotwagner stellte sich zum Fenster und schaute auf die Roßauer Lände und den Donaukanal hinunter. Der Himmel war fast dunkelgrau, und es begann leicht zu schneien. Das warme Wetter der letzten Tage war nur eine Farce der Natur gewesen. Die Meteorologen sagten für die nächsten Tage Minusgrade und Schlechtwetter voraus.

An so einem Tag war es gewesen, daß er den *Buckel* des Unterweltlers Blauenhofer aus dem Verkehr gezogen hatte. Erwin Groschopf hatte der geheißen und war *Bukkel*, also Leibwächter, Blauenhofers gewesen.

Er hatte den riesenhaften, ungeheuer brutalen Mann allein und in der Nacht in der kleinen schmalen Schrottgießergasse im zweiten Bezirk gestellt. War von dem um die Hälfte Jüngeren niedergeschlagen worden. Hatte aber noch im Fallen seine Walther PPK ziehen können. Gesehen, wie der *Buckel* in die Tasche griff, um sein berüchtigtes Fixiermesser zu ziehen, um ihn fertigzumachen. Wie er schon ein paar andere fertiggemacht hatte. Aber bei ihm war es nicht soweit gekommen. Denn er hatte sofort geschossen. Und den *Buckel* viermal in den Bauch getroffen. Die Kommission hatte diesen Waffengebrauch als Notwehr angesehen. Aber er, Otto Hotwagner, hatte gewußt, daß das nicht stimmte. Notwehr war der erste Schuß, die drei anderen aber waren in Mordabsicht abgefeuert worden. Damit der *Buckel*, der schon zuviel Dreck am Stecken hatte, endlich weg kam.

Hotwagner starrte aus dem Fenster und sah wieder die auf einmal nicht mehr eiskalten, sondern erst erstaunten, dann brechenden Augen des Leibwächters vor sich. Und er hörte überlaut die peitschenden Detonationen durch die schluchtartige Gasse hallen. Sah das Mündungsfeuer der Walther. Fühlte das Reißen des hin und zurück schnellenden Verschlusses.

Er riß sich los und schaute auf seine schon ziemlich zerkratzte stählerne Rolex, die ihm ein paar Tage nach dieser Aktion anonym zugeschickt worden war und die er seither immer trug.

Dann drehte er sich zu den anderen um und brummte: »Vergessen wir, was gesagt worden ist. Hat alles keinen Arsch und keinen Kopf.« Und, während er zu seinem Sessel zurücktappte: »Die Füß' tun mir weh. Scheißwetter. 's fangt schon wieder zu schneien an.«

»Trotzdem, Otto«, sagte der Oberstleutnant. »Du und der Karli, ihr fahrts jetzt noch einmal zu dieser Hausbesorgerin. Und kommts nicht ohne ihre schriftliche Aussage zurück.«

Hotwagner und Wasenegger nahmen ihre Wintermäntel vom Haken und schlüpften hinein, während sie zur Tür gingen.

Als die beiden nach einer guten Stunde zurückkamen, sagte Wasenegger: »Wir haben die Aussage. Schwarz auf weiß.«

Und Hotwagner zog einen Zettel aus der Manteltasche und hielt ihn dem Gruppenführer hin.

Ich, Hilde Vrana, stand in krakeliger Handschrift drauf, *bezeuge, daß das Ehepaar Stoisits am 7. Jänner ohne das Kind aus der Stiege gegangen ist. Um halb acht in der Früh.* Dann die Unterschrift der Hausbesorgerin.

»Jetzt hat die arme Seele ihre Ruh' und der Hofrat seine Freude«, brummte Hotwagner.

»Nur – weiter sind wir deswegen auch nicht«, warf Berger IV. ein.

23

Das Doppelbegräbnis von Vater und Tochter Stoisits fand am 4. Februar, also rund vier Wochen nach dem Mord an Ilona, auf dem Zentralfriedhof statt.

Es war wieder saukalt geworden und die Temperaturen pendelten um 9 Grad minus. Trotzdem war die Presse fast vollzählig versammelt und auch das Fernsehen hatte ein kleines Team geschickt, das für *Wien aktuell* aufnehmen sollte. Schließlich hatten der Mord an dem Kind und dessen irgendwie bekanntgewordene Verletzungen an Körper und Geschlechtsorganen riesiges Aufsehen erregt. Aber weder die Zeitungen noch die Bevölkerung wußten, daß die Polizei den ebenfalls ermordeten Vater für den Täter hielt.

Für die Massenmedien stand nach wie vor die von Frau Stoisits in Umlauf gebrachte Version im Vordergrund, daß gewissenlose ausländische Schutzgelderpresser diese beiden *bestialischen Morde* auf dem Gewissen hatten. Und, natürlich, daß die früher so berühmte Wiener Kriminalpolizei jetzt absolut unfähig war.

Aufgrund dessen hatte eine vielgelesene kleinformatige Zeitung zwei *Spezial- und Chefreporter* zu *privaten Ermittlungen* abgestellt, um der hilflosen Polizei die Mörderbande *auf dem Präsentierteller* zu servieren.

Daher waren an diesem eisigen Februartag rund zweihundert Menschen in und vor der Aufbahrungshalle versammelt, um sich, wie später ein Konkurrenzblatt des Kleinformates schrieb, *am Leid der schicksalsgeprüften Mutter und Gattin zu weiden.*

Die zwei verschieden großen Särge standen, von elektrischen Kerzen flankiert, nebeneinander. Im kleineren, weißen lag Ilona. Im braunen Werner Stoisits. Zwischen Ihnen ragte ein großes Kreuz mit dem schmerzgekrümmten Erlöser. Es gab viele Blumenspenden, von der Mutter ein riesiger Kranz mit roten Rosen, von den Zeitungen je nach deren Verkaufsziffern größere und kleinere Kränze und viele Blumenspenden von Stammgästen, Hausparteien und Leuten, welche die beiden Toten nicht gekannt hatten, aber an dem Kriminalfall Anteil genommen hatten.

Die Blitzlichter der Fotografen flammten fast ununterbrochen.

In dem Durcheinander fielen »Burli« Berger IV. und Monika Suttner, die gleichfalls fotografierten, überhaupt nicht auf.

Die eigentliche Trauergemeinde bestand aus der tiefverschleierten Ilona Stoisits, deren ausladender Körper immer wieder von krampfhaftem Schluchzen durchgeschüttelt wurde und einigen Thürnlhof-Bewohnern. Unter ihnen befanden sich die auf Stiege 6 wohnende Hausbesorgerin und der unmittelbare Nachbar Ing. Spalek.

Stern, Hotwagner und Wasenegger hielten sich im Hintergrund. Sie schauten unauffällig immer wieder über die Trauergemeinde, um vielleicht eine Person oder irgendwas zu finden, von dem sie allerdings nicht wußten, wer oder was es war. Klammerten sich aber an die Hoffnung, wenn auch nur durch Zufall, irgendein Fakt zu finden, das sie in dem Doppelmord vielleicht weiterbrachte. Bis jetzt schaute es nämlich traurig aus. Wenn das so weiterging, würde der Akt *auf Frist* gelegt und in einem der Ordner Hotwagners mit der Aufschrift *Ungel. F.* enden. Und die Aufklärungsstatistik der Wiener Polizei noch mehr belasten.

Als der katholische Priester die Zeremonie mit einer gefühlvollen Rede einleitete und in Anlehnung an die Medienberichte, daß die kleine Ilona, als sie von Mörderhänden roh aus dem Leben gerissen worden war, eine Jacke mit der Aufschrift *Petites Fleurs* getragen hatte, von einer kaum erblühten, jählings gebrochenen kleinen Blume sprach, flüsterte Wasenegger zum neben ihm stehenden Hotwagner: »Ich halt' das Gejeier von dem Pfaffen nicht aus, Otto. Jählings gebrochen ... Oder was. Von allen Seiten gefickt ist sie worden und dann umgebracht. So schaut's doch aus, in Wirklichkeit.«

»Reg dich nicht auf«, flüsterte Hotwagner zurück. »'s ist halt so.«

Er sehnte sich nach einer Zigarette und verfluchte seinen Gruppenführer, der ihn zwang, hier zu stehen, sich priesterliches Gefasel anzuhören und nach jemand zu glotzen, den es nicht gab, anstatt draußen vor der Halle auf und ab zu gehen und gemütlich eine Zigarette nach der anderen zu paffen. Vor allem das Stehen auf einem Fleck vertrugen seine Beine schlecht. Er konnte direkt fühlen, wie sie unten beim Knöchel immer mehr anschwollen.

Otto Hotwagner und Karl Wasenegger mußten weiter leiden. Denn als der Geistliche mit der *geknickten kleinen Blume* fertig war, kam er erst richtig in Schwung. Er nahm sich jetzt Werner Stoisits vor und redete wieder weitschweifig über den *von großem Schmerz niedergebeugten Vater*, der gleichfalls einer Mörderhand zum Opfer gefallen war, kam dann auf die *unter doppelter Last fast zerbrechende Mutter, die nur von der Hoffnung auf ein Wiedersehen im ewigen Leben* getröstet war, und ging in einer Art Endspurt auf die *unerforschlichen Wege des allmächtigen Gottes und die Güte der barmherzigen Gnadenmutter* ein.

Erst nach einer guten halben Stunde kam Hochwürden Weigert zu den Einsegnungsgebeten. Er verspritzte Weihwasser auf die beiden ungleich großen Särge und betete mit starker Stimme und begleitet von den vielen unsicheren Stimmen der Trauergäste das *Vater unser*, *Gegrüßet seist du, Maria,* den *Glauben* und die Anrufung *Heilige Maria, Mutter Gottes ...*

Erst dann erschienen die Sargträger und schulterten die Särge. Der debil wirkende Kreuzträger hob das Kreuz mit dem Erlöser hoch.

Aranka Stoisits weinte laut und hemmungslos.

Die Hausbesorgerin Vrana und Ing. Spalek faßten sie unter die Arme und zogen sie mühsam auf die Beine.

Das außen an der Halle angebrachte Armesünderglöcklein begann dünn, aber durchdringend zu bimmeln.

Der Trauerzug verließ die Aufbahrungshalle. Draußen wurden Särge und Blumen auf ein *abgasfreies, umweltfreundliches* Transportauto verladen. Dann bewegte sich der Kondukt in Richtung der Gräbergruppen. Das Glöcklein bimmelte weiter, bis die Gräbergruppen erreicht waren.

Am offenen Grab gab es einen dramatischen Zwischenfall. Denn Aranka Stoisits riß sich, als sie das Schäufelchen Erde auf die beiden Särge werfen sollte, Hut und Schleier ab, schrie verzweifelt auf und machte Anstalten, sich in die Grube zu stürzen. Der unmittelbar hinter ihr stehende Nachbar Spalek konnte die schwere Frau nur unter Aufbietung aller Kräfte zurückhalten.

Hotwagner befingerte seine in der Manteltasche stekkende Zigarettenpackung und das Feuerzeug und brummte zur neben ihm stehenden Suttner: »Alles Theater, Kinderl. Wie ihr Alter 's Kind gepempert hat, ist sie auch nicht runtergesprungen.«

Monika Suttner sagte nichts drauf. Was hätte sie dem alten Hund auch sagen sollen. Der hatte schon viel zu viel erlebt und gesehen. Sachen, die ihr noch bevorstanden oder mit denen sie überhaupt nie konfrontiert werden würde. Denn sie hatte nicht die Absicht, wie der auf ewig beim *Mord* zu bleiben.

Der alte Otto war sicher ein guter Mann, aber gefühlsarm und im Innersten kalt wie ein Eiswürfel. Doch dafür konnte er nichts. Das freudlose Leben hatte ihn dazu gemacht. Sie wußte von »Burli« Berger, daß Otto früher einmal verheiratet gewesen war und eine Tochter gehabt hatte. Als er um die vierzig war, starb die Tochter an Leukämie. Und irgendwann, Jahre später, lief ihm die Frau davon. Seither hatte der Otto aber nur für seinen Dienst gelebt. Aber was hatte ihm dieser Dienst gebracht? Dauernde Konfrontation mit Niedrigstem, Bösem und Dunkelstem. Dadurch war er eben hart geworden. Von »Burli« wußte die Suttner auch, daß Otto im Dienst zwei Menschen erschossen hatte. *Wie Papierblumen in einer Pra-*

terbude, hatte »Burli« gemeint. Natürlich waren es gefährliche Verbrecher und der Schußwaffengebrauch gerechtfertigt gewesen. Aber es hatte sich eben doch um Menschen gehandelt.

Monika Suttner kannte auch die Geschichte, wie Hotwagner zu seiner Rolex gekommen war. Sie schaute auf den unruhig stehenden und dauernd die Füße bewegenden Gruppeninspektor, der, stumpfäugig und wegen seiner Emphyseme kurzatmig und selbst bei der eisigen Kälte schwitzend, bereits eine Boro zwischen den Wurstfingern hin und her drehte.

Als sich Aranka Stoisits einigermaßen beruhigt hatte und von der Vrana und Spalek vom Grab weggeführt wurde, kam Bewegung in die Trauergemeinde. Einer nach dem anderen ging am Grab vorüber, warf sein Schäufelchen Erde hinunter, drückte ein Trinkgeld in die Hand des Totengräbers und ging weg.

Stern, Hotwagner, Wasenegger und Berger IV. gingen nicht zum Grab. Aber die Suttner konnte sich nicht halten und warf ebenfalls Erde auf die beiden Särge.

Sie brachte es nicht über sich, wie ihre Kollegen rein dienstlich zu bleiben. Schließlich waren es doch Menschen, die dort drunten in ihren Holzkisten lagen. Auch sie hatten sich ihr Leben sicher ganz anders vorgestellt, als es tatsächlich verlaufen war.

24

Nach dem Doppelbegräbnis fuhren die Leute der MG 2 ins Sicherheitsbüro zurück.

»Burli« Berger kochte Kaffee, und die Raucher der Gruppe holten alle Zigaretten nach, die ihnen durch das endlos lange Begräbnis vorenthalten worden waren.

Monika Suttner öffnete draufhin trotz der niedrigen Außentemperatur das Fenster.

Eine halbe Stunde später ging Oberstleutnant Stern zu Tamandl, um zu rapportieren, daß die Überwachung des Begräbnisses nichts gebracht hatte.

»Wir sind unnötig am Friedhof gewesen«, sagte er. »Auch die Fotos sind in die Luft verschossen. Dort waren nur uns bekannte Personen. Und eine Menge Mitläufer, die sich von den Zeitungsschmierern haben aktivieren lassen. Und natürlich haufenweise Presse und Fotoleute. Auch der ORF. Aber sonst – nichts.«

Der Hofrat nickte und wies Stern drauf hin, daß die Journalisten auch nur ihre Arbeit machten und daher ein bißchen moderater zu behandeln waren. Auch, wenn man unter vier Augen über sie sprach. Und man mit ihnen zusammenarbeiten müßte.

Aber Stern war in diesem Punkt unbelehrbar.

»Diese Schmierer behindern uns an jedem Tatort bei den Ermittlungen. Und was man ihnen sagt, verdrehen sie oder erfinden es anders, um die Leser an ihr Blatt zu binden. Ich mag sie nicht. Und lass' sie das auch hin und wieder spüren. Ich und meine Leute brauchen keine Propaganda, Herr Hofrat.«

»Aber die Polizei braucht sie, Stern. Sie können unser Image aufpolieren oder fleckig machen. Wir sind auf die Presse angewiesen. Bitte das zu bedenken.«

Du bist auf sie angewiesen, dachte Stern. Weil du geil auf jedes Wort bist, das über den Chef aller Mordgruppen in den Scheißblättern steht.

August Tamandl schaute über Stern hinweg auf seine Pflanzen und besonders auf das schon entwickelte, vollsatte, frische Blatt seiner *Monstera.* »Wir sind auf die Presse angewiesen, lieber Oberstleutnant. Auch im Fall der Kövari, wo ein Blatt sogar eigene Ermittlungen betreibt. Aber wir lassen sie im Glauben, Ilona Stoisits sei nur erwürgt worden. Denn die sexuelle Komponente dieses Falles haben wir ihnen ja aufgrund Ihrer Anregung vorenthalten.«

»Die geht sie auch nichts an«, sagte Stern und zündete sich trotz der wütenden Blicke des Hofrates eine Zigarette an. »Sagten wir diesen Aasgeiern auch nur einen Ansatz der Wahrheit, würde der Zirkus erst losgehen! Der Fall würde zum Lustmord und was weiß ich! Und die ungeklärten Sexualmorde an den Kindern und der jungen Frau in Favoriten und Simmering kämen wieder aufs Tableau. Also, bitte!«

»Schon, aber ...« Tamandl stand auf und ging zu seinen geliebten, weil unschuldigen Pflanzen. »Niederziehend das alles, lieber Stern. Widerwärtig! E-kel-haft. Und doch Tatsache. Angeblich soll bei uns ja jedes fünfte Kind mehr oder weniger und in irgendeiner Weise sexuell mißbraucht, beziehungsweise belästigt werden. Wollen Sie das unterdrücken? Da dürften die Medien ja auch nicht über Aids, Suchtgifttote, Morde oder ausländische Bürgerkriege, Terroristenmorde und dergleichen berichten! Wollen sie den Leuten eine heile Welt vorgaukeln?«

»Nein«, sagte Stern. »Aber ich will vermeiden, daß sie von sensationsgeilen Effekthaschereien belästigt und beunruhigt werden.« Und, anderen Tones: »Wenn wir so wie bisher in den Fällen Stoisits herumtappen, müssen wir uns langsam mit dem Gedanken befassen, den Akt vorläufig *auf Frist* zu legen.«

Tamandl und Stern unterhielten sich über dieses *Auf-Frist-Legen* und kamen überein, damit zumindest bis Ende März zu warten. Vielleicht gab es in der Zeit bis dahin doch noch eine Spur, die nicht in einer Sackgasse endete.

Am nächsten Tag war Stern wieder bei Tamandl.

Diesmal war der Hofrat aber richtig sauer und funkelte Stern durch seine scharfen Brillengläser an.

Er schmiß seinem Gruppenführer einen Packen Tageszeitungen hin und schnauzte: »Da, Stern! Lesen Sie sich das einmal durch! Und lassen Sie's auch von Ihren Leuten aufmerksam lesen!«

Der Oberstleutnant nahm zuerst das sensationslüsterne Kleinformat zur Hand, blätterte es bis zu den richtigen Doppelseiten durch und las: *Unfaßbare Pietätlosigkeit der Polizei! Kriminalisten lungern am offenen Grab und erweisen Mordopfern nicht die letzte Ehre!*

Dann sagte er trocken: »Aha. Aber so war es nicht.«

»Aber für die Leser wird es so gewesen sein!« tobte der Hofrat. »Für die breiteste Öffentlichkeit, Herr Stern! Ein Eklat! Ein Fehlen jedes auch noch so geringen Fingerspitzengefühls! Ein Affront angesichts des Todes! Und ich soll wahrscheinlich noch froh drüber sein, daß Ihr Herr Hotwagner am offenen Grab wenigstens nicht eine seiner legendären Leberkäsesemmeln fraß oder kettenrauchte?!«

Stern blieb ruhig. »Alles falsch und maßlos übertrieben, Herr Hofrat. Pietätlos waren nur die Zeitungsschmierer und ihre Fotografen, die wirklich peinlich in Erscheinung getreten sind. Warum hätten ich und meine Leute Erde ins Grab werfen sollen? Wir waren weder Trauergäste noch Adabeis, sondern dienstlich anwesend. Außerdem hat die Bezirksinspektorin Suttner sehr wohl Erde geworfen. Wozu also Ihre Aufregung?«

»Warum?!« regte sich Tamandl noch mehr auf. Er stellte sich vor Stern, wippte mit den Fußspitzen und schaute zu dem wesentlich größeren Stern auf. »Weil ich das ausbaden muß, Herr! Ich – und nicht Sie oder Ihre Leute! Wer wird *zur Relation* vor den Polizeipräsidenten zitiert werden? Sie oder ich? Wie?! Was?!«

Stern sagte nichts und schaute über den wütenden Hofrat hinweg.

»Ich!« schrie Tamandl. Und dann sehr viel gebremster und überdrüssig: »Ich. Sie können abtreten.«

Stern deutete so was wie Haltung annehmen an, machte kehrt und verließ den Raum.

Als er die Tür sanft hinter sich geschlossen hatte, sagte er leise: »Sie können abtreten.« Und eine Spur lauter: »Arschloch.«

25

Der Akt Stoisits kam vorläufig nicht *auf Frist.*

Denn gegen Ende März tauchte ein Mann auf, der ein neues Moment in den dahinsiechenden Fall brachte.

Aranka Stoisits hatte seit dem Tod ihres Mannes das *Pußta-Stüberl* mehr oder weniger allein weitergeführt. Es hatte zwar wechselnde männliche Aushilfen gegeben, und jede von ihnen war nach Arbeitsantritt von der MG 2 unter die Lupe genommen und durchgecheckt worden. Denn es konnte ja sein, daß sich einer von denen zur noch jungen Witwe ins Bett legte und sich nicht nur die Frau, sondern auch das Lokal unter den Nagel riß. Nachdem er vorhin den Konkurrenten Werner Stoisits ausgeschaltet hatte. Denkbar war das ja. Und auch keineswegs neu. Habsucht war eines der besten Motive.

Aber leider traf das auf keinen der Aushelfer zu. Alle diese Typen, die Frau Stoisits von da und dort zuwuchsen, waren entweder für die Witwe zu alt oder als Gastwirt unfähig. Und alle hatten hundertprozentige Alibis, kamen als Mörder von Stoisits nicht in Frage.

Die MG 2 bearbeitete in der Zwischenzeit andere, leicht zu klärende Fälle.

Darunter den traurig banalen Mord an einer 25-jährigen Krankenschwester, die von ihrem 17-jährigen Nachbarsohn, der Schulden hatte, wegen der Bagatelle von tausend Schilling erschlagen und erstochen worden war. Die MG 2 entlarvte auch im aufsehenerregenden Mordfall Leopoldine Kurz innerhalb von 24 Stunden den Täter. Die Frau war von ihrem seinerzeitigen Lebensgefährten erschlagen und anschließend zerstückelt worden. Den Rumpf hatten Passanten in einem Gebüsch an der Nevillebrücke, die sich zwischen den Bezirken Margareten und Mariahilf über den Wienfluß spannt, entdeckt. Kopf, Arme und Beine wurden nie gefunden, weil sie der Täter in Abfallcontainern deponiert hatte, die in der Zwischenzeit längst in der Müllverbrennungsanlage Flötzersteig gelandet und verbrannt worden waren.

Aber »Burli« Berger hatte sich immer wieder routinemäßig das *Pußta-Stüberl* angesehen und jetzt einen Neuen entdeckt, der dort arbeitete und mit der Witwe Stoisits scheinbar recht vertraut war.

Das war ein junger athletischer Mann mit dichtem Lockenhaar und ausladendem Schnurrbart, der kaum deutsch sprach. Er hieß Bela Hatvany und stammte, wie Aranka Stoisits, aus Uj-Szentivan nahe von Szeged.

Hatvany war 28, hatte ordnungsgemäße Papiere und auch eine gültige Arbeitsbewilligung, aus der hervorging, daß er im *Pußta-Stüberl* als Kellner und Koch angestellt war.

»Bei dem dürfte wahrscheinlich alles in Ordnung sein«, berichtete Berger IV. der MG 2. »Die Stoisits sagt, daß er gelernter Koch ist. Sie hat mir auch Zeugnisse von ihm gezeigt. Vom *Hotel Royal* in Budapest und kleineren in Szeged und Hévíz.«

»Aha«, warf Wasenegger ein. »Und die hast du dir alle genau durchgelesen.«

»Hab' ich nicht! Ich kann doch denen ihre Sprache nicht lesen! Aber die Stoisits hat sie mir übersetzt.«

Hotwagner schaute Stern an und brummte: »Mir schmeckt das gar nicht, Waldi. Mitsamt den *franken* Papieren und allem.«

»Mir auch nicht überragend«, sagte der Oberstleutnant. »Aber es wird wahrscheinlich so sein, daß ihn sich die Stoisits geholt hat, weil sie sich allein mit dem Lokal nicht hinaussieht.«

»Glaub' ich auch«, sagte Monika Suttner. »Wenn er aus ihrem Dorf ist und einen einschlägigen Beruf hat ... Wenn ich in der Lage der Witwe wär', tät' ich genau so handeln. Das ist doch nur vernünftig. Oder?«

»Ja«, brummte Hotwagner. »Kann schon sein. Aber ...« Er schaute Berger IV. an. »Aber du hast gesagt, daß die zwei miteinander vertraut sind. Und da frag' ich mich: Wie vertraut? Geht er mit ihr auch ins Bett? Oder – mehr?«

Berger ergriff die Partei Monika Suttners. »Was heißt denn – mehr?«

»Mehr«, erklärte ihm Wasenegger, »heißt: Er pudert die Frau nicht nur, sondern will sie auch irgendwann, wenn wir uns nimmer für den Fall interessieren, heiraten. Und sich damit ins warme Nest setzen und ein Wirtshaus als Morgengabe kassieren. Geht das in deinen Schädel, Burli?«

»Jedenfalls«, entschied Stern, »werden wir uns diesen Ungarn nicht nur genau anschauen, sondern auch dann überwachen, wenn alles okay ist. Das macht der Otto. Umgehend und laufend. Wir vier anderen werden unseren ominösen Hannes Sowieso schon allein fangen.«

Der Fall, auf den sich der Oberstleutnant bezog, war der laufende und im Grunde problemlos. In der Siebertgasse, im 12. Bezirk, war der 40-jährige Sozialarbeiter Reinhard Rauscher durch zwanzig Messerstiche ermordet worden. Eine Homosexuellengeschichte. Als Täter kam eigentlich nur einer der Schützlinge Rauschers in Frage, von dem die MG 2 vorläufig nur den Vornamen Hannes kannte, aber eine sehr genaue Personsbeschreibung hatte. Und weil dieser Hannes in der Suchtgift- und Homosexuellenszene kein unbeschriebenes Blatt war, konnte es nur eine Frage der Zeit sein, bis er der Polizei in die Arme lief. Im Grunde war das lediglich eine Frage des Wartens. Alle in diesen Szenen tätigen Kriminalbeamten hielten die Augen offen. Desgleichen sämtliche *Kontaktpersonen*, die allen Grund hatten, sich mit der Polizei gut zu stellen.

Gruppeninspektor Hotwagner besuchte in den nächsten Tagen oft das *Pußta-Stüberl*.

Er aß dort, manchmal mittags, manchmal abends. Fand die Küche Hatvanys gut, wie die anderen Gäste auch. Der Neue war ein Gewinn für das Lokal, das jetzt auch stärker frequentiert wurde. Die Bedienung machte hauptsächlich Frau Stoisits, weil Hatvany sich mit den Gästen noch kaum verständigen konnte. Aber das würde sich bald geben. Er lernte ja dauernd dazu. Alles schien plausibel und in Ordnung zu sein.

Aber Mitte April erfuhr Hotwagner von einem der ältesten Stammgäste des *Stüberls* namens Ignaz Jerabek etwas Interessantes.

»Der Bela ist überhaupt nicht teppert«, vertraute ihm Jerabek an. »Der geht schon auf sein Ziel los. Zuerst ist er mit nichts gekommen. Dann hat er die Stoisits aufs Kreuz gelegt und ihr es ordentlich gemacht. Und jetzt macht sie verliebte Augen und ...«

Jerabek unterbrach sich, schaute, ob niemand zuhörte und sagte dann leise: »Von mir hast du nichts gehört, Inspektor. Aber ich sag' dir jetzt was, weil ich mit dem Werner Stoisits gut war und glaub' ...« Und fast unhörbar: »Da rennt was Ungutes. Das sag' ich dir. Und ich hab' ein Gefühl für so was. Mir hat die Stoisits anvertraut, daß sie den Bela heiraten möcht'. Damit alles seine Ordnung hat. Aber das weiß nur ich, weil ich quasi so was wie ein Hausfreund bin!« Und nach einer Kunstpause: »Ich glaub' fest, daß der Hatvany den Stoisits umgebracht hat. Und vorher das Mädel wahrscheinlich auch. Damit er freie Bahn hat!«

Nun war Hotwagner alarmiert, wenn er sich auch gleichgültig zeigte. Er lud den Jerabek zu einem Fiakergulasch und Bier ein und hörte sich in den nächsten Tagen bei anderen Stammgästen um. Aber von denen wußte keiner etwas über Heiratsabsichten der Aranka Stoisits.

Dann schaute sich Hotwagner die Meldekartei im Kommissariat Simmering an und erfuhr, daß Bela Hatvany in der Dommesgasse 17 gemeldet war.

Er ging hin und redete mit der dortigen jugoslawischen Hausbesorgerin. Die sagte, daß Hatvany in einer Zimmer-Küche-Wohnung im zweiten Stock zwar gemeldet war, dort aber nur ein paar Tage gewohnt hatte, jetzt aber seit Wochen nicht mehr gesehen worden war. Den Zins zahlte er trotzdem weiter.

In der Thürnlhof-Siedlung erfuhr er von der Hausbesorgerin Hilde Vrana, daß Hatvany seit Wochen bei der Stoisits wohnte und die kein Hehl draus machte, daß er ihr Geliebter war. Von etwaigen Heiratsplänen wußte die Vrana nichts.

Hotwagner hörte sich weiterhin auf der Stiege 6 um. Aber die meisten Befragten sagten, daß ihnen die Familie Stoisits immer wurscht gewesen war, und die Witwe mit ihrem *Gschamsterer* noch mehr. Allen tat nur die kleine Ilona leid, die so früh hatte sterben müssen.

Eine Ausnahme war nur der Wohnungsnachbar Spalek, der mit der Familie Stoisits einigermaßen Verbindung gehabt hatte. Er wußte ebenfalls nichts von Heiratsplänen der Witwe, war aber voll dafür.

»Na, das wär' doch nett, wenn die Frau Stoisits nicht allein bleiben tät'. Sie ist doch eine noch junge Frau. Der ... Na, der, mit dem sie jetzt lebt, ist zwar viel jünger, aber was soll's. So was läßt sich überbrücken. Die zwei können noch leicht, wenn sie wollen, nette Kinder und alles haben.«

Hotwagner bedankte sich und ersuchte Spalek ebenso wie die anderen Befragten, das mit der vorhandenen oder nicht vorhandenen Heiratsabsicht von Aranka Stoisits für sich zu behalten. Dann fuhr er ins Sicherheitsbüro zurück.

Er kam gerade zurecht, als Monika Suttner das Geständnis des vor zwei Stunden festgenommenen unterstandslosen Hannes Bauer in die Bildschirmschreibmaschine klopfte.

Bauer war neunzehn, hohlbrüstig und schaute heruntergekommen aus. Er saß klein und schmächtig auf einem Sessel.

Stern, Wasenegger und Berger IV. standen um ihn und hörten zu, was er monoton und teilnahmslos aussagte.

Bauer *legte nieder*. Er war ein hilfloser Süchtiger, der auf den Strich ging, um Geld für den Ankauf von Heroin zu kriegen. Den ermordeten Rauscher hatte er als Betreuer von Drogensüchtigen kennengelernt. Dann erfahren, daß

Rauscher homosexuell war und mit ihm öfter Verkehr oder sonstigen sexuellen Umgang gehabt. Dabei war er auch in die Wohnung Rauschers gekommen und hatte gemerkt, daß der nicht gerade bescheiden lebte. Es gab schöne Möbel und Bilder. Und auch eine Kommodenlade, in der Rauscher Bargeld aufbewahrte. Dieses Bargelds wegen, und weil er immer mehr Geld für seine *Schüsse* brauchte, hatte er Rauscher erstochen. Und jede Menge Fingerabdrücke und Spuren hinterlassen, die so breit wie die Ringstraße waren.

Hotwagner nickte den anderen bloß zu, kochte sich Kaffee, rauchte ein paar Zigaretten und wartete geduldig und zeitunglesend, bis zwei Uniformierte aus dem Polizeigefangenenhaus kamen, in dem Bauer warten sollte, bis die Papiere fertig waren und der Überstellungswagen vom Landesgericht kam.

Aber dann packte Hotwagner aus. »Ich glaub', daß wir mit dem Hatvany vielleicht schon ziemlich nah dran sind. Mir scheint, daß der mit der Stoisits im Bandl gewesen ist. Die hat von ihrem Mann genug gehabt. Und gewußt, daß der ihr Kind umgebracht hat. Warum, wissen wir eh. Da hat sie sich den Hatvany geholt, damit der den Stoisits aus dem Verkehr zieht. Und sie hat die g'mahte Wies'n. Einen feschen jungen Mann, der macht, was sie anschafft. Und den Kinderschänder vom Hals.«

»Alles logisch«, sagte Wasenegger.

Aber Berger IV. ätzte: »Dem Otto seine Theorien sind immer logisch. Nur, daß sie nicht immer stimmen.« Dann, um seine Belesenheit hauptsächlich vor Monika Suttner zu präsentieren: »Ich hab' einmal über einen gewissen Kurt Gödel gelesen, den ihr nicht kennen werdet. Also, der hat behauptet ...«

»Daß jedes in sich vollkommen logische System von einem Punkt ausgeht, dessen logische Richtigkeit selbst von dem System nicht bewiesen werden kann«, setzte Stern fort.

Er lächelte. »Das weißt nicht nur du, Burli. Aber das sagt an sich nichts gegen das Denksystem. Von irgendeiner Annahme muß der Kriminalist aber ausgehen, wenn es weder Augenzeugen noch stichhaltige Indizien gibt.«

»Ja, schon«, sagte Berger. »Aber ...«

»Aber nichts,« stellte Hotwagner fest. »Behalt du dir deinen Gödel und die ganzen Gescheitheiten, was er gesagt hat. Und laß mich arbeiten, wie ich es immer gemacht hab'. Wie ich das seh', ist der Hatvany unsere vorläufig letzte Chance. Entweder, wir können ihm nachweisen, daß er den Stoisits *gemacht* hat – dann ist's gut. Wenn nicht, haben wir Pech gehabt und können uns einen Täter schießen.«

Der Oberstleutnant drückte seine Zigarette aus. »Ob so oder so. Ich geh' jetzt zum Hofrat und melde ihm den Abschluß der Mordsache Rauscher.«

Als er draußen war, strahlte Berger IV. Hotwagner an. »Ich wünsch' dir und uns, daß du recht hast, Otto. Aber ich seh' den Akt Stoisits schon in einem von deinen Ordnern verschimmeln.«

26

In den nächsten Wochen wurde von der MG 2 das Verhältnis zwischen der Stoisits und Hatvany ausgeleuchtet. Was zeitraubend und nur durch die ausdrückliche Zustimmung des Hofrats Tamandl möglich war.

Aber ein Weiterkommen gab es trotzdem nicht. Am Ende stand das Fazit, daß Hotwagners Theorie zwar bestechend einfach und logisch, aber falsch war.

Es stellte sich zweifelsfrei heraus, daß Bela Hatvany zur Tatzeit im Budapester *Hotel Royal* gearbeitet hatte. Sein Austrittszeugnis trug nämlich das Datum 28. 2. 1993. Und der Betriebsleiter des Hotels verbürgte sich dafür, daß Hatvany bis zu diesem Tag im Hotel gearbeitet und Budapest nicht verlassen hatte.

Das gleiche sagten auch die vier Mann, die mit Hatvany das Zimmer geteilt hatten.

Theoretisch wäre es natürlich möglich gewesen, daß Hatvany trotzdem Budapest für die Zeit des Mordes an Werner Stoisits hätte verlassen und wieder zurückkehren können. Aber das war, wie Oberstleutnant Stern meinte, eine schon sehr abstrakte und unwahrscheinliche Theorie. Denn am 4., 5., 6. und 7. Jänner hatte Hatvany sowohl Mittags-, Abend- und ausnahmsweise auch Frühstücksdienst gehabt.

»Damit«, sagte Stern, »scheidet er als möglicher Täter aus. Denn der Abenddienst dauert jeweils bis gegen Mitternacht. Und der Frühstücksdienst beginnt im *Royal* um sieben. Hatvany hätte also nach Mitternacht nach Wien fahren, den Stoisits erschlagen und anschließend wieder nach Budapest zurück müssen. Das ist selbst mit einem guten Auto bei den damaligen Straßenverhältnissen kaum möglich. Die ungarischen Kollegen haben aber zweifelsfrei erhoben, daß Hatvany weder Auto noch Führerschein besitzt. Und mit sehr großer Sicherheit, daß er auch nicht Auto fahren konnte, weshalb er von seinen Kollegen, die alle Auto fuhren, als *Steinzeitmensch* bezeichnet wurde.

Von einem anderen, einem Komplizen also, wird er sich kaum nach Wien haben bringen lassen. Und mit öffentlichen Verkehrsmitteln ist eine schnelle Hin- und Herfahrt nicht zu bewerkstelligen.«

Das mußte auch Gruppeninspektor Hotwagner zur Kenntnis nehmen.

Aber auch die in Wien von der Gruppe ermittelten Fakten sprachen gegen seine Theorie. Denn es gab einen Briefwechsel zwischen der Stoisits und Hatvany, in dem sie ihn bat, nach Wien zu kommen und in ihrem Gasthaus zu arbeiten, weil sie das ohne ihren toten Mann nicht führen konnte. Dieser Brief, den sich Hatvany aufgehoben hatte, war mit 6. 2. 1993 datiert. Draufhin hatte Hatvany dem *Hotel Royal* per Ende Februar gekündigt, nachdem er sich mit seinen Kollegen beraten hatte. Es stand auch fest, daß er erst nach intensivem Zureden seines Kollegen und Freundes Gyula Toth den Entschluß faßte, nach Wien zu gehen. In Wien war er am 2. März angekommen und hatte die in der Zwischenzeit von der Stoisits besorgte Wohnung in der Dommesgasse bezogen.

»So schaut's aus und da fährt die Eisenbahn drüber«, sagte Stern. Und das war auch die Meinung aller – außer Hotwagners. Der brummte etwas in sich hinein und tappte aus dem Dienstzimmer.

»Da geht einer der ärgsten Dickschädel von Europa«, sagte Berger IV.

Und Wasenegger pflichtete bei. »Wenn sich der Otto auf was versteift, wird er blind und taub. Weil er kann alles, nur nicht in was unrecht haben.«

Monika Suttner verließ ebenfalls das Dienstzimmer und ging Hotwagner nach. Sie fand ihn in der Kantine. Er saß allein an einem Tisch, hatte ein Bier vor sich stehen und rauchte wie ein Schlot.

Die Suttner setzte sich zu ihm und sagte: »Tu nicht trotzen, Otto. Irren kann sich jeder. Sogar du, mit deiner Erfahrung und deinen Dienstjahren.«

»Logisch kann sich jeder irren. Aber ich hab' halt doch geglaubt, daß ich auf der richtigen Spur bin. Der Hatvany war meine letzte Hoffnung. Wenn er's nicht war, weiß ich keinen anderen mehr. Außerdem – mir schmeckt nicht, daß es bei dem Ungarn gar so viele zweihundertprozentige Alibis gibt. Ich hab' so was schon oft erlebt, Kinderl. Und dann war doch der mit dem festesten Alibi der Täter.«

Die Suttner legte Hotwagner die Hand auf den Arm und sagte: »Aber, auch wenn du recht hast, nützt es dir nichts, Otto. Der Oberstleutnant hat ausdrücklich gesagt, daß der Hatvany aus dem Spiel ist. Dagegen kommst du nicht an. Und jetzt steh auf und geh mit mir wieder zu den anderen.«

Die beiden kamen gerade zurecht, um zu hören, wie der Gruppenführer den Fall Stoisits vorläufig zurückstellte.

»Wir können«, entschied Stern, »nicht unsere ganze Gruppe mit Ermittlungen blockieren, die nichts bringen. Seit Anfang Jänner schleppen wir die zwei Morde mit uns herum. Und jetzt haben wir Mitte April, meine Herren!«

»Und was«, sagte Wasenegger, »wenn wir vielleicht nahe dran sind? Wenn der Otto doch recht hat?«

Stern schüttelte den Kopf. »Er kann nicht recht haben, Karli. Nicht diesmal. Der Hatvany war während beider Morde in Budapest.«

»Aber«, versuchte es Berger IV. noch einmal, »theoretisch könnte es schon irgendwie möglich sein, daß der Hatvany zwischen seinem Nacht- und Frühdienst nach Wien gerauscht ist. Wenn er ...«

»Wenn er Flügel hätt'«, schnitt ihm Stern das Wort ab. »Er hat aber keine, Burli. Also geh mir nicht auf die Nerven.« Er schaute Hotwagner an. »Und du auch nicht, Otto. Laß nach. Und hör auf, alle möglichen abstrusen Varianten durchzugrübeln.« Er lächelte. »Sonst kommst du vielleicht noch auf die Idee, der Hatvany hat sich einen Killer engagiert oder so was.«

Hotwagner plumpste auf den nächsten Sessel und schaute keinen an. Er zündete sich die x-te Zigarette des

Tages an, räusperte sich den Schleim aus der Kehle und spielte mit den Tasten der Bildschirmschreibmaschine.

Es hatte keinen Sinn mehr, etwas zu sagen. Der Oberstleutnant und der Hofrat wollten den Fall wegbringen. Und weil er bis jetzt noch nicht geklärt war, würde er auf den *Misthaufen,* das heißt, in seine Ordner wandern, die er beinahe höhnisch aus dem Regal leuchten sah.

Er setzte sich anders, um die Ordner nicht mehr vor Augen zu haben und brummte: »Okay, okay, Waldi. Du bist der Chef. Schon in Ordnung. Du bist ein Leitender und ich nur ein Marschierer. Ein Unterläufel.«

Damit gab sich der Oberstleutnant nicht zufrieden. »Sei doch vernünftig, Otto! Um das geht es niemandem! Die ganze Einteilung in *Leitende, Dienstführende und Eingeteilte* ist was für Polizeischüler. Und wir sind eine Gruppe. *Eine*, du Dickschädel! Darum will ich dir nicht was befehlen, sondern, daß du mich verstehst.«

»Also, gut«, brummte Hotwagner. »Ich versteh' dich ja, Waldi. Und weiß, daß du nie den Offizier herauskehrst. Und ich will auch nicht justament recht haben. Aber ... Na, 's wär' halt schön gewesen, wenn ... Also. Aus. Fertig. Haben wir wieder einmal Pech gehabt. Schicksal. Reden wir nimmer drüber.«

Damit war der Fall vom Tisch. Aber keine vierzehn Tage später wurde er wieder aktuell.

27

Denn am 28. April 1993 war die in der Thürnlhof-Siedlung wohnende 83-jährige Theresia Punzengruber schon früh unterwegs, um der Frühmesse in der nahen Kirche zum Heiligen Klemens beizuwohnen.

Die Punzengruber war seit acht Jahren verwitwet, hatte keine Verwandten außer dem Herrgott und nützte daher jede Gelegenheit, diesem nahe zu sein und sich auf solche Art ein schönes Plätzchen in *seinem* Himmel zu sichern. Und das, obgleich in der St. Klemens-Kirche seit neuestem ein ausländischer Geistlicher die Frühmesse feierte und sie das Ende Jänner aufliegende Volksbegehren des Populisten Jörg Haider unterschrieben hatte, das ziemlich radikal gegen die immer mehr ins Land strömenden Ausländer gerichtet war. Aber andrerseits konnte man sich seinen Mittler zum *Himmelvater* leider nicht aussuchen.

Als sie gegen 07.15 Uhr, also zu früh für die erst um acht Uhr stattfindende Frühmesse, durch die Meidlgasse trippelte, ärgerte sie sich über zwei andere alte Weiber, die Tauben fütterten, obgleich jeder wußte, daß sie Lungentuberkulose und andere Krankheiten verbreiteten. Und über ein paar arbeitslose Jugendliche, die johlend Skateboard fuhren und damit alte Leute in tausend Ängste versetzten.

Theresia Punzengruber kam auf ihrem Weg an einem schlampig geparkten marineblauen Opel Astra Kombi mit Kennzeichen W 691 EC vorbei. Als sie schon einige Meter vorbei war, hatte sie mit einem Mal das Gefühl, daß an dem Auto irgendwas Ungewöhnliches gewesen war. Sie kehrte um, trat an den Wagen heran und schaute durch dessen Scheiben. Und sah, quer über die Vordersitze, eine Frau mit dem Kopf nach unten liegen.

Als sie genauer schaute und sich die dabei die Nase plattdrücken mußte, merkte sie, daß die Frau am Kopf blutig war und auch auf den Gummimatten für die Füße eine Blutlache war. Draufhin vergaß die Punzengruber die

Frühmesse und hastete zur nächsten Telefonzelle, in der sie mit zitternden Fingern die Nummer 133 wählte.

Um 07.20 Uhr kam ein Polizeistreifenwagen, aus dem ein Inspektor und eine Inspektorin stiegen. Die beiden beachteten den Redestrom der Punzengruber nicht. Sie sahen sofort, daß hier für sie nichts zu tun war und gaben die Meldung vom Fund der Punzengruber ans Kommissariat Simmering durch.

Zehn Minuten später erschienen zwei Kriminalbeamte des Koats am Fundort. Auch sie machten nicht allzuviel. Stellten bloß den Tod der im Pkw mit Kennzeichen W 691 EC liegenden Frau fest und verifizierten anhand der ebenfalls im Pkw aufgefundenen Handtasche mit den darin befindlichen Personalpapieren, daß es sich bei der Toten um die Aranka Stoisits, wohnhaft in der nahen Thürnlhof-Siedlung, handelte.

Um 07.40 Uhr war die um diese Tageszeit normalerweise stille Meidlgasse belebt. Es drängten sich haufenweise Neugierige, die von den zwei Uniformierten nur ungenügend in Schach gehalten werden konnten. Um den marineblauen Kombi standen der Stadthauptmann des 11. Bezirks, ein Kriminalmajor und drei Beamte des Kommissariats, und die Leute der Mordgruppe 2 aus dem Sicherheitsbüro. Sie alle kamen vorderhand nicht zum Zug, sondern mußten warten, bis der Erkennungsdienst mit dem Fotografieren und Sichern der Spuren zumindest einigermaßen fertig war.

Außerdem amtierte der wie meist schon morgens nicht mehr nüchterne Polizeiarzt Dr. Kammerer, der allerdings nur das feststellte, was bereits die Punzengruber bemerkt hatte, nämlich daß der noch immer im Pkw liegenden massigen Frau der Schädel eingeschlagen worden und daufhin mit relativer Sicherheit der Tod eingetreten war.

Theresia Punzengruber fühlte sich seit langem endlich wieder als Mittelpunkt. Sie hatte bereits mehrmals ihre Aussage gemacht und dabei einen Schwächeanfall mehr gespielt als erlitten und war daufhin in den Kleinbus des

EKD gesetzt worden, aus dem sie mit glitzernden Augen den Betrieb um die Leiche verfolgte. Es tat ihr richtig leid, daß sie bald danach von der freundlichen Inspektorin in ihre Wohnung zurückbegleitet wurde.

Oberstleutnant Ewald Stern nahm zur Kenntnis, daß der Simmeringer Stadthauptmann den Fall offiziell ans Sicherheitsbüro abtrat. Dann traf er seine Anordnungen.

»Du, Otto«, wies er Hotwagner an, »setzt dich sofort mit deinem Freund Danzer von der Gerichtsmedizin in Verbindung. Sag ihm, daß seine Leute die Leiche holen sollen und daß unbedingt er die Obduktion macht. Er hat die Verletzungen von Werner Stoisits gesehen und soll jetzt die Frau draufhin untersuchen, ob möglicherweise das gleiche Tatwerkzeug verwendet worden ist. Und dann holst du diesen Ungarn Hatvany aus der Wohnung.«

Er schaute Wasenegger an. »Und du, Karli, fährst zum *Pußta-Stüberl* und machst das gleiche, falls der Hatvany vielleicht dort ist.«

»Und ihr zwei«, sagte er zu Berger IV. und zur Suttner, »hört euch bei den Neugierigen da um, ob wer was gehört oder gesehen hat.«

Er selbst redete mit den EKD-Leuten, um zu erfahren, was sie bis jetzt in Erfahrung gebracht hatten.

Es war nicht sehr viel.

Anscheinend hatte im Auto kein Kampf stattgefunden. Aber außer dem Schlag auf den Kopf des Opfers, mußte es noch zu einer anderen Handanlegung gekommen sein. Denn mit absoluter Sicherheit hatte die Frau nicht auf dem Lenker- sondern auf dem Beifahrersitz gesessen, als sie den Schlag empfing. Und sie mußte dann vom Täter in Richtung des Lenkersitzes gekippt worden sein. Einen anderen Schluß ließ die Lage der Toten nicht zu.

Blutspritzer gab es infolge des außergewöhnlich dichten und üppigen Haars der Toten fast keine. Aber die wenigen deuteten auch darauf hin, daß die Frau am Beifahrersitz gesessen hatte. Fingerabdrücke gab es im und an der Autotür massenhaft. Von wem sie stammten, würden

Vergleichstests und eventuell auch eine Suche im neuen Fingerabdruck-Zentralcomputer ergeben

Stern bedankte sich, ging zum Bus des Erkennungsdienstes und sprach kurz mit der Punzengruber. Aber die konnte natürlich nichts sagen.

Auch die von der Suttner und »Burli« Berger Befragten hatten weder was gesehen noch gehört. Draufhin schickte Stern die beiden auf die Stiegen, deren Fenster zur Meidlgasse blickten.

Dann hatte der Oberstleutnant eine Eingebung und hielt den nächsten durch die Meidlgasse in Richtung Kaiser-Ebersdorf fahrenden Bus der Linie 73 A auf, um dessen Lenker zu befragen.

Aber auch das erbrachte nur, daß der marineblaue Kombi zumindest seit 07.00 Uhr an der Auffindungsstelle gestanden war.

Währenddessen kam der Gruppeninspektor Hotwagner mit dem Hatvany und der Hausbesorgerin Vrana von Stiege 6 zurück.

»Wie ich gekommen bin«, rapportierte er, »ist der Hatvany noch in der Unterhose gewesen und hat sich gerade ein Frühstück machen wollen. Reden kann man mit ihm fast nicht, weil er ja nur ungarisch kann. Was ich verstanden hab', war, daß die Stoisits auf den Großmarkt Inzersdorf hat fahren wollen, um was für das Wirtshaus einzukaufen.«

Das konnte richtig sein, denn im Laderaum des marineblauen Kombis befanden sich einige leere Obst- und Gemüsekisten.

Stern und Hotwagner konfrontierten Hatvany mit der noch immer im Kombi liegenden Leiche, erreichten aber nur, daß sich Hatvany wie ein Irrer gebärdete und einen nicht endenwollenden Schwall ungarischer Worte hervorstieß.

Er wurde in einen der Wagen der MG 2 gesetzt und vom mittlerweile eintreffenden Wasenegger bewacht.

Dann sagte die Hausbesorgerin Hilde Vrana folgendes aus: »Ich bin, weil ich weiß, was meine Pflichten sind, schon früh auf und schau nach, ob bei meinen Stiegen und dem Gehweg alles in der Ordnung ist. Und das war heut um genau dreiviertel fünf. Punkt, weil ich noch meine Armbanduhr nach dem Ö 3-Sender gerichtet hab'. Und keine paar Minuten drauf ist die Stoisits aus der Stiege kommen. Mit ihrer großen Handtasche, in der sie Zimmer-Kuchl-Kabinett mitschleppt. Wir haben uns noch gegrüßt, dann ist sie weg.«

Die Vrana sagte dann noch dezidiert, daß die Stoisits allein gewesen und ihr der Hatvany zumindest während der nächsten halben Stunde nicht gefolgt war. Denn das hätten sie und die unmittelbar nach der Stoisits aus der 7er-Stiege gekommene Frau Kahler bemerken müssen. Sie seien nämlich *ein bißl tratschend* vor der Stiege 6 stehen geblieben und hätten keinen Hatvany gesehen. Wenn der während dieser halben Stunde die Wohnung verlassen hätte, *hätte er glatt aus dem Fenster fliegen müssen.*

Das deckte sich mit der vorläufigen Aussage des Bela Hatvany.

»Und es wird auch stimmen«, sagte Stern zu Hotwagner, »weil es absolut unmotiviert gewesen wäre und ist, daß Hatvany die Stoisits aus Gewinnsucht ermordet hat.«

»Ja ...«, brummte Hotwagner mürrisch. »Wirst recht haben, Waldi. 's hätt' nur einen Sinn gehabt, wenn die zwei schon verheiratet gewesen wären und er sich das Wirtshaus hätt' unter den Nagel reißen können. Aber so? Kann er sich und seine sieben Zwetschken einpacken und nach Ungarn retourfahren. Nachdem wir alles nachgeprüft haben und ihn auslassen.«

Er zündete sich eine Zigarette an, hustete krachend und sagte vage und ohne viel Hoffnung: »'s könnt zwar sein, daß ... Ich mein', wenn's der Teufel will, schießt auch ein Besen, Waldi! Vielleicht gibt's irgendwie ein Testament von der Stoisits, daß sie im Fall ihres Ablebens alles dem Hatvany vermacht und ...«

Stern schaute ihn nur ruhig an und Hotwagner brummte: »Ich weiß eh, daß's keines geben wird. Aber ... Na, gut. Okay. Ich halt' schon die Pappen. Aber prüfen tät' ich's doch ganz gern.«

Doch Hoffnung hatte der alte Gruppeninspektor keine. Aber das immer stärkere Gefühl, daß diese dritte Tote namens Stoisits überhaupt nicht zu den anderen zwei paßte. Wie ja auch der ermordete Vater nicht zur gleichfalls ermordeten Tochter paßte.

Wie in dieser Mordserie, wenn sie eine war, überhaupt nichts zu etwas paßte.

Die drei Mordopfer waren zwar eine Familie gewesen. Und es konnte sein, daß der Vater die Tochter und die Frau draufhin ihren Mann umgebracht hatte. Aber was war das Motiv für den Mord an der Frau – wenn es nicht Habsucht gewesen war?

So weit gekommen, warf Hotwagner seine erst halb gerauchte Boro weg und stürzte zu dem Wagen, in dem die in einen Plastiksack gehüllte große Handtasche der Toten lag. Streifte sich Plastikhandschuhe über und wühlte sich in den Tascheninhalt. Riß die darin liegende Geldtasche auf und fand sie voller Scheine. Die Noten machten einen Betrag von 16.570,-- Schilling aus.

Es war also nichts mit einem Raubmordmotiv.

Außer der Täter war irgendwie gestört worden. Und ... Oder ...

Aber das war nicht anzunehmen. Denn selbst, wenn der Täter gestört worden wäre, hätte er die große Handtasche, auf die er es abgesehen hatte, an sich nehmen und mit ihr flüchten können.

Hotwagner gab die Tasche wieder in den Plastiksack, zog seine Handschuhe aus und zündete sich eine neue Zigarette an. Dann schaute er verbittert zu, wie der EKD-Bus und die Pkws der Kommissariatspolizisten abfuhren und sich die Neugierigen langsam verliefen. Und fast gleichzeitig der Abschleppwagen der Polizei und der Kombi des Gerichtsmedizinischen Instituts erschienen.

Erst dann ging er zu seinem Gruppenführer zurück und wartete, bis Berger IV. und die Suttner von den Stiegen zurückkamen und meldeten, daß sie nichts Zielführendes erfahren hatten. Denn die Meidlgasse war während der Abend-, Nacht- und Morgenstunden dicht verparkt und man hörte immer wieder das Zuschlagen von Autotüren und Zu- oder Wegfahren von Autos. Es hatte auch niemand zufällig aus dem Fenster geschaut, weil es auf der Meidlgasse ja nichts zu sehen gab.

Kurz danach stiegen die Leute der Mordgruppe 2 in ihre Wagen und fuhren mit Hatvany ins Sicherheitsbüro zurück.

Ab 10.40 Uhr bot die Meidlgasse wieder das gewohnte Bild.

Der Alltag in der Thürnlhof-Siedlung lief in gewohnten Bahnen ab. Der Mord an der Aranka Stoisits regte niemand auf. Schließlich war sie ausgesprochen unsympathisch und dementsprechend unbeliebt gewesen.

Nur die steinalte Theresia Punzengruber machte sich Vorwürfe, weil sie in das blöde Auto geschaut und, was seit Jahren nicht passiert war, die heilige Frühmesse in der Kirche St. Klemens aus Neugier versäumt hatte. Und ihr ging die ganze Zeit das Wiener Sprichwort *Neugierige Leut' sterben bald* durch den Kopf.

28

Der Rest des 28. April verlief für die MG 2 frustrierend.

Die Beamten kamen wegen der dringlichen Einvernahme Bela Hatvanys nicht dazu, in der hauseigenen Kantine Mittag zu essen, und behalfen sich mit von »Burli« Berger geholten Leberkäsesemmeln und Kaffee. Sie gaben auch Hatvany davon ab. Vor allem, weil sie, außer Hotwagner, mehr oder weniger davon überzeugt waren, daß er mit dem Mord an Aranka Stoisits nichts zu tun hatte.

Hatvany konnte seine Aussage erst machen, nachdem gegen 14.00 Uhr ein Gerichtsdolmetscher gekommen war, der bestimmt ausgiebig zu Mittag gegessen hatte, weil er ständig diskret aufstieß. Er hieß Prof. Antal Ferenczy, war über 50, hatte schwarz gefärbte Haare und einen ebensolchen messerrückendünnen Schnurrbart und die Finger voller Ringe.

Alles, was er aus Hatvany herausbrachte, war, daß der von nichts wußte.

Es war, wie er angab, gestern ziemlich spät geworden, weil einige Gäste des *Pußta-Stüberls* erst lange nach der Sperrstunde gingen. Und danach war noch eine Liste der Waren aufgestellt worden, die Aranka Stoisits am frühesten Morgen vom Großmarkt Inzersdorf holen sollte. So waren Hatvany und die Stoisits erst weit nach Mitternacht nachhause und ins Bett gekommen. Aus diesem Grund hatte Hatvany den Wecker nur undeutlich läuten und die Stoisits aufstehen gehört. Wann genau das war, konnte er, wie schon vorher am Fundort, nicht sagen. Nahm aber an, daß das irgendwann zwischen halb fünf bis fünf Uhr früh gewesen war.

Ob jemand die Stoisits bedroht oder mit ihr Streit gehabt, oder ob sie sich vor irgendwem gefürchtet hatte, wußte Hatvany nicht. Er wußte auch nicht, daß die kleine Ilona vor dem Erwürgen mißhandelt und mißbraucht worden war. Desgleichen nichts von den angeblichen Schutzgeldforderungen einer *Alvilag*. All das hatte ihm die

Stoisits nicht erzählt, sagte er. Sie hatte ihn eben nur brieflich nach Wien beordert und er war gekommen. Das war alles.

Er gab aber zu, mit der Stoisits über eine mögliche Heirat gesprochen und gehofft zu haben, dadurch in Wien als arrivierter Geschäftsmann leben zu können.

Von einem Testament der Stoisits, etwa zu seinen Gunsten, wußte Hatvany gleichfalls nichts. Er konnte sich auch nicht vorstellen, daß sie überhaupt eines gemacht hatte, weil sie ja eine noch junge Frau gewesen war, die noch viele Jahre vor sich hatte. Er wußte aber, daß Werner Stoisits mit Sicherheit nicht testiert hatte, weil die Aranka noch immer darauf gewartet hatte, vom Notar die Einantwortungsurkunde zu erhalten, worin ihr verlassenschaftsgerichtlich die Erbschaft nach ihrem Ehegatten zugesprochen werden würde. Denn noch war das nicht entschieden. Deshalb hatte die Stoisits auch in nicht gesetzeskonformer Weise den gleichfalls zur Erbmasse gehörenden Astra Kombi gefahren, der ihr ja rechtsnotorisch noch gar nicht gehörte.

An dieser Stelle fügte die protokollführende Bezirksinspektorin Monika Suttner die Bemerkung an, daß die unterstrichenen Worte nicht die Hatvanys, sondern des obg. Dolmetschers waren, die das, was der Einvernommene tatsächlich *eingelassen hatte*, in korrekter Juristendiktion wiedergegeben hatten.

Um nur ja keinen Fehler zu begehen, besorgte sich der Oberstleutnant Stern Durchsuchungsbefehle für Thürnlhof-Wohnung und *Pußta-Stüberl*. Dann fuhr die ganze Gruppe mit Hatvany und dem Dolmetscher erst ins *Stüberl*, dann in die Thürnlhof-Wohnung und suchte gewissenhaft nach einem möglicherweise irgendwo hinterlegten Testament.

Gefunden wurde keines.

Draufhin wurden Lokal und Wohnung amtlich versiegelt und Hatvany dazu verhalten, wieder in seine Mietwohnung in der Dommesgasse zu ziehen und sich zur Verfügung der Polizei zu halten. Sein Paß wurde eingezogen.

Am nächsten Tag trat die Gruppe bei Hofrat Tamandl zum Rapport an und wurde nicht gerade mit Lob überhäuft.

»Ich«, sagte Tamandl sehr leise, was bei ihm immer ein Zeichen von ernsthafter Verstimmung war, »kann nicht verstehen, daß es in diesem Fall keine Ansatzpunkte geben sollte, meine Herren und die Dame. Wirklich nicht! Denn abgesehen von dem Mord an dem Kind, von dem wir nicht wissen, wo er stattfand, spielten sich die Morde an Werner und Aranka Stoisits doch in aller Öffentlichkeit ab.«

»Ja«, brummte Hotwagner. »Aber in der Nacht.«

»Vielleicht in der Nacht!« ätzte der Hofrat. »Möglicherweise! Aber, bitte. Trotzdem wurden sie in einem Gebiet begangen, in dem tausende Menschen wohnen. Tausende, Herr Gruppeninspektor! Und diese Leute gehen nicht wie die Hühner auf einem Bauernhof mit Einbruch der Dunkelheit schlafen, um erst bei Tageslicht wieder aufzustehen! Es muß daher jemand geben, der zumindest andeutungsweise etwas gesehen oder gehört hat. Und ich wünsche, daß der oder die Betreffenden so oder so ermittelt werden!«

Danach ging die MG 2 mit sehr gebremster Jagdlust in ihr Dienstzimmer und ackerte die bereits vorhandenen Niederschriften und Notizzettel durch.

Als erster verlor Karl Wasenegger die Nerven. »Dienst ist Dienst«, nörgelte er. »Aber Blödsinn ist auch Blödsinn! Da können wir bis zur Pension dahocken und Kreuz und quer alle Geschichten durchackern, was die Leut' dahergebabbelt haben. Finden werden wir nichts.«

»Glaub' ich auch«, legte Berger IV. ein Schäuferl nach. »Wenn keiner was gesehen hat, dann hat eben keiner was gesehen und kann daher auch nichts sagen.«

Die Suttner und Hotwagner sagten nichts, sondern schauten nur stumpf auf die Blätter, die sie bereits ein halbes dutzendmal gelesen hatten.

Aber der Gruppenführer Stern versuchte trotzdem, die Stimmung hochzuhalten. »Man kann immer was übersehen, Leute. Und wenn's vielleicht auch nur eine Winzigkeit ist. Außerdem ...«

Er sprach nicht weiter, weil das Telefon tutete, hob ab und meldete sich.

Am anderen Ende war Dr. Danzer vom Gerichtsmedizinischen Institut. Er wirkte aufgedreht und berichtete, daß er eben mit der Obduktion der Aranka Stoisits fertig war und fragte, ob es möglich wäre, daß jemand aus der Mordgruppe 2 auf ein Sprüngerl in die Sensengasse kommen könne, weil er Interessantes zu zeigen habe.

»Sicher ist es möglich, Doktor«, sagte Stern. »Ich schicke Ihnen den Hotwagner. Danke für Ihre Bemühung.«

Dann legte er auf und und sagte: »Also, Otto. Pack dich zusammen und fahr in die Gerichtsmedizin. Dein Freund will dich sehen.«

»Aha«, brummte Hotwagner. »Und warum?«

»Weil er Interessantes für uns hat. Was, hat der kleine Schäker nicht gesagt. Aber er wird's dir sagen. Du bist ja sein Intimus.«

Berger IV. lachte wiehernd auf und sagte: »Ja, der Danzer steht wie ein Bock auf unseren Alten.« Und zu Hotwagner: »Der ist so geil auf dich, daß er dich bestimmt persönlich sezieren wird, wennst einmal einen Krapfen machst!«

Aber Hotwagner war nicht zum Scherzen zumute. Seit Stunden durchjagte ihn immer wieder ein Schwindelgefühl, und seine Beinvenen waren, besonders rechts, derart rebellisch, daß er glaubte, sie müßten jeden Moment platzen. Aber trotzdem trank er bereits seinen fünften Kaffee seit dem Morgen und hatte schon eine ganze Packung Boro verraucht.

»Halt nur ja die Pappen, Burli!« brummte er mürrisch. »Sonst liegst du früher am Seziertisch wie ich. Weil ich dich nämlich derschlag.«

Er wuchtete sich aber trotzdem aus dem Sessel. »Okay, ich bin schon unterwegs. Aber ich nehm' mir die Moni mit, Waldi. Damit s' einmal was anderes als das SB zu sehen kriegt.«

»Gut«, sagte Stern. »Aber ruf mich an, wenn dem Doktor sein Interessantes wirklich interessant ist.«

Im Gerichtsmedizinischen Institut wartete Dr. Danzer schon auf die beiden. Er hatte sich entschlossen, den alten Hotwagner nun auch zu duzen und sagte daher: »Servus, Inspektor.« Und zur Suttner: »Begrüße Sie, Frau Inspektor.«

Dann kam Danzer gleich zur Sache. Er führte die beiden in einen Sektionsraum und zeigte auf die Leiche der Aranka Stoisits, die auf einem Steintisch lag.

Der Kopf der Toten schaute nicht mehr so aus, wie im marineblauen Kombi. Von einem Ohr zum anderen klaffte ein Schnitt. Die Kopfhaut samt dem üppigen Haar war nach vorn über das Gesicht gezogen. Der blanke Schädel lag frei.

»Schaut nicht schön aus«, kommentierte Dr. Danzer mit einem Seitenblick auf Monika Suttner.

Aber die sagte nur: »Ich weiß. Macht nichts. Ich hab' so was schon gesehen, als ich Polizeischülerin war. Damals haben wir Ihr Institut besucht und eine Totalobduktion gesehen.«

Draufhin zeigte Dr. Danzer auf die Trümmerbruchstelle des Schädels und erläuterte: »Trümmerbruch. Teilweiser Gehirnaustritt. Bruchränder verhältnismäßig glatt. Die sofort zum Tod führende Verletzung wurde offensichtlich durch einen einzigen, mit großer Kraft geführten Schlag verursacht. Tatwerkzeug wahrscheinlich ein zylindrischer metallischer Gegenstand mit Durchmesser plus minus 30 bis 40 Zentimetern.«

»Also entweder so ähnlich oder genau so wie beim Werner Stoisits?« fragte die Suttner.

»Richtig. Ich würde sagen: genau so.«

Hotwagner nickte. »Aha. Also wahrscheinlich gleicher Täter und gleiches Tatwerkzeug.«

»Ja. Durchaus, würd' ich sagen.«

»Und was ist das Interessante?« fragte Hotwagner. »Oder war's das schon, Doktor?«

Dr. Danzer lächelte. »Nein. Das kommt jetzt. Ich bin mir nämlich fast sicher, nachvollziehen zu können, auf welche Art die Verletzung herbeigeführt wurde. Meiner Ansicht nach war der Ablauf folgender: Die Frau ist auf dem Beifahrersitz gesessen. Und entweder hat der Täter die Autotür geöffnet und draufhin hat ihn die Frau angesehen. Oder: Die Frau hat den Täter gekannt und von sich aus die Tür geöffnet, um mit ihm zu reden oder wie immer. Daraufhin wurde dann der tödliche Schlag geführt und die Frau auf den Lenkersitz gekippt.«

Hotwagner nickte. »Und du bist sicher, daß die Stoisits den Täter angeschaut hat?«

»Ja«, sagte Dr. Danzer. »Ganz sicher. Denn die Art, wie der Schlag geführt wurde, läßt nur diesen Schluß zu. Die Bruchstelle an der vorderen Schädelseite ist tiefer als die an der hinteren. Ergo muß der Schlag von vorne erfolgt sein. Was heißt: das Opfer hat seinen Mörder von Angesicht zu Angesicht gesehen.«

»Fein«, brummte Hotwagner. »Logisch erklärt.«

Er schaute die Suttner an. »Nur ist die Stoisits blöderweise tot und kann uns nicht mehr sagen, wer ihr den Schädel eingehaut hat.«

»Aber immerhin wissen wir doch jetzt«, sagte die Suttner, »daß sowohl der Mann wie die Frau vom gleichen Täter oder, was ich nicht glaube, der gleichen Täterin ermordet wurden.«

»Ja«, sagte Dr. Danzer. »Das dürfte zweifelsfrei feststehen.«

Hotwagner zündete sich eine Zigarette an und brummte: »Na, also, okay, Doktor. Du bist wieder einmal dick da. Aber weil wir weder für den Mord am Mann noch an dem der Frau halbwegs ein Motiv haben, nützt uns das gar nichts.«

»Aber immerhin wissen wir, daß sie vom gleichen Täter umgebracht worden sind«, wandte Monika Suttner ein. »Die zwei Morde also irgendwie zusammenhängen.«

»Schon, Kinderl. Aber das hab' ich mir sowieso gedacht. An einen Zufall hab' ich ja nie geglaubt. Weil solche Zufälle gibt's nur in Romanen oder im Fernsehen.«

Hotwagner klopfte seine Zigarettenasche pietätlos über dem Ablauf des Obduktionstisches ab, was ihm einen belustigten Blick des Gerichtsmediziners eintrug.

»Jetzt ist also für uns nur mehr die Frage offen, warum die beiden Morde passiert sind,« brummte er sarkastisch. »Also eh nur eine Lappalie. Oder?«

»Das nicht, Otto. Aber ...« Die Suttner sprach nicht weiter.

»Eben. Das nicht, Kinderl. Und ich sag' dir jetzt, daß ich langsam glaub', daß wir nie draufkommen werden, warum die zwei Stoisits' umgehaut worden sind. Nie. Und wenn wir das Warum nicht wissen, werden wir genauso im Kreis rennen, wie die weißen Mäuse in ihrer Trommel. Und immer auf der gleichen Stelle, obwohl sich die Trommel dreht. Und nie heraus und auf eine gerade Fläche kommen. Und ich sag' dir noch was, Moni: Wenn du nicht weißt, warum einer was gemacht hat, und es keine Tatzeugen gibt, dann kannst du dir den Täter schießen. Oder warten, bis er dir einen Brief mit seinem Namen und seiner Adresse schreibt und – *Ich bin es gewesen. Hochachtungsvoll Ihr* ... So schaut's aus und da fährt die Eisenbahn drüber, weil ...«

Hotwagner konnte plötzlich nicht weitersprechen und hatte das Gefühl, in der nächsten Sekunde ersticken zu müssen. Durch seine Brust zuckte es wie ein brennender Peitschenhieb.

Er hielt sich krampfhaft am Seziertisch fest, verlor aber doch den Stand und sank halb über die nackte Leiche.

Ächzte noch: »Nicht ins Spital«, und verlor das Bewußtsein.

Dr. Danzer zog ihm ein Augenlid hoch und rannte davon, um eine Spritze zu holen.

29

Zwei Stunden später hatte sich Hotwagner wieder soweit erholt, daß er zumindest wieder gehfähig war. Er wischte alle besorgten Einwände Dr. Danzers beiseite und lehnte es strikt ab, sich in Spitalspflege zu begeben.

»Was mach' ich in einem Spital?« brummte er. »Dort sterben nur die Leut'. Aber vorher werden s' von den Doktoren und Schwestern noch *kujoniert.* Wenn, dann soll es bei mir schnell gehen. Momentan. 's braucht mich ja keiner mehr.«

»Geh, sei nicht so teppert, hörst!« sagte die Suttner. »Wir alle brauchen dich, Otto.« Und lächelnd: »Besonders ich. Weil du sollst mich ja beim *Mord* anlernen.«

Hotwagner grinste schon wieder. »Aber was. Das können die anderen Burschen genau so gut, Kinderl. Außerdem bin ich eh schon wieder im Rennen. Also.«

Dann bedankte er sich bei Dr. Danzer für die Hilfeleistung und auch dafür, daß er nicht gleich durchgedreht und das SB angerufen hatte.

»Keine Ursache«, sagte Danzer. »Aber gib ein bißchen auf dich acht, Inspektor. Mit dem Kreislauf ist nicht zu spaßen. Nicht bei deinem Übergewicht und dem Kettenrauchen. Aus Eisen bist du auch nicht, weißt. Also schränk für eine Weile die Pafferei ein und iß weniger und gesünder. Viel Grünes. Gemüse, Salate. Und Obst.«

Hotwagner nickte. »Okay. Aber nicht zu viel. Ich bin ja kein Has'.« Dann wieder in gewohntem Ton: »Sei so gut und schick uns den Obduktionsbefund und einen kurzen Schrieb, in dem deine Vermutungen über den Tathergang drin stehen. Damit's mein Chef glaubt. So bald wie möglich.«

Dann verabschiedeten sich Hotwagner und die Suttner.

Sie fuhren ins Sicherheitsbüro zurück und wurden wegen ihres unverhältnismäßig langen Ausbleibens sofort bespöttelt.

»Na, endlich«, sagte der Oberstleutnant. »Wo seid ihr denn so lang gewesen? Habt ihr euch die ganze Obduktion von der Stoisits angeschaut – oder was?«

»Essen werden s' irgendwo gewesen sein«, ätzte »Burli« Berger. »Der Otto kann ja seine Wampen nicht mehr derschleppen. Und die Moni kommt mir auch aufgebläht vor.«

Wasenegger wieder vermutete, die beiden wären bei einem Heurigen gewesen und hätten sich ein paar Vierterln reingezogen. Weil sie beide so unnatürlich rote Wangen hatten.

Hotwagner hantierte an der Kaffeemaschine und zündete sich die erste Zigarette nach seinem Kollaps an. Er hatte seine angebrochene Schachtel Boro in einem öffentlichen Papierkorb deponiert und sich in der nächsten Trafik eine neue Zigarettensorte mit besonders schwachen Teerstoff- und Nikotinwerten besorgt.

Er sog vorsichtig den Rauch ein und inhalierte flach. Die neue Sorte schmeckte wie Seegras. Aroma hatte sie überhaupt keins. Wahrscheinlich war es besser, er rauchte wieder die gewohnten Lungentorpedos, aber mit einem dieser Kunststoffmundstücke, wie sie der Hauptmann Tauber vom *Bruch* verwendete. Die sollten angeblich alle schädlichen Stoffe aufhalten.

»Wir waren weder bei einem Heurigen noch sonstwo«, stellte die Suttner fest. »Sondern die ganze Zeit in der Gerichtsmedizin. Dort hat's länger gedauert, weil der Otto ...«

Sie sprach nicht weiter, weil sie ein geradezu mörderischer Blick Hotwagners traf.

So hatte sie der ruhige und gutmütige Otto noch nie angeschaut. Dieser Blick verursachte ihr schlagartig einen ziehenden Schmerz im Kreuz. Er mußte genau so geschaut haben, als er, wie »Burli« Berger ihr anvertraut hatte, in dieser verkommenen Gasse des 2. Bezirks den Leibwächter mit seiner Walther vollgepumpt hatte.

»Weil der Otto«, setzte sie fort, »lang und breit mit dem Doktor geredet hat.«

Draufhin wurde aus Hotwagner wieder der umgängliche Kollege. »Der Doktor«, sagte er ruhig, »hat mir eine glaubhafte Theorie erzählt, wie die Stoisits ums Leben gekommen sein könnte. Er ...«

Dann berichtete er die Vermutung, daß die Stoisits möglicherweise ihren Mörder gekannt hatte. Schließlich hatte sie ihm ja ins Gesicht geschaut und anscheinend keine Abwehrreaktion gezeigt.

»Das nützt uns aber wenig«, sagte Stern. »Die Frau muß haufenweise Leute gekannt haben, vor denen sie sich nicht zu fürchten brauchte. In der Thürnlhof-Siedlung wohnen eine Menge Leute und als Gasthausgäste wird sie auch viel kennen. Damit gewinnen wir nichts.«

»Wir gewinnen auch mit was anderem nur einen Schas«, sagte Wasenegger. »Während ihr weg gewesen seids, haben wir hin- und hertelefoniert. Auch mit dem Bürgermeister von dem burgenländischen Nest, aus dem der Stoisits gekommen ist. Ob es dort Verwandte von ihm gibt.«

»Wegen einem, der eventuell als Erbe in Frage kommt«, erklärte Berger IV.

»Und«, brummte Hotwagner, »'s gibt aber keinen. Oder?«

»Richtig«, sagte Stern. »Als einziger Erbe kommt nur eine alte Tante von Stoisits in Frage. Sie wohnt in Oberpullendorf und ist an die 80. In einem Heim, weil sie sonst niemand hat und gehunfähig ist. Also scheidet sie auch beim besten Willen als Täterin aus. Sie kann auch keinen Mörder engagiert haben, weil sie geistig nicht mehr voll da ist.«

Hotwagner brummte etwas in sich hinein und wollte seine volle Kaffeeschale heben. Aber die fühlte sich bleischwer an. Dann spürte er in der Brust und unter dem Nacken leises Brennen und Klopfen und drückte auch seine Zigarette aus.

»Trotzdem muß es aber einen Täter geben«, sagte die Suttner. Und nach einer Pause: »Vielleicht ...«

»Was – vielleicht?« fragte Wasenegger.

»Nichts. Vielleicht nichts«, sagte die Suttner hastig. »'s ist ein Blödsinn. Ich weiß auch nicht.«

Stern schaute sie aufmunternd an. »Red nur. Manchmal ist ein Blödsinn gar keiner, Monika. Es gibt die absurdesten Sachen.«

»Schon, Oberstleutnant. Aber meine ist ... Ich hab' eigentlich nur sagen wollen, vielleicht kommen wir durch einen Zufall auf den Täter.«

Das stimmte aber nicht, weil sie doch eine allerdings ziemlich abstruse Idee gehabt hatte. Aber die schien ihr so weit hergeholt, daß sie sich nicht vor den Kollegen blamieren wollte. Sie würde aber mit Hotwagner drüber reden. Vielleicht sogar heute noch, wenn es sich ergab.

Dann merkte Stern, daß es dem Gruppeninspektor nicht gut ging, weil der merkwürdig verkrümmt bei der Kaffeemaschine stand, die Schale umkrampfte, aber nicht zum Mund führte und außerdem ganz merkwürdig nach innen glotzte.

»Was ist denn, Otto?« fragte er und machte einen Schritt auf Hotwagner zu. »Ist dir nicht gut?«

Hotwagner drehte mühsam seinen Kopf und schaute Stern glanzlos an.

»Ich bin eh okay, Waldi. Aber momentan hab' ich ein blödes Gefühl.«

Er ließ endlich die Kaffeeschale los und setzte sich schwer auf den nächsten Sessel. Dann berichtete er von dem Schwächeanfall, den er im Gerichtsmedizinischen erlitten hatte. Und auch, daß es jetzt in Brust und Nacken irgendwie klopfte, das aber zunehmend nachließ.

Aber Stern ließ sich nicht täuschen. »Nichts läßt nach, Otto! Derzähl uns keine Raubersg'schichten. Du schaust aus, wie die Henne unterm Schweif. Darum gehst du jetzt sofort nachhaus! Und zum Arzt.«

Hotwagner sträubte sich zuerst dagegen, gab aber dann doch nach. Einen Arztbesuch lehnte er zwar strikt ab, aber gegen das Heimgehen hatte er nichts.

Stern ordnete an, daß »Burli« Berger Hotwagner in dessen eigenem Pkw nachhause fahren und Monika Suttner in ihrem Wagen folgen sollte. Dann sollte Berger Hotwagners Schrotthaufen parken und wieder ins SB zurückkommen, die Suttner aber mit Hotwagner in dessen Wohnung gehen und drauf schauen, daß sich der Dickschädel ins Bett legte.

Als die drei aus dem Dienstzimmer waren, sagte Wasenegger: »Der alte Otto schaut angeschlagen aus. Dem geht's schlechter als er uns zugibt.« Und liebevoll besorgt: »Dem Trottel.«

»Ein Jammer mit den Leuten«, sagte Stern. »Die einen geben sich den Strick oder springen aus dem Fenster. Und die anderen machen das mit übermäßigem Fressen, Kaffeetrinken und Rauchen. Aber was soll's, Karli. Wir machen ja im Grund dasselbe. Nur, daß wir es noch nicht so spüren, weil wir jünger wie der Otto sind.«

»Ja«, brummte der ebenfalls zu dicke Wasenegger. »Kann sein, Waldi. Aber: schrum, schrum – wer scheißt sich drum.«

Dann zündete er sich eine Zigarette an und gab seinem Oberstleutnant, der ebenfalls eine aus dem Paket klopfte, Feuer.

30

Monika Suttner mußte Hotwagner wie einem kranken Roß zureden, bis sich der zumindest angezogen aufs Bett legte.

»Was hab' ich im Bett verloren«, schimpfte er. »Ich bin ja nicht krank! Ein bißl mies ist mir gewesen. Das ist aber auch schon alles!«

Die Suttner lächelte ihn bloß an. »Keiner sagt was, Otto. Du sollst dich nur ein bißl ausrasten. In ein paar Tagen kannst dich bei uns wieder reinhauen. Wie wenn nichts gewesen wär'.«

Aber davon wollte Hotwagner nichts hören. Weil er nämlich schon morgen wieder im SB auftauchen würde. Er ließ sich zwar eine Paketsuppe kochen, aß aber nur ein paar Löffel davon, weil ein Mensch im Liegen nicht essen kann.

Danach zündete er sich eine leichte Zigarette an und fragte wie beiläufig: »Du, Moni, was hast du eigentlich im Sinn gehabt, wie du im SB gesagt hast, du glaubst, daß vielleicht ... Aber dann hast du dich eingebremst und nur irgendwas dahergeredet. Was war das Vielleicht?«

»Nichts«, sagte die Suttner. »Nur so eine Idee, es könnte ... Aber das ist Blödsinn.«

Hotwagner rappelte sich hoch, setzte sich auf die Bettkante und schaute die Suttner forschend an. »Derzähl doch mir nicht solche G'schichterln, Kinderl, hörst! Ich bin ein viel zu alter Hund und spür', ohne daß ich hinschau, wenn sich einer aus was rausreden will!« Und barsch, als führte er ein Verhör: »Na, komm, komm – leg nieder! Was, glaubst du, ist eh nur ein Blödsinn?! Gemma!«

Die Suttner zuckte leicht mit den Augenlidern und sagte: »Ich hab' mir gedacht, daß ... Aber das ist eben der Blödsinn!«

»Was du dir denkt hast, will ich wissen! Und wenn's hundertmal ein Blödsinn ist!«

»Ich ... Eine Frage: Liest du Kriminalromane, Otto?«

»Nein«, sagte Hotwagner wieder ruhig. »Für was? Steht nur erfundener Scheiß drinnen. Geschichten, die sich die Schreiber aus den Fingern saugen. Und die interessieren mich nicht. Mein Leben ist sowieso ein einziger Krimi.«

»Dann wird dich auch nicht interessieren«, sagte die Suttner, »daß ich vor einiger Zeit ein paar Krimis von einem gewissen Andrew Vachss gelesen hab'. Das ist ein Ami, der als Kind auf der Straße aufgewachsen ist und weiß, wovon er schreibt. Außerdem ist er auch noch ein Rechtsanwalt, der sich in der Hauptsache mit mißbrauchten Kindern befaßt.«

»Und?«

»Und ... Er schreibt auch seine Krimis darüber. Und in denen ist der Held ein ehemaliger Häfenbruder, der jetzt als Privatdetektiv arbeitet. Und Aufträge annimmt, bei denen es darum geht, daß einer, der sich an Kindern vergangen hat, gefunden wird.«

»Na, und? Was hat das mit unserem Fall Stoisits zu tun?«

»Viel. Oder vielleicht nur irgendwas. Möglicherweise. Weil dieser Burke, also der Privatdetektiv, macht das so, daß er den Täter findet, aber nicht der Polizei übergibt, sondern gleich selber sozusagen hinrichtet. Er schießt sie ab oder sprengt sie in die Luft oder läßt sie von seinem taubstummen Freund umbringen.«

»Aha«, brummte Hotwagner. »Ich sag ja, Scheißgeschichten.«

»Es soll in Amerika aber wirklich so zugehen! Dort gibt's ja x-mal mehr Kindesmißbräuche als bei uns. Grauenhaft. Und das Umbringen ist dort nicht so eine große Sache wie bei uns.«

»Weiß ich, Kinderl. Und du glaubst, daß es vielleicht auch bei uns so einen Typen gibt, der Kinderschänder aus 'm Verkehr zieht?«

»Könnt' es nicht vielleicht irgendwie sein, Otto?«

Hotwagner stand auf, drückte seine leichte Zigarette aus und tappte so lange im chaotisch aussehenden Zimmer umher, bis er in einem alten Sakko eine noch halbvolle Packung Boro fand. Er zündete sie an und machte ein paar tiefe Lungenzüge, ehe er brummte: »Sein ... Sein kann alles, Moni. Alles. Aber nicht so was, was dein Amerikaner schreibt.«

Er kam wieder zum Bett zurück und setzte sich ächzend. »Es ... ist aber denkbar, daß es irgendeinen Menschen gibt, der solche Schänder in eigener Regie bestrafen will. Nur müßt' das wer sein, der von solchen Kindesmißbräuchen weiß. Kenntnis davon hat.« Und nach einer Pause, langsam: »Fragt sich dann aber, von wo?«

»Aus den Zeitungen. Steht ja dauernd was über Delikte an Kindern drin! Mißhandlungen. Sexuelle Mißbräuche. Jede Menge. Und bei den Gerichtssaalberichten gibt's auch den vollen Namen und ein Foto des Täters. Da könnte, zum Beispiel, einer, der's drauf anlegt, ohne weiteres ...«

Hotwagner hob die Hand. »Könnte, Kinderl! Kommt mir zwar ein bißl phantastisch vor, aber bitte. Nur – daß die kleine Ilona Stoisits mißbraucht worden ist, war in keiner Zeitung. In keiner! Das wissen nur wir im SB, die Leut' aus dem Koat 11 und die Gerichtsmedizin. Und daß von denen einer einen privaten Rächer spielt, kann ich mir nicht vorstellen. Du?«

»Nein«, sagte die Suttner. »Ich auch nicht. Aber ... Aber die Idee geht mir halt nicht aus dem Kopf, Otto. Und sie ist halt das einzige, was mir als Möglichkeit noch einfällt! Nur wollt ich damit nicht vor allen herausplatzen und mich vielleicht auslachen lassen.«

Otto Hotwagner stand wieder auf und drehte ein paar Runden durch das unaufgeräumte Zimmer.

Wenn die Moni recht hatte – wenn! –, dann hieße das zweierlei. Entweder, die Stoisits' waren der erste Fall des Privaträchers. Oder er hatte schon früher Selbstjustiz geübt. Aber es konnte sich in jedem Fall nur um einen einzigen Täter handeln. Denn daß zwei solche Spinner in Wien agierten, war unmöglich.

Nur – wer war der? Wer konnte es sein? Mit Sicherheit keine Amtsperson. Also ein Privater. Einer aus dem Thürnlhof? Wenn die Stoisits' allein die Opfer waren. Wenn es aber mehrere ungeklärte, also mögliche Opfer eines Privaten gab, wie sollte man diesen finden? Gar nicht. Oder?

Hotwagner ging wieder zur Suttner zurück und sagte langsam: »Na, also gut, Kinderl. Machen wir uns zum Narren. Aber probieren wir's. Ich werd' morgen mit dem Waldi reden. Vielleicht steigt er ein. Wenn nicht, lassen wir das fallen. Nur wir zwei können das nicht machen. Das können endlose Computerspielereien werden. Und dann noch langwierige Ermittlungen. Und am Ende für nichts. Das wird auch der Tamandl wissen müssen. Und ob der für so ein Abenteuer ist ...«

31

Es dauerte zwei Tage, bis zumindest der Oberstleutnant gewillt war, es nach Monika Suttners Theorie zu versuchen.

Zuerst verwies Stern die Geschichte trotz Hotwagners Beredsamkeit ins Reich der Phantasie. Und auch Wasenegger und Berger IV. hielten sie mehr oder weniger für einen Witz.

»Wir wissen, daß du am liebsten jeden Fall aufklären möchtest, Otto«, sagte Wasenegger. »Das wollen wir ja auch. Oder? Aber umgekehrt wissen wir, daß es eben Fälle gibt, die nicht aufzuklären sind. Nicht ums Verrecken. 's ist halt so. Sonst hättest du nicht deine berühmten Ordner stehen.«

Und Berger legte nach: »Berühmt werden kannst du mit so was nicht. Du hast die Überfuhr versäumt und wirst als Gruppeninspektor in Pension gehen. Ein Abteilungsinspektor ist für dich nimmer drin.«

»Das weiß ich eh«, sagte Hotwagner mit rotem Kopf. »Dafür brauch' ich dich jungen Buben nicht! Und ich scheiß' auch auf eine Belobigung im Tagesbefehl! Aber ich möcht' den Fall Stoisits aufklären!«

»Das wollen wir auch«, sagte der Gruppenführer. »Genau so gern wie du, Otto. Auch ich will jede nur denkbare Möglichkeit ausnützen. Aber laß mir ein bißchen Zeit.«

Und zur Suttner: »Du hast die Sache angerührt. Also holst du mir jetzt von dir zuhaus einen Roman von diesem Vachss. Ich werd' ihn mir am Abend durchlesen.«

Daheim las Stern nicht nur am Abend, sondern bis weit über Mitternacht den Krimi *Bluebelle*. Aber auch danach kam er nicht zum Einschlafen. Er hielt das Buch zwar für sehr kraß und nur im amerikanischen Asphaltdschungel möglich. Sah aber doch eine gewisse Möglichkeit, daß sich Ähnliches, wenn auch in modifizierter Form, auch anderswo abspielen konnte.

Aus diesem Grund ging er am nächsten Tag zu Hofrat Tamandl und trug diesem vor.

Zunächst war der Hofrat für die eventuelle neue Spur im Fall Stoisits nicht zu haben.

»Also, ich bitte Sie, lieber Herr Stern« raunzte Tamandl. »Mit so was kann ihre Gruppe unter Umständen einen *Tatort* für den ORF schreiben. *Inspektor Mareks größter Fall* oder so. Aber doch nicht per Computer irgendwelchen Träumen nachjagen! Das ist doch absolut unrealistisch. Da muß ich mich doch wirklich sehr über Sie, der Sie erfahrener Kriminalist sind, wundern!«

Aber Stern gab nicht nach. Er redete so lang auf den Hofrat ein, bis sich der erweichen ließ und der MG 2 die Genehmigung erteilte, *Computerspielereien* zu veranstalten. Falls diese aber wie die anderen Ermittlungen zu nichts führten, war der Akt Stoisits zu schließen und *auf Frist* zu legen. Man konnte nicht eine ganze einsatzbereite Mordgruppe durch sinnlose Aktionen blockieren.

Draufhin gingen alle außer Hotwagner, der zum *Kollationieren* liegengebliebener Sachen eingeteilt wurde, den Computerleuten auf die Nerven, weil sie ihnen eine Unmenge von Daten abverlangten und dabei auch noch so geheimnisvoll taten, als hätten sie eine Weltverschwörung aufzuklären.

Schließlich hatten Computerleute und MG 2 zwei unaufgeklärte Mordfälle ermittelt, deren Opfer zwei Männer waren, die sich an Kindern sexuell vergangen hatten.

Fall 1 war der Mord an Friedhelm Moritz Keller gewesen.

Wie das Studium des Aktes ergab, hatte Keller mehrmals seine elfjährige Nichte Waltraud Ferner vergewaltigt. Das Kind hatte sich einer Fürsorgerin anvertraut und draufhin hatten Polizei und Gericht zugegriffen. In einer wegen schmutziger Details unter Ausschluß der Öffentlichkeit durchgeführten Verhandlung war Keller zu einem Jahr Kerker unbedingt verurteilt worden. Das war am 18. 7. 1990 gewesen. Nach Verbüßung der Strafe war

Keller am 1. 7. 1991 aus der Haft entlassen worden und zu seiner Frau in die gemeinsame Wohnung in der Rabengasse, im 3. Bezirk, zurückgekehrt.

Am 18. 8. des gleichen Jahres war Friedhelm Moritz Keller von einem unbekannt geblieben Täter ermordet worden. Seine Leiche war hinter einem Müllcontainer der Gemeindewohnanlage Rabenhof aufgefunden worden. Tatwerkzeug war mit großer Wahrscheinlichkeit ein harter zylindrischer Gegenstand gewesen. Täter konnte keiner ermittelt werden. Den Fall hatte die Mordgruppe 1 des Wiener Sicherheitsbüros unter Major Vieth bearbeitet.

Fall 2 war der Mord an Anton Modicka gewesen.

Modicka hatte seine neunjährige Tochter Ernestine seit zwei Jahren fortgesetzt zu sexuellen Handlungen mißbraucht und auch mehrmals mit ihr Beischlaf gehabt. Seine Frau hatte davon nichts gewußt. Modicka war durch die Anzeige des Chefarztes einer heilpädagogischen Station, dem sich das Kind anvertraut hatte, gerichtsnotorisch geworden. Weil das Kind von der Fürsorge übernommen und Modicka geständig war, war er auf freiem Fuß angezeigt worden. Die polizeiliche Anzeige erfolgte am 3. 1. 1992.

Zu einer Gerichtsverhandlung war es nicht gekommen, weil Anton Modicka am 5. 5. des gleichen Jahres, unweit der Stadionbrücke, mit eingeschlagenem Schädel tot aufgefunden worden war. Der Mord mußte in den frühen Morgenstunden des gleichen Tages begangen worden sein, während Modicka beim Fischen saß. Tatwerkzeug war vermutlich ein metallischer zylindrischer Gegenstand. Täter konnte keiner ermittelt werden. Den Mordfall hatte die Gruppe 3 des Sicherheitsbüros Wien unter Hauptmann Schwinghammer bearbeitet. Die Wohnadresse Modickas war Wien 3, Paulusgasse 7 gewesen.

Das gab den Leuten der MG 2 zu denken.

»Komisch«, sagte Wasenegger, »daß beide Mordopfer im dritten Bezirk gewohnt haben. Und nicht nur das, sondern ziemlich nah beieinander. Die Rabengasse und die Paulusgasse sind keine 400 Meter voneinander entfernt.«

»Das könnte eventuell heißen«, warf Stern ein, »daß einer, der in der Gegend wohnt, durch den Tratsch von Keller und Modicka erfahren und sie in Eigenregie mit dem Tod bestraft hat. Die Leute reden ja miteinander. Und Delikte an Kindern sprechen sich herum.«

Hotwagner grinste die Suttner an. »Hast eine Hirnidee gehabt, Moni. Warst vielleicht nah' dran.« Dann schränkte er ein. »Der Haken ist nur, daß die Simmeringer Morde, die wir haben, so weit vom 3. Bezirk weg sind, daß keine Tratscherei vom Thürnlhof nach Erdberg kommen kann.«

»Außer«, sagte Berger IV., »es gibt wen, der irgendeine Verbindung dazwischen hat.«

Stern winkte ab. »Bleib nüchtern, Burli. Das wär' schon wieder so ein abnormaler Zufall. Und mehr als eine Spekulation.«

»Es könnt' aber trotzdem so sein«, sagte die Suttner.

»Könnte«, brummte Hotwagner. »Aber können tut viel. Genau so könnt' es wer sein, der ein Hellseher ist. Weil in den Zeitungen ist nichts davon gestanden, daß die zwei Stoisits' direkt und indirekt ihr Kind mißbraucht haben.«

Stern und Wasenegger grinsten. Aber »Burli« Berger hob die Hand.

»Moment! Was ist aber, wenn der vierfache Mörder, wenn es ihn gibt, einer aus dem Thürnlhof ist und von den zwei Erdberger Fällen in der Zeitung gelesen hat?«

Das war zwar keine glaubhafte, aber immerhin eine denkbare Möglichkeit, dachte der Oberstleutnant. In Betracht mußte man schließlich alles ziehen. Denn aus Monikas vager Idee, daß es in Wien einen gab, der nach den Methoden Burkes aus *Bluebelle* arbeitete, war so was wie eine Spur geworden. Denn egal, wer der Mann war, der sich der Selbstjustiz verschrieben hatte: er benützte in allen vier Fällen das gleiche Tatwerkzeug. Den wahrscheinlich metallischen, zylindrischen, harten Gegenstand, der eine Schädeldecke ohne weiteres durchschlug.

»Wir werden«, ordnete Stern an, »jetzt zweierlei Sachen machen, Leute. Wasenegger, Burli und Monika nehmen sich die Archive aller in Wien erscheinenden Zeitungen und Druckschriften vor und schauen in den betreffenden Ausgaben rund um die zwei Erdberger Morde nach. Und ebenso in den Nummern, die vielleicht von der Verhaftung beziehungsweise dem Prozeß berichtet haben. Kann sein, es steht was Nahrhaftes über den Kindesmißbrauch drinnen. Was der Täter in den Fällen Stoisits' auch gelesen hat. Sicher ist nur eines: Über die Stoisits' hat es keinerlei Hinweise in der Presse gegeben. Wir haben es auch niemand Privatem gesagt. Was heißt: Er muß es auf irgendeine Weise erfahren haben, weil er im Thürnlhof wohnt.«

»Viel Zeug«, brummte Hotwagner und fragte dann: »Und was mach' ich, Waldi?

»Du gehst mit mir ins Zentralmeldeamt und wir heben uns zuerst alle Mieter des Rabenhofes und der Paulusgasse, die ist ja nur kurz, aus. Und alle aus dem Thürnlhof. Dann *kollationieren* wir die, und wenn wir blind und bucklig dabei werden. Und wenn wir dabei nichts finden, ermittelt die ganze Gruppe bei ein paar hundert Leuten oder mehr, ob jemand von den Erdbergern einen Verwandten oder Bekannten in Simmering oder umgekehrt hat.«

»Und danach gehen wir alle in Pension«, sagte Berger IV. »Weil solange brauchen wir, bis wir da durch sind. Grüß Gott.«

32

Wasenegger, Berger IV. und die Suttner fanden folgendes heraus:

Der Fall 1, Friedhelm Moritz Keller, war in allen Wiener Zeitungen besprochen worden. Besonders die *Kronen Zeitung* und der *Kurier* hatten ausführlich über die Verhaftung geschrieben. Die *Kronen Zeitung* sogar mit einem Bild Kellers. Und beide hatten die Adresse des Verhafteten angegeben. Über die Gerichtsverhandlung hatten alle Wiener Zeitungen und auch einige Zeitschriften berichtet; *Stern* und *Wiener* besonders ausführlich. Sie hatten auch die Haftanstalt genannt, in der Keller seine Strafe würde verbüßen müssen, nämlich Krems/Stein an der Donau.

Das ließ, meinte Wasenegger, den Schluß zu, daß sich jemand unter irgendeinem Vorwand in Stein bezüglich des Entlassungstermins Kellers erkundigte und daher genau wußte, wann dieser wieder greifbar war.

»Kann sein«, sagte die Suttner. »Aber wenn der, ich sag' jetzt: Rächer, im Rabenhof oder in der Gegend wohnt, hat er den Keller sowieso auftauchen gesehen.«

»Burli« Berger hatte keine Meinung zu diesen Schlüssen, weil er mittlerweile nicht mehr glaubte, daß dieses Läusesuchen zu was führen würde.

Der Fall 2, Anton Modicka, hatte weit weniger Echo ausgelöst. Über die Verhaftung Modickas hatte überhaupt keine Zeitung berichtet. Über den Mord an ihm zwar alle; dies aber nur in wenigen Zeilen. Lediglich *täglich Alles* hatte unter dem Titel *War es Lynchjustiz?* sinngemäß darüber geschrieben, daß Modicka ein Strafverfahren wegen Schändung und Notzucht zu gewärtigen hatte, und die Vermutung geäußert, er könnte einem empörten Bürger, der Kindesmißbrauch zutiefst verabscheute und die von den Gerichten dafür verhängten Strafen lächerlich fand, zum Opfer gefallen sein.

Das sprach natürlich für die Theorie Monika Suttners, sagte aber nichts Neues.

Ein Gespräch der Suttner mit dem damals die Amtshandlung leitenden Hauptmann Schwinghammer von der MG 3 erbrachte, daß die Gruppe zwar sorgfältig ermittelt und das Umfeld Modickas akribisch durchleuchtet, aber nicht den geringsten Anhaltspunkt dafür gefunden hatte, daß die von *täglich Alles* aufgestellte Theorie eine Berechtigung hatte.

Stern und Hotwagner hatten sich endlose Computerausdrucke von allen Bewohnern des Rabenhofes, dessen unmittelbarer Umgebung, sowie denen der Paulusgasse samt angrenzenden Häusern und allen Mietern der Thürnlhof-Siedlung beschafft und warteten auf Wasenegger, Berger und die Suttner, weil die Papierflut nur von der ganzen Gruppe zu bewältigen war.

Die MG 2 brauchte einen Tag, bis das Resultat feststand.

Danach ging die Lauferei los.

Es gab achtzehn Namensentsprechungen, von denen elf rein zufällig waren. Namen wie Doppler, Berger oder andere waren eben häufig. Die restlichen sieben lauteten: Föhrnbacher, Vlcek, Washietl, Skowronnek, Endl, Buchenleitner und Hämmerle.

Alle diese Leute wohnten in den erweiterten Komplexen Rabenhof oder Paulusgasse und Umgebung und hatten entweder bereits verheiratete Kinder oder andere Verwandte in der Thürnlhof-Siedlung.

Die MG 2 begann erst im 3. Bezirk zu ermitteln und die Fragen waren immer die gleichen.

Wir fragen Sie im Zuge einer Erhebung wegen ...

Haben Sie Kontakt zu Ihren Verwandten in Simmering?

Haben Sie Ihnen vor zwei beziehungsweise einem Jahr von den Fällen Keller und/oder Modicka erzählt?

Wenn ja – können Sie sich an deren Reaktion erinnern?

Aber damit kam die Gruppe nicht weiter.

Zwei der Befragten behaupteten, aus verschiedenen familiären Gründen überhaupt keinen Kontakt mit den Simmeringer Verwandten zu haben. Drei konnten nicht mehr sagen, ob sie mit ihren Verwandten über diese Fälle gesprochen hatten. Aber zwei waren sich sicher, mehrmals und ausführlich darüber geredet zu haben.

Das waren die 76-jährige verwitwete Anna Washietl aus dem Rabenhof und der 66-jährige Robert Skowronnek aus der Paulusgasse 5.

Die Washietl hatte mit ihrem auf Stiege 18 des Thürnlhofes wohnhaften Sohn und dessen Frau über den Friedhelm Moritz Keller gesprochen und sie hatten sich furchtbar darüber aufgeregt, daß es Menschen wie diesen Keller gab.

»Solche Falotten« sabberte die Washietl, »gehören gar nicht erst verhaftet und vor ein Gericht, was eh keine richtige Strafe austeilt! Solche wie der Keller täten, sobald sie die Polizei erwischt, sofort niedergeschossen oder was gehören! Oder den Leuten überlassen, damit die die Drecksäue gleich an Ort und Stelle massakrieren!«

Das war zwar im Sinne der Suttner-Theorie gesprochen, aber nicht mehr. Aber die alte Washietl schied als Täterin an Keller ebenso aus wie deren Sohn und dessen Frau. Denn auch die waren nicht mehr jung und der Sohn so augenfällig ein Schwächling und Pantoffelheld, daß er als einer, der einen anderen mit einem Hieb totschlug, ganz einfach nicht in Frage kam.

Robert Skowronnek wäre trotz seines Alters als Mörder des Modicka vorstellbar gewesen. Er war ein derber, ungeschlachter Mann und offensichtlich ein alter, unbelehrbarer Nazi. Auch er war bei Leuten wie Modicka, über den er als Bewohner des Nebenhauses alles wußte, der Meinung, daß sie sofort auf dem nächsten Stiegengeländer aufgehängt, vorher aber kastriert gehörten.

»Heut bläst man diesen Schweinen ja Zucker in den Arsch«, sagte er in seinem oberschlesischen *Pieronne*-Dialekt, den er trotz seiner fast fünfzig, in Österreich zugebrachten Jahre nicht abgelegt hatte. »Heute schwätzen sie alle von Demokratie und ähnlichem knieweichem Scheiß! Laufen zu Hunderttausenden mit brennenden Kerzen über die Straßen und holen jeden ausländischen Verbrecher und Arbeitsscheuen ins Land! Stellen Schwerverbrechern weiche Betten und Farbfernseher in die Zelle und behandeln sie wie rohe Eier! Pieronne! Idioten alles! Bei Adolf gab es für solche Schweine nur Rübe ab oder KZ und dort langsam verrecken!«

Und glücklicherweise genau so, sagte er stolz, dachten sein in der Thürnlhof-Siedlung auf Stiege 2 wohnender Sohn und dessen Frau.

Draufhin ermittelten Hotwagner und Wasenegger gegen den 40-jährigen Sohn, der ebenfalls Robert hieß und genau wie sein Vater dachte.

Der Simmeringer Skowronnek war Fernfahrer und zur fraglichen Zeit wegen des Mordes an Werner Stoisits nicht in Wien, sondern einwandfrei entweder in Frankreich oder England unterwegs gewesen.

»Damit«, stellte Wasenegger fest, »können wir den vergessen.«

Hotwagner, der des scheinbar zwecklosen Herumlaufens schon überdrüssig war, nickte. »Hundertprozentig, Karli. Der ist zwar genau so ein Brocken wie sein Vater und der gleiche Scharfmacher. Genau der Typ, der manchmal auch macht, was er sagt und denkt.«

»Außerdem paßt was anderes auch nicht«, sagte Wasenegger. »Für den Stoisits hat der junge Skowronnek ein gußeisernes Alibi. Aber wie die Frau umgebracht worden ist, war er da. Nur: wir suchen einen, der alle vier *gemacht* hat.«

»Eben«, brummte Hotwagner. »Eben, Alter. Der Bub scheidet aus. Und sein Vater detto, weil der vielleicht für die Morde an Keller und Modicka in Frage kommen könnte, aber nicht an denen der zwei Stoisits'. Denn daß die ihr Kind mißbraucht haben, weiß außer uns niemand. Vielleicht, weiß wer, daß die Stoisits' 's Kind gehaut haben. Ich mein', daß das doch bekannt war, obwohl es alle Leut' aus dem Thürnlhof abgestritten und angeblich nicht gewußt haben. Aber wenn die Moni recht hat, und das glaub' ich, suchen wir einen, der auf Leut' geht, die mit Kindern sexuelle Schweinereien aufführen. Und das weiß eben niemand außer uns. Darum passen die Morde in Erdberg und unsere nicht zusammen.«

»Also haben wir den Arsch aufgerissen und sind wieder genau da, wo wir vor ein paar Monaten waren.«

33

In etwa sagte Oberstleutnant Stern während der Gruppenbesprechung das gleiche. Daher war die Stimmung der Leute ziemlich am Nullpunkt.

Den erreichte sie absolut, als Berger IV. auf eine Idee kam. »Wir haben noch was nicht klargestellt, Burschen«, sagte er.

»So«, sagte Stern. »Und was fehlt dir noch?«

»Das, daß wir bisher nur halbwegs wissen, ob zwischen Rabenhof/Paulusgasse und der Thürnlhof-Siedlung verwandtschaftliche Beziehungen bestehen und was über die Morde an Keller/Modicka geredet worden ist.«

»Ja – und?«

»Und das heißt, daß wir nicht wissen, ob wer aus Erdberg mit einem aus Simmering irgendwo gemeinsam arbeitet. Daß ja auch Kollegen über die Geschichten geredet haben können!«

»Leck mich am Arsch, mit deinen Über-drüber-Spitzfindigkeiten!« brummte Hotwagner. »Du bist ja ärger wie der Hofrat, hörst.«

»Ist im Prinzip auch wurscht«, mischte sich die Suttner ein. »Auf das kommt's jetzt auch nimmer an. Genau so gut kann einer mit einem anderen irgendwo geredet haben. In der Sauna in Oberlaa, beispielsweise, oder woanders. Praktisch überall. Aber um das geht's ja auch nicht, meine Herren.«

»Worum dann«, fragte Stern. »Was hast du jetzt wieder für eine Idee? Liest du gerade wieder einen neuen Superkrimi?«

Und Hotwagner ätzte: »Lesen ist überhaupt der größte Scheiß. Das macht die Leut' nur teppert. Und andere auch.«

Draufhin bekam Monika Suttner Tränen in die Augen und ging aus dem Dienstzimmer.

»Jetzt hast sie beleidigt, du alter Bulldogg,« sagte Wasenegger zu Hotwagner. »Dabei hat sie's ja nur gut gemeint.«

»Weiß ich eh«, brummte Hotwagner.

Dann ging er ebenfalls hinaus, sah die Suttner bei einem Gangfenster stehen und in den grauen Hof des Sicherheitsbüros schauen. Er trat zu ihr, legte ihr den Arm um die Schultern und sagte so weich er konnte: »Ist mir rausgerutscht, Kinderl. War ja nicht gegen dich gemeint.«

Die Suttner schnupfte kurz auf, sagte aber nichts und schaute weiterhin aus dem Fenster.

Hotwagner drehte sie zu sich herum und schob sie langsam in Richtung Dienstzimmer. Als sich die Suttner versteifte, brummte er: »Also, trotz nicht, Moni. Das steht dir nicht. Sei ein braves Mäderl. Komm, gehen wir wieder hinein. Schau nicht so, wie wenn dir die Hendln 's Brot weggefressen hätten. Mach einen Schmunzler, in einer Stund' gibt's ein gutes Mittagessen in der Kantine. Heut haben s', hör' ich, Berner Würsteln und eine Engadiner Rollgerstelsuppe!«

»Ich geh' nicht mit«, sagte die Suttner leise. »Ich hab' keinen Appetit.« Sie ließ sich aber doch weiterschieben.

Als sie wieder bei den anderen waren, sagte Stern zur Suttner: »Hör nicht auf den Otto. Der hat immer was zu keppeln. Aber er ...«

Hotwagner winkte ab. »Wir sind eh schon wieder Haberer. Alles okay, Chef.«

»Burli« Berger wollte sich eben über die Griesgrämigkeit alter Leute verbreiten, die nach dem Klimakterium nicht mehr die Kurve kriegten. Er kam aber nicht dazu, weil das Telefon tutete.

Er hob ab, meldete sich, horchte und sagte dann: »Ja. Soll heraufkommen. Unser Gruppentaferl ist an der Tür. Danke.«

Dann schaute er die anderen an. »Irgendwer ist drunten und will mit uns reden. Ein Polizeischüler.«

»Und – was?« fragte Stern.

»Weiß ich nicht. Vielleicht will er bei uns hospitieren oder was.«

Wasenegger grinste. »Wenn er dich sieht, Burli, wird er den Plan wieder fallenlassen. Demolierte hat er auch in der Polizeischule.«

Kurz drauf stand ein blutjunger Mann in krachneuer Uniform im Raum und schaute unsicher.

Hotwagner deutete auf Stern. »Das da ist der Oberstleutnant, Bürscherl.«

Der Junge nahm Haltung an, salutierte und meldete: »Herr Oberstleutnant! Polizeischüler Erich Suchanek. Derzeit im Schulwachzimmer Ausstellungsstraße, Koat 2.«

»Fein«, sagte Stern. »Steh bequem.« Und als sich der Polizeischüler entspannte: »Und warum kommst du zu uns?«

»Weil ... Ich hab' eine Meldung zu machen, Herr Oberstleutnant. Nämlich ... Ich wohne in der Paulusgasse 7 und bei uns reden die Leute darüber, daß eine Gruppe aus dem Sicherheitsbüro ermittelt hat, ob wer Verwandte in Simmering hat.«

»Ja. Und?«

»Und bei uns hat eine Frau gewohnt, und der ihr Sohn wohnt nämlich in Simmering. In einem Gemeindebau, der Thürnlhof heißt, Herr Oberstleutnant.«

»Und?!« schnauzte Hotwagner. »Was weiter! Laß dir doch nicht jedes Wort herausziehen!«

»Aber diese Frau lebt nicht mehr. Weil sie vor einem Jahr aus der Wohnung gestorben ist. Jetzt wohnt die Familie Haberda drinnen.«

Hotwagner packte den Polizeischüler an der Brust. »Red! Wie hat die Frau geheißen, was gestorben ist!«

»Sie ... Ich hab' geglaubt, es ist vielleicht wichtig«, stotterte der Junge. »Sie hat Spalek geheißen. Und ihr Sohn ...«

»Wie schaut er aus?« unterbrach ihn Berger IV. »Ist das so ein Großer mit einer runden Brille?! Einsneunzig oder so?!«

»Und fährt er immer mit einem Radl?« fragte Hotwagner.

»Ja. Ingenieur ist er. Und vor ein paar Jahren hat er einen Unfall gehabt. Seine Frau und sein Kind waren dabei tot. Und seine Mutter war ganz verzweifelt und hat es jedem erzählt.«

Hotwagner ließ den Jungen los.

Und Stern hielt ihm die Hand hin und sagte: »Brav, daß du gekommen bist. Hast mit Hirn gearbeitet. Das ist wichtig für einen Polizisten. Ich werd' wegen dir mit deinem Schulkommandanten reden. Für jetzt kannst du gehen.«

Erich Suchanek strahlte. Er stand wieder stramm, salutierte und ging ab.

Die Suttner strahlte ebenfalls. »Na – meine Herren? Hab' ich recht gehabt?«

»Ja«, sagte Stern. »Hundertprozentig.«

Und Hotwagner sekundierte: »Du bist eine Kanon, Kinderl. Les nur weiter deine Romane.« Er schaute die anderen an. »Es ist also wahrscheinlich der Spalek. Mit seinem Radl.«

Plötzlich sagte Berger IV. mit vor Erregung vibrierender Stimme: »Jetzt weiß ich auch, was das Tatwerkzeug war, Burschen. Die Pumpe!«

»Was für eine Pumpe?« fragte Wasenegger.

»Na, die von seinem Mountainbike! Die lange vernikkelte! Die muß es sein! Die hat er immer mit! Und der Witz ist, daß kein Mountainbiker eine Pumpe drauf hat! Keiner! Die ist bei einem Mountainbike nicht inkludiert, weil es bei den gewaltigen Reifen sowieso keinen Defekt gibt!«

»Die Pumpe ...«, brummte Hotwagner.

Und Wasenegger zitierte: »Ein harter metallischer und zylindrischer Gegenstand. Mit Durchmesser von 30 bis 40 Millimeter. »

»Genau«, sagte Stern. »Und wenn die Pumpe aus Stahlrohr ist, hat sie eine enorme Wucht und dementsprechend

Schlagkraft. Und haut jeden Schädel ein. Überhaupt, wenn sie mit hoher Geschwindigkeit niedersaust.«

»Und der Spalek redet immer per *netter Mensch* von einem anderen«, brummte Hotwagner. »So eine Frucht. Nett ... Na, über uns wird er das nicht sagen. Weil über den fahren wir jetzt drüber.«

»Es kann nur Spalek sein«, resümierte Berger VI. »Über den Keller hat er in den Zeitungen gelesen. Und vom Modicka hat er durch seine Mutter gewußt. Und die Stoisits' waren seine Nachbarn. Da muß er dadurch etwas mitgekriegt haben.

Damit war die Falle so gut wie zugeschnappt.

Aber der Ing. Heinrich Spalek wußte noch nichts davon.

34

Noch am Nachmittag schlug die Mordgruppe 2 zu.

Der Ing. Heinrich Spalek wurde um 17.20 Uhr festgenommen.

Spalek fuhr um diese Zeit fröhlich pfeifend mit seinem Mountainbike durch die Thürnlhof-Siedlung, der Stiege 6 zu.

Er merkte nicht, daß Stern, Hotwagner und Berger IV. in Sichtweite der Stiege postiert waren. Es war ein schöner, windstiller und fast heißer Frühlingstag. Auf allen Wegen und Spielplätzen der Siedlung spielten Kinder, alle Bänke waren von Leuten aus dem Altenheim oder von Mietern besetzt, die zufrieden in der Sonne saßen. Unter ihnen gingen die drei Mann von der MG 2 unter. Sie saßen da und dort zwischen den anderen und waren scheinbar in ihre Zeitungen vertieft.

Spalek bog in den schmalen Weg zur Stiege 6 ein, sprang vom Rad und grüßte die aus dem Fenster schauende Hausbesorgerin Vrana. Er merkte nicht, daß die nicht, wie sonst, zurückgrüßte, schob sein Bike zum Abstellraum und zog seinen Schlüsselbund aus der Tasche. Fand die Tür unversperrt, machte sie schwungvoll weit auf und trat pfeifend in den halbdunklen Abstellraum.

Als er Otto Hotwagner und Monika Suttner drinnen stehen sah, hört er schlagartig zu pfeifen auf. Fing sich aber sofort wieder und sagte fröhlich: »Netter Tag, heute. Richtig irr, diese Wärme. Ja, ja, das Ozonloch.« Und dann: »Was machen Sie denn da? Wieder ermitteln?«

»Nein«, brummte Hotwagner. »Ermitteln tun wir nicht mehr. Wir haben auf dich gewartet, Spalek.«

»Auf mich?« lächelte Spalek, während er sein Bike an die Wand schob und sorgfältig das Absperrseil durch Hinterradspeichen und den Rahmen schob und einschnappen ließ.

»Und was kann ich für Sie tun?«

»Mitkommen«, sagte Hotwagner ruhig. »Weil die Partie aus ist. Ich nehm' dich wegen Mordverdacht in vier Fällen fest.«

Spalek lächelte nicht mehr. Er machte einen kurzen Seitenblick auf die im Hintergrund stehende Suttner und zog langsam die Fahrradpumpe aus der Halterung.

Die Suttner zog blitzschnell ihre Glock mit 9 mm Para Flachkopfgeschoßen aus der Handtasche und ging in Schießstellung.

»Nicht, Moni«, sagte Hotwagner zu ihr. Und zu Spalek: »Laß die Pumpe, wo sie ist. Du kommst da nimmer raus. Die Kollegin schießt dich um, wie nichts. Und draußen stehen noch drei Mann. Also.«

Spalek ließ die Pumpe los. Sie fiel scheppernd auf den Betonboden des Abstellraums. Er versuchte sein übliches jungenhaftes Lachen, aber es klang nicht echt. »Soll das ein Scherz sein? Oder was?«

»Nein«, brummte Hotwagner. »Mit einem vierfachen Mörder mach' ich keine Scherze, Spalek. Dreh dich um und gib deine Hände auf den Rücken. Gemma.«

Spalek schaute auf die immer noch in Schießstellung stehende Suttner, drehte sich um und nahm die Hände zurück.

Hotwagner zog seine Handschellen aus der Tasche, legte sie um Spaleks Gelenke und ließ sie einschnappen. Dann bückte er sich ächzend und hob die Fahrradpumpe auf. Sie lag überraschend schwer in seiner Hand.

»Kannst dich wieder umdrehen«, brummte er. »Und du, Moni, steck deine Puffen wieder ein. 's ist ja vorüber.«

Er wog die Pumpe und fragte Spalek: »Selber gemacht, was? Keine handelsübliche.«

»Nein«, sagte Spalek. »Aus einem Stabstahl gefertigt.« Und bereits wieder lächelnd: »Nette Wandstärke. Super.«

Hotwagner nickte und zündete sich eine Zigarette an. Er sog gierig den dicken Rauch ein. »Hat ein schönes Gewicht. Geht durch jede Schädeldecke wie durch Butter. Na, okay. Gehen wir.«

Spalek ging vor. Hotwagner und die Suttner folgten.

Draußen standen bereits Stern, Wasenegger und Berger IV.

»Sie können den Abstellraum wieder zusperren«, sagte die Suttner zur noch immer am Parterrefenster lehnenden Hausbesorgerin Vrana.

Hotwagner ging etwas hinter dem geschlossenen Spalek und sagte zu Wasenegger: »Komm, Karli. Geh neben mir. Die Leut' da brauchen nicht alle sehen, daß der Spalek Manschetten hat. Er ist ja auch nur ein armer Hund.«

Die Gruppe ging quer über das Gras zur nahen Pantucekgasse, wo ihre Wagen geparkt waren.

Ein jugendlicher Skatebordfahrer näherte sich überschnell. Hotwagner schaute ihn dermaßen wütend an, daß er seine Fahrt abrupt unterbrach und die Gruppe vorüberließ.

Irgendwo plärrte ein Radio den Schlager *Hang on Sloopy, Sloopy hang on*.

35

Bundespolizeidirektion Wien
Sicherheitsbüro
Mordgruppe 2

Wien, am 5.5.1993

Niederschrift

Betr.: Einvernahme des wegen vierfachen Mordes am 5.5.1993 um 17.20 Uhr festgenommenen S P A L E K, Ing. Heinrich, geb. 18.2.1952 in Wien, österr. Staatsbg., verw., wh. 1110 Wien, Thürnlhofstraße 26 (Thürnlhof-Siedlung), Stg. 6.

Spalek gibt, zu seinen Taten befragt und zur Wahrheit ermahnt, folgendes an.

Ich bin durch den vor Jahren und ohne schuldhaftes Verhalten meinerseits herbeigeführten Verkehrsunfall, dem meine Frau und meine Tochter zum Opfer fielen, ein anderer Mensch geworden. Ich hatte keine Lebenslust mehr und wollte aus dem Leben scheiden, habe dies aber meiner damals noch lebenden Mutter wegen nicht getan. Sinn sah ich in meinem Leben aber keinen mehr.

Ich, der ich Frau und besonders das Kind, das meine Lebensfreude war, ohne meine Schuld verloren hatte, entwickelte zunehmend Haß gegen jene Leute, die ihre Kinder im Gegensatz zu mir nicht verloren, aber nicht so liebten, wie dies einem Kind zusteht, sondern sie im Gegenteil in niedrigster Art und Weise sogar sexuell mißbrauchten und damit wohl ihr künftiges Leben zerstörten.

Aktionen habe ich damals aber noch keine gesetzt. Aber als ich dann über den Fall des Friedhelm Moritz Keller las, der seine Nichte regelmäßig vergewaltigt hatte, faßte ich den Entschluß, diesen Mann, der nur eine geringfügige Kerkerstrafe bekommen und danach wieder heimgekehrt war, zu töten. Ich war der Auffassung, daß solch ein Mensch ein Kind vernichtet hatte, ein Weiterleben nicht verdiente und seinerseits vernichtet gehörte.

Danach erforschte ich die Lebensgewohnheiten des mir durch Zeitungsfotos bekannten Mannes. Als ich merkte, daß dieser wochentags und sonntags ständig gegen 05.00 Uhr seine Wohnung verließ, um mit dem Moped zur Arbeit und sonntags in den Prater zu fahren, fertigte ich in meiner Firma eine Luftpumpe an, die eine abnorm dicke Wandstärke hatte und dementsprechend schwer und stabil war.

Am 18. 8. 1991, einem Sonntag, lauerte ich dem Keller in seiner Wohnanlage Rabenhof auf, tötete ihn durch einen Schlag auf den Kopf und versteckte seine Leiche hinter einem Müllcontainer.

Ich bereute und bereue das nicht, weil ich dadurch vielleicht ein weiteres Kind vor Keller geschützt habe.

Der nächste Fall war der des Anton Modicka.

Von ihm habe ich durch meine im Nebenhaus wohnende Mutter erfahren. Auch dieses Schwein hatte sich einem Kind gegenüber ärger als ein Vieh benommen und war danach nicht einmal eingesperrt worden. Draufhin beschloß ich, ihn unschädlich zu machen.

Ich wußte, daß Modicka leidenschaftlicher Fischer war und gern schon am frühesten Morgen in der Nähe der Stadionbrücke angelte. Dort erschlug ich ihn am 5. 5. 1992 mit der Fahrradpumpe und ließ seine Leiche liegen. Auch diese Tötung halte ich für rechtens.

Daß Werner Stoisits seine Tochter Ilona sexuell mißbrauchte, erfuhr ich wenige Tage vor Weihnachten des Vorjahres. Weil ich der Nachbar war, unterhielt sich das Kind mit mir mehr als mit anderen Erwachsenen. Ich schenkte ihm ab und zu Süßigkeiten, zeigte ihm in meiner Wohnung Video-Trickfilme. Dann kam ich durch einen Zufall dahinter, daß Ilona ein gequältes Kind war. Ich sah ihre Mißhandlungsspuren und erfuhr auch, daß sie mit ihrem Vater alle möglichen Spiele machen mußte. Soweit ich verstand, ließ er sich von dem Kind den Penis küssen, wobei es zur Ejakulation kam. Außerdem kam es zwischen Ilona und ihrem Vater sogar zu regelrechtem Beischlaf. Ich erfuhr auch, daß Frau Stoisits von den Schweinereien ihre Mannes wußte, einige Male dabei sogar zuschaute.

Dann sah ich am 6. Jänner, dem Heiligen Drei Königstag, den Stoisits mit Ilona in der Nähe des Hafen Albern spazierengehen. Ich selbst war trotz des schlechten Wetters mit meinem Fahrrad unterwegs. Als dann am nächsten Tag bekannt wurde, daß Ilona angeblich abgängig war und im Verlaufe polizeilicherseits nichts von den Martyrien Ilonas erwähnt wurde, entstand in mir die Vermutung, daß Stoisits das Kind zum Schweigen bringen wollte, es ermordete und dann als abgängig meldete. Diese Vermutung wurde mir zur Gewißheit und ich beschloß, Stoisits selbst zu eliminieren, wenn das die Polizei nicht machte.

Ich erwischte Stoisits, der von mir nichts Böses ahnte, frühmorgens in unserer Wohnanlage, beim Containerplatz bei Stiege 7. Stoisits war sofort tot. Ich versteckte seine Leiche hinter einem Container und fuhr anschließend in meine Firma.

Nach dem Doppelbegräbnis von Vater und Tochter Stoisits glaubte ich zu wissen, daß die Polizei vom sexuellen Mißbrauch des Kindes keine Ahnung hatte. Frau Stoisits wäre ja sonst entweder verhaftet oder zumindest angezeigt worden. Ich hatte von einem mir bekannten Polizeibeamten des Kommissariats Simmering, dessen Namen ich jedoch nicht nenne, erfahren, daß Aranka Stoisits nicht angezeigt worden war.

Als sie sich dann einen Liebhaber in die Wohnung nahm und, wie ich durch die dünnen Wände hören konnte, leidenschaftliche Stunden verlebte, faßte ich den Entschluß, auch sie zu töten. Am 28. 4. 1993 ergab sich die Gelegenheit dazu. Denn am Morgen dieses Tages wollte die Stoisits frühmorgens zum Großmarkt Inzersdorf fahren, um einzukaufen. Das sagte sie mir, als ich in meine Firma fahren wollte und die Stoisits in der Meidlgasse in ihrem Wagen sitzen und eine Einkaufsliste durchlesen sah.

Weil um diese Zeit niemand zu sehen war, erschlug ich die Stoisits in jähem Entschluß, ließ die Leiche aber im Wagen liegen.

Ich gebe zu, diese vier Unmenschen vorbedacht ermordet zu haben.

Mehr Straftaten habe ich nicht begangen. Diese drei Kinderschändungen haben in mir einen außergewöhnlichen, mir sonst fremden Gefühlsstau hervorgerufen und den Gedanken ausgelöst, daß diese Leute weg gehörten. Natürlich erfahre ich über sexuelle Vergehen gegen Kinder laufend aus der Tagespresse, konnte aber nicht auf jedes eingehen, weil ich sonst fast ununterbrochen hätte morden und rächen müssen.

Ich habe aus freien Stücken und unbeeinflußt gestanden und stehe auch zu meinen Taten. Meiner Meinung nach sind Kinder das reinste und kostbarste Gut, das die Menschheit besitzt. Aus diesem Grund gehören Leute, die das mißachten, nicht unter die Menschheit.

Gelesen und für richtig befunden: Ing. Heinrich Spalek

Beginn der Einvernahme des Heinrich Spalek: 18.20 Uhr
Ende der Einvernahme: 19.40 Uhr

Einvernehmende Beamte:
Krim. Obstlt. Ewald Stern
Krim. Grupp. Insp. Otto Hotwagner
Krim. Grupp. Insp. Karl Wasenegger
Krim. Bez. Insp. Franz Berger IV.
Krim. Bez. Insp. Monika Suttner

Ing. Heinrich S p a l e k wird in Haft genommen und zur Verfügung gehalten.

Für die Richtigkeit: Stern, Obstlt.